El peor hombre del mundo

Autores Españoles e Iberoamericanos

Fernando Schwartz

El peor hombre del mundo

PLANETA

Esta novela está basada en el relato «El viajero ocasional», escrito por el autor y publicado en Barcelona en 1989.

Córcega, 273-279, 08008 Barcelona (España)

Realización de la cubierta: Departamento de Diseño de Editorial Planeta

Ilustración de la cubierta: foto © Harry Heleotis/Fototeca Stone

Primera edición: mayo de 1999

Depósito Legal: B. 19.437-1999

ISBN 84-08-03063-9

Composición: Tecfa, S. A.

Impresión: Liberduplex, S. L.

Encuadernación: Serveis Gràfics 106, S. L.

Printed in Spain - Impreso en España

Ésta es para Fernando hijo

PREFACIO

Woensdrecht, Holanda, 19 de mayo, 16.07

Subido a la incómoda escalera de acero inoxidable, el sargento Wright, del cuerpo de señales del Ejército de los Estados Unidos (aunque destinado de forma temporal en la sección de material de la base de Woensdrecht, al este de los Países Bajos), comprobó de nuevo con exagerada paciencia los datos de existencias consignados en la hoja 123 del grueso cuaderno de inventario que había colocado en la estantería contigua. El sargento era persona en extremo meticulosa y pulcra. Era cierto que, como le repetía continuamente la señora Wright (una holandesa grande y muy rubia), estaba demasiado gordo y le acabaría estallando el pantalón del uniforme, pero nadie podría acusarle de no realizar su trabajo con absoluta dedicación y exactitud.

Salvo por la falta de dos pistolas Browning del calibre 38 y dos cajas de la munición correspondiente, pero eso ya se sabía desde hacía algunos días, todo había ido bien hasta ese momento, sin más sobresaltos que los proporcionados por las condiciones de incomodidad extrema en que el sargento se veía obligado a desarrollar su labor.

El sargento empezó a puntear columna por columna los datos de la hoja 123, murmurando para sí a medida que los leía. «Número de serie 05 guión 881 guión 208344 guión im, descripción: antenas NAMQUO PARA TRANS-EMIT ZENITH de campaña; cantidad, diez, alta de inventario, 04 guión 24 guión 98.» Levantó la vista hacia la estantería que tenía ante sí, alargó las manos y contó los cilindros de cartón que contenían las antenas, abriéndolos uno a uno. Satisfecho con la coincidencia de inventario y comprobación personal, se reajustó las gafas sobre la ancha nariz, masculló «bien», se inclinó sobre el cuaderno, y siguiendo la línea con el dedo índice de la mano derecha, frunció el ceño y leyó: «número de serie 05 guión 881 guión 208345 guión b; bien; descripción, PAL 90, autoliberación de campaña para personal de infantería; cantidad, 200; alta de inventario, 04, 12, 79. Válgame el cielo, doscientos globitos vietnamitas. ¡Si yo creí que los habían destruido todos! Y hay que contarlos, sí señor». Miró hacia su izquierda. Unos metros más allá, a su misma altura, un soldado subido a una escalera similar a la que soportaba al sargento Wright resoplaba con mal disimulada indignación mientras rearreglaba las cajas que acababa de examinar el sargento. Tenía grandes manchas de sudor debajo de los brazos.

—Jack —dijo el sargento—, ven aquí, anda, que tenemos que contar estos chismes y cada uno pesa un quintal.

—¿Qué son, sargento? —preguntó el soldado bajándose de su escalera.

Llegado al suelo, la desplazó hasta donde estaba Wright, se aseguró que estaba bien abierta y sujeta al raíl y subió cinco peldaños.

—Te vas a reír. Son globos autohinchables que deberían haber utilizado nuestros chicos en Vietnam para salir de situaciones de lío. Incluso llegó a haber en la selva patrullas que llevaban estos cacharros. Cuando veías que el enemigo te iba a achicharrar, se suponía que te atabas el globo a la cintura, tirabas de la anilla y, puf, salías volando.

El soldado lo miró con incredulidad.

—Venga ya, sargento. Se está quedando conmigo.

—Te juro que no.

—¿Y luego qué pasaba? —Hizo un gesto con los brazos como si se dispusiera a volar.

—De veras. Luego venían avioncitos de hélice que en el morro llevaban una especie de tijeras. Con ellas cortaban la cuerda, el globo se iba y el glorioso soldado era izado al avión. De veras... Se le ocurrió a uno de los fabricantes de armas de California. Durante años hicieron de todo para sacarle dinero a la Administración. Fue uno de esos contratos que Washington pagaba sin siquiera saber para qué servía. Martillos a 500 dólares, clavos a 10, bombillas a 32... PAL 90. Fabricaron miles. Luego se les ocurrió probarlos y se les mataron todos acribillados desde el suelo o fileteados por las hélices... Gran sigilo: hubo que acallar el escándalo. Ya ves, creí que los habían hecho desaparecer. Pero no. —Sacudió la cabeza sonriendo—. Hace tiempo que no veía uno de estos chismes. *Personnel Air-Lift 90,* PAL 90, sí, señor. Y aún los tenemos en inventario. Venga, vamos a contarlos.

Los cartones de embalaje del vigesimotercero al trigésimo PAL 90 estaban vacíos.

—¡Eh, teniente! —gritó Wright—. Parece que nuestro desertor se llevó más cosas además de las pistolas.

«¿Para qué diablos querría ocho PAL 90?», se preguntó en voz baja.

Amsterdam, 20 de mayo, 4.00

El BMW de la policía estaba detenido sobre uno de los puentes que hace ángulo en el Brouwers Gracht, en el sector oeste de la ciudad. La luz azul de su techo giraba lanzando destellos cegadores. La ausencia de ruido confería a la escena un cierto aire de amenaza fantasmagórica. Sólo la lancha de la policía chapoteaba con suavidad debajo del puente. Los hombres rana, de pie sobre el fondo del canal y con el agua llegándoles casi hasta las clavículas, rebuscaban despacio.

—¡Ya lo tengo! —exclamó por fin uno de ellos.

Sus compañeros se acercaron a él.

Tardaron diez minutos en soltar las ataduras que retenían al cadáver contra los pilotes de madera.

—No lleva mucho tiempo ahí abajo —dijo uno de los buceadores.

Cuando lo izaron a la calzada, el muerto, hinchado

por las horas que había pasado sumergido, era una visión grotesca. Le faltaban la frente y parte del puente de la nariz. Lo que quedaba de las facciones se había transformado en un repulsivo globo pardo.

—Varón, de raza negra —dijo con escasa simpatía el inspector al que había despertado su jefe poco antes—. Lleva ropa militar. —Luego añadió con indiferencia—: Uniforme del Ejército de los Estados Unidos...

—Le pegaron un tiro en el occipital. A juzgar por el destrozo, le dispararon con balas de punta blanda... Inspector, éste debe de ser el desertor que andan buscando los de la base de Woensdrecht, ¿no?

El inspector dio un gruñido.

PRIMERA PARTE

—

AMSTERDAM

CAPÍTULO PRIMERO

—

JUEVES 21 DE MAYO

17.00

Como todos los días, exactamente a la misma hora, Kees van de Wijn se disponía a abandonar su edificio de oficinas. Como todos los jueves, recorrería andando la distancia que le separaba de la pequeña casa de Kerkstraat, en la que pasaría las dos horas siguientes consumiendo su turno semanal de lujuria. Dos años antes había instalado en ella a su nueva amante. Hombre eminentemente sensato, Van de Wijn no se hacía ilusiones sobre la fidelidad extraconyugal de su joven compañera; comprendía que un sólido ciudadano que se aproximaba con rapidez a los sesenta años tenía bastante con exigir que una joven espléndida de treinta como Anneke le esperara los jueves a las cinco de la tarde y estuviera dispuesta a satisfacer sus discretas fantasías eróticas durante dos horas. A cambio de ello, Van de Wijn financiaba con generosidad las lujosas apetencias de Anneke y las necesidades de la casa, un maravilloso y diminuto edificio de tres plantas con acceso directo al canal desde la cocina posterior. La verdad es que se lo podía permitir.

Hacía treinta años que Kees van de Wijn había heredado el próspero negocio de pinturas industriales creado por su padre. *El mundo sin Wijnacrilic es como una foto en blanco y negro.* El lema publicitario siempre le había parecido una estupidez, pero a fuerza de no cambiarlo se había convertido en una de las frases más familiares del argot holandés. Y si el estilo de la empresa era tradicional, su forma de operar, sus finanzas y su política comercial no tenían nada del conservadurismo romántico de una pequeña sociedad familiar. El respeto a las antiguas prácticas había sido mantenido para esconder un estilo empresarial agresivo y ágil. En treinta años, la compañía se había convertido en un gigante industrial y financiero, añadiendo a las pinturas divisiones de construcción, construcción naval, transportes y supermercados. Kees van de Wijn era un hombre rico y, con él, sus cinco hijos y sus dos hermanos menores, todos varones.

De todos ellos, Kees era el único que había mantenido un estilo sobrio de vida y orden meticuloso en cuanto hacía. Y fue precisamente esa forma de ser la que le jugó la peor pasada posible.

Había dejado de llover en Amsterdam y el sol lucía espléndido en el cielo azul entreverado de nubes. Por el canal circulaban los *bateaux-mouche* repletos de turistas. Bien valía la pena el paseo por entre las nobles casas dieciochescas y por debajo de los puentecillos estrechos, sobre cuyas calzadas vagueaban mil gentes de edad indefinida y vestimenta las más de las veces estrafalaria. Circulaban ciclistas a gran velocidad sorteando con sus viejas máquinas tranvías amarillos que, sin detenerse, hacían sonar un impertinente timbrazo antes de dar un acelerón.

De pie en la acera, en la misma puerta de los establecimientos que llevaban su nombre, Kees van de Wijn, balanceándose con discreción sobre la punta de los pies, se permitió una breve y amable mirada al mundo apacible del espectáculo urbano flamenco en primavera. A su espalda, haciendo chaflán en la esquina del Keizergracht con Vijzelstraat, quedaba el acceso al pesado edificio de mármol rosa construido a finales del siglo XIX para albergar uno de los bancos más importantes de Holanda. El viejo Van de Wijn lo había comprado después de la guerra.

Kees respiró hondo el incierto perfume de la primavera, mezcla de jazmines y barro, tulipanes y gasolina, que es tan típico de Amsterdam. Sonrió con benevolencia a unos jóvenes flacos y desarrapados que, vestidos de negro y arrastrando extraños botines de punta retorcida y despellejada, pasaban ensimismados hacia el Singel discurriendo nebulosos silogismos. En el interior del potente Mercedes aparcado con el motor en marcha a veinticinco metros de la esquina en la que se encontraba Van de Wijn, Hank Kalverstat resopló con disgusto.

—Hippies de mierda —dijo—. Nos han estropeado la ciudad y encima pretenden que les financiemos la vagancia.

Los otros tres ocupantes guardaron silencio.

Una de las últimas personas que vio a Van de Wijn aquella tarde fue el anticuario Waterman. Lo saludó con la cordialidad calurosa que reservaba a los excelentes clientes, levantando el sombrero y sonriendo con genuino calor.

—Buenas tardes, Kees. Preciosa primavera.

—Adiós, Hendrik —contestó el millonario, alzándose con un movimiento breve sobre la punta de los pies—. Una tarde preciosa, sí, señor.

—Vamos —dijo con impaciencia Hank Kalverstat desde el interior del automóvil—. ¡Vamos!

Como si lo hubiera oído, Waterman no se detuvo. Le hubiera gustado hacerlo para comentar con Kees que había recibido un maravilloso objeto aquella misma mañana; lo había comprado a un marchante de Dresde. Se trataba de un delicado medallón pintado por Holbein, el retrato de una niña apenas adolescente, de doce o trece años de edad, que miraba fijamente al pintor desde ojos achinados y abultados párpados; tenía el pelo enrollado en una gruesa trenza de hilos de oro tapada por un pañuelo de blonda y encaje; un modesto escote sugería el amanecer de dos pechos pequeños y blanquísimos. Waterman sabía que se lo acabaría vendiendo, pero también sabía que debía armarse de paciencia y esperar a que su cliente lo visitara el siguiente martes (como lo venía haciendo cada semana desde hacía años), iniciando así un complicado ritual de consultas, dudas y discusiones que eran para el industrial millonario parte del placer de adquirir una espectacular obra de arte. Van de Wijn se hacía de este modo la ilusión de que le costaba trabajo encontrar el dinero para pagar el precio del cuadro. «Tengo que visitar a Waterman pronto —se dijo, dando con distracción un paso hacia el bordillo de la acera—. Tal vez el martes.»

Sonrió para sus adentros, satisfecho de su propia broma.

Todo ocurrió en muy pocos segundos, en dieciocho para ser exactos. Un ciclista que rodaba a gran velocidad y del que, no habiendo vuelto a ser visto después del incidente, los testigos hicieron las más variadas y pintorescas descripciones, dio al pasar un golpe a Van de Wijn. El empujón fue lo bastante fuerte como para hacerle girar sobre sí mismo con sorprendido aturdimiento. Al ver llegar al ciclista, Kalverstat había dado una ligera palmada en el hombro de su hermano Nick que estaba al volante del Mercedes. Al tiempo que Kees perdía el equilibrio, Nick apretó con suavidad el acelerador y en tres o cuatro segundos el coche llegó a la esquina de la calle. Las portezuelas de la derecha se abrieron y los dos gorilas de Kalverstat que completaban el número de ocupantes del vehículo se bajaron del automóvil. Casi con el mismo movimiento, agarraron a Van de Wijn por debajo de los brazos y lo obligaron a sentarse en el asiento trasero.

—Vamos, vamos, ¡vamos! —dijo Hank con intensidad.

Mientras uno de los guardaespaldas se sentaba de nuevo al lado del conductor, el otro empujaba a Kees hacia el centro del asiento, apretándolo contra Kalverstat. El Mercedes arrancó despacio en dirección a la Stathouderskade y al Rijksmuseum.

—¡Pero qué es esto! —exclamó Kees—. ¿Qué quieren ustedes?

—¿A usted qué le parece? —preguntó riendo Nick.

—Cállate —dijo Hank y mirando a Kees añadió con voz pausada—: No se mueva, no haga nada, no dé un grito, no abra la boca.

Van de Wijn tragó saliva y guardó silencio.

Mientras el Mercedes, confundido en el intenso tráfico del final de la jornada, atravesaba la gran explanada que separa al Rijksmuseum del teatro de la Música, Van de Wijn se dijo que pronto se darían cuenta de su ausencia. Pero ¿quién? Anneke, claro. Sólo que Anneke no diría nada. ¿A quién le iba a decir nada? Y en su propia casa no se le esperaba hasta por lo menos las ocho de la tarde. Dios sabía dónde andarían para entonces. Carraspeó. El que se sentaba a su izquierda, el que le había mandado callar, que era sin lugar a dudas el jefe, lo miró con curiosidad. Era un hombre de unos cuarenta años, de pelo rubio muy fino, con grandes entradas en la frente y unos ojos azules muy claros, casi blancos. Tenía la boca de labios delgados y cuando hablaba enseñaba unos dientes irregulares y manchados de nicotina. Sonrió.

—¿Me está usted estudiando para describirme mejor a la policía? —preguntó. El conductor rió; su risa era más un cacareo histérico que otra cosa.

Kees enrojeció y bajó la mirada.

—No —dijo y hablando muy despacio, como el que maneja una bomba, añadió—: ¿Cuánto?

El jefe sonrió de nuevo.

—Estas cosas no funcionan así. Es lamentable, pero no funcionan así.

—¿Cuánto dinero quiere usted por mi rescate?

—Cállese.

Kees se dijo que el gorila de su derecha olía a sudor. Resultaba muy desagradable.

Llegaron a la autopista y el Mercedes empezó a ganar velocidad, y aun cuando nunca pasara del límite legal de 120 kilómetros por hora, pronto dejaron atrás la desviación hacia Laren, el barrio residencial en el que los Van de Wijn tenían su mansión, y siguieron en dirección al este del país. Kees pensó que tal vez lo estaban llevando a Alemania. No parecía sin embargo muy lógico que fueran a arriesgarse a cruzar una frontera por inexistentes que fueran los trámites de aduana y en seguida se puso a mirar a los coches que rodaban a su lado o a los que ellos adelantaban, por ver si conocía a algún conductor; a lo mejor podría pedir socorro haciendo gestos antes de que se lo impidieran sus captores. Pero, aparte de alguna mirada de curiosidad distraída que les dirigían los ocupantes de otros automóviles, no daban la sensación de reconocer nada alarmante en la expresión de controlada histeria que le parecía a Van de Wijn estar poniendo. Se le antojaba imposible no conocer a nadie o que nadie lo reconociera. Al fin y al cabo, él era un hombre famoso. *Tenía* que ser reconocido. Intentó inclinarse hacia delante por si fuera necesario levantar los brazos y gesticular. Pero el hombre de su derecha lo empujó con firmeza hacia atrás. Todo ocurrió en unos segundos. El jefe volvió a mirarlo con curiosidad plácida y sonrió.

—Puedo darle mucho dinero. Más del que usted imagina siquiera.

El jefe asintió con lentitud comprensiva. Luego suspiró.

—Cállese —repitió.

Durante una hora rodaron en casi total silencio.

Kees era una persona pragmática y sabía bien que irritar al prójimo no servía de nada, sobre todo cuando el prójimo iba animado de aviesas intenciones. A medida que pasaba el tiempo, sin embargo, sentía más miedo. Sudaba. Una vez se pasó el dedo índice por la frente; lo hizo con mucho cuidado para que no se enfadara el animal que iba sentado a su derecha. Una gota de sudor rodó hacia el cuello de su camisa. Una vez, el jefe sacó del bolsillo una caja de puritos Winterman's y le ofreció uno. Kees lo tomó no sin alivio, porque le pareció que eso denotaba una cierta buena voluntad por parte de sus secuestradores, y el jefe le dio lumbre con un encendedor de oro. Era un Dupont, como el suyo.

—Tengo uno igual —murmuró.

El jefe asintió amablemente como si estuviera al tanto de ello y entreabrió la ventanilla para que no les molestara el humo.

Al cabo de un largo rato, pasada la salida de Apeldorn, el coche redujo velocidad. Recorrieron despacio unos kilómetros más y acabaron abandonando la autopista por una pequeña carretera secundaria en dirección a Lochem. El paisaje había dejado de ser completamente llano: a medida que se acercaban a Alemania, el terreno había empezado a ondularse y los bosques a un lado y otro de la carretera habían perdido su estructura ordenada de crianza de invernadero para hacerse más frondosos, más silvestres. Llenos de sombras y silencio, daban la impresión de aislamiento y lejanía, de penumbra salvaje cubierta de maleza marrón y de agujas de pino. Sólo de vez en cuando un camino forestal rompía la línea de árboles. La luz del atardecer, aún clara pero tamizada ya por el crepúsculo índigo de la primavera, acentuaba la soledad.

El Mercedes se detuvo durante unos segundos frente a uno de los caminos y el conductor miró hacia él inclinando la cabeza con concentración. Cuando pareció satisfecho de que se trataba de la salida que estaba buscando, asintió sin decir nada e hizo girar el volante hacia la derecha al tiempo que pisaba el acelerador con suavidad. Despacio, el automóvil se adentró en el bosque. A los pocos segundos había dejado de ser visible desde la carretera. Siguieron avanzando por el camino por unos centenares de metros y, por fin, se pararon.

Kees van de Wijn carraspeó.

—¿Me permite que le pregunte qué estamos haciendo? —dijo al jefe.

El jefe suspiró.

—No —dijo—. No se lo permito. Pero no se alarme. Bájese, por favor.

Los cuatro secuestradores habían abierto las portezuelas del Mercedes. Se bajaron. Kees deslizó su ligera anatomía por el asiento trasero y abandonó el coche por la parte izquierda. Le parecía la menos peligrosa porque de este modo salía detrás del jefe, que era con claridad el individuo más civilizado de cuantos le habían traído hasta allá. Al menos le parecía a él que habían entablado un diálogo, seco pero carente de amenazas a su integridad física. Por un momento pensó que se iba a entrevistar con alguna otra persona de mayor autoridad a la que podría ofrecer dinero a cambio de su libertad. Ni por un instante quiso recordar que les había visto la cara a todos y que eso no podía querer decir más que una cosa obvia: corría considerable peligro.

—Sígame, por favor —dijo el jefe.

A Kees le sorprendió que fuera más corpulento de lo que le había parecido en el interior del coche. Andaba con lentitud por entre la maleza, escogiendo con cuidado el lugar en el que ponía cada paso. Kees echó a andar tras él. Cerraban la marcha los tres restantes secuestradores. Cuarenta o cincuenta metros más allá el jefe se detuvo ante lo que parecía un montón de tierra recién excavada. Se volvió hacia Kees con aire resignado.

—¿Qué...? —preguntó éste con franca alarma. Pero nunca supo cuál sería la contestación a su pregunta. Detrás de él, Nick Kalverstat había extraído una pistola Magnum que parecía doblemente gigantesca por el silenciador que llevaba atornillado al cañón. Sin decir una palabra, se acercó al empresario, le apoyó la pistola contra la coronilla e hizo un solo disparo. Como tenía la punta limada en cruz, la bala se abrió al perforar el cráneo y, arrastrando parte de la masa encefálica, arrancó la frente y el arco de la nariz de Van de Wijn, rompiéndole la cabeza como si fuera un melón maduro.

El gorila de la derecha eructó con violencia y le cayó un poco de saliva por la comisura de los labios. Nick rió con su graznido histérico.

—Vamos —dijo Hank Kalverstat con sequedad.

El segundo gorila sacó un gran cuchillo de monte de una funda que llevaba sujeta a la cintura. Se aproximó al árbol que quedaba a su derecha e, inclinándose, cogió una piedra lisa que estaba apoyada contra el tronco. Giró sobre sí mismo y con dos pasos se puso al lado del cuerpo de Kees, que estaba caído de bruces frente al montón de tierra excavado. Poniéndose en cuclillas, agarró con firmeza la mano izquierda del muerto, colocó la piedra debajo de ella y con un golpe seco del cuchillo de monte le cortó cuatro dedos. Con su propio pulgar e índice, cogió el anular seccionado en el que lucía un pequeño anillo de brillantes. Alargó el brazo como si quisiera apartar de sí el dedo de Kees y se incorporó.

Hank, mientras tanto, había extraído unos guantes de látex del bolsillo izquierdo de su chaqueta y se los había puesto. Luego, del derecho, había sacado un pequeño sobre acolchado y forrado de plástico transparente. Sin una palabra se acercó al gorila que sujetaba el dedo de Kees y presionó sobre los lados del sobre para que se abriera la embocadura. El gorila dejó caer el dedo dentro. Hank cerró primero el plástico que había sido encolado con anterioridad y después hizo lo propio con el sobre. Se lo metió en el bolsillo y se quitó los guantes. Los tiró a la fosa y se volvió a mirar a sus tres cómplices. Bajó la vista y escogiendo con cuidado el camino por donde colocaba cada pie empezó a andar en dirección a donde había quedado el Mercedes.

Acercándose a la improvisada fosa, Nick y los dos gorilas tiraron a ella sin miramiento el cadáver de Kees, la piedra ensangrentada y los tres dedos que habían quedado cortados sobre ella. Con mayor cuidado, llenaron la fosa de tierra y acabaron tapando el túmulo con hojarasca y maleza. Cuando hubieron terminado, hicieron una última comprobación muy minuciosa para cerciorarse de que no quedaba rastro reconocible de su paso y emprendieron el regreso hacia el automóvil.

—Ha salido de miedo —dijo Nick cuando volvió a estar sentado detrás del volante.

—Cállate y conduce —contestó con sequedad su hermano.

Con gran prudencia y muy despacio salieron del bosque y desandaron el camino hecho por la carretera secundaria. Dos kilómetros más allá, en una parada de autobús interurbano, había una cabina telefónica. El Mercedes se detuvo. Hank bajó de él, entró en la cabina, descolgó el auricular, introdujo unas monedas y marcó un número. Al tercer timbrazo, oyó que le contestaban:

—Colombia.

Hank dijo «ya está» y colgó.

Treinta kilómetros al sur, en una cabina telefónica en las afueras de Nimega, Christiaan Kalverstat sonrió y colgó. Esperó un minuto y descolgó el auricular de nuevo. Introdujo varias monedas de dos florines y medio y marcó el número de teléfono de la residencia de los Van de Wijn en Laren.

—Van de Wijn —contestó una voz de hombre.

—Quisiera hablar con Piet van de Wijn, por favor —dijo Christiaan.

—Al aparato. ¿Quién es?

—Eso no tiene importancia. Atienda con atención, por favor —dijo con voz pausada y amable—. Su hermano Kees ha sido secuestrado…

—¡Cómo… cómo! ¿Cómo dice?

—No me interrumpa, por favor, porque no voy a repetir nada de lo que diga. Su hermano se encuentra bien y nos dice que es usted quien llevará mejor que nadie las negociaciones para el rescate…

—Pero ¡oiga! Por favor…, por favor, por Dios, dígame quién es usted…, qué es lo que quiere…

—Si me vuelve usted a interrumpir, su hermano correrá serio peligro —dijo Christiaan sin alterar el tono—. Para que ustedes sepan que realmente lo hemos secuestrado, por correo les mandamos una prueba con la que comprobarán que se trata en efecto de él. Con ello comprobarán que hablàmos muy seriamente. Aunque les tiente la idea, no hagan tonterías y no acudan a la policía. Kees sería ejecutado sin contemplaciones. Mañana, exactamente a las nueve y media de la mañana, llamaremos de nuevo y les daremos instrucciones precisas para el pago del rescate, cuyo montante no será negociable. Sean prudentes, por favor.

Colgó.

CAPÍTULO II

VIERNES 22 DE MAYO

Madrid-Amsterdam, 4.30

—¿Aló?

—Está en marcha.

—Tenéis poco tiempo. Al jefe le urge y no va a esperar más.

—Está ya hecho. ¿Está la mercancía ahí?

—¿A ti qué te parece? Tú preocúpate de cumplir vuestra parte del trato. Tenéis seis días. Seis días.

—No te preocupes. Estaremos preparados.

Amsterdam, 9.31

—Van de Wijn —dijo Piet, hablando despacio y con la voz alterada.

Tenía agarrado el auricular con las dos manos y miraba sin parpadear al comandante Baumann. A su derecha, sentado en una antigua silla de Java pesadamente labrada en caoba, un técnico en comunicaciones escuchaba con atención por un pequeño auricular. De éste salía un arco de metal ligero en cuyo extremo un diminuto micrófono permitía que el técnico hablara sin necesidad de utilizar las manos. Frente a él, encima de la mesa, había un magnetófono y un pequeño ordenador Toshiba a través del cual pasaban los cables del teléfono y cuyo teclado manejaba el técnico a gran velocidad y con dedos ágiles.

—¿Piet van de Wijn? —preguntó Christiaan Kalverstat con su tono pausado.

Estaba en el interior de una cabina telefónica al pie de la estatua ecuestre de Guillermo el Taciturno en el centro de La Haya. Sobre la repisa de plástico que había debajo del teléfono, tenía un papel con unas cuantas indicaciones escritas a máquina.

—Soy yo. ¿Con quién hablo?

—Vamos, Piet —dijo Kalverstat con ironía. Se dio la vuelta en la cabina y mirando hacia el Mercedes en el que esperaban sus hermanos asintió con la cabeza; sonreía.

—Han avisado a la policía —dijo Hank desde el asiento trasero.

—Escuche con atención, Van de Wijn, y cumpla al pie de la letra las instrucciones que le voy a dar. Si no lo hacen, no volverán a ver vivo a su hermano.

En la casa de Laren, Piet palideció. Era un hombre grande, de tez por lo general florida y sonrisa siempre dispuesta. Esa mañana se lo veía encogido y le brillaba la piel de un color casi azul, casi mortecino. Miraba con tristeza hacia Saskia, la mujer de su hermano Kees.

El comandante Baumann apartó la vista de Piet y del

teléfono y la fijó en la señora Van de Wijn. Tuvo la visión de esta familia apacible y rica, cuya existencia transcurría sin sobresalto alguno y que de golpe había sentido cómo todo su mundo se venía abajo. Baumann era un veterano en casos de secuestro y sabía que aunque la angustia de la incertidumbre, la esperanza y la desesperanza, las interminables horas de espera eran capaces de destrozar los nervios más templados, para los familiares lo más inmediatamente aterrador era con seguridad la rapidez y facilidad con que había sido violada su existencia. En un instante, sin esfuerzo aparente, sin alterarse la vida del entorno, unos salvajes habían alargado la mano y habían llenado un hogar del miedo incierto que produce lo desconocido.

Sentada rígidamente en un sillón, agarrando con fuerza un pañuelo que de vez en cuando se llevaba a las comisuras de la boca, Saskia van de Wijn, una mujer de más de cincuenta años de serena belleza, había perdido gran parte de la compostura. Dos grandes círculos violáceos enmarcaban sus ojos, y su pelo, que siempre llevaba pulcro y bien peinado, estaba en desorden. Tres de sus cinco hijos se sentaban en el suelo formando un semicírculo en torno a ella.

Baumann sacudió la cabeza con irritación.

—Usted dirá —dijo Piet en el teléfono.

—En el correo del mediodía recibirán la prueba de que su hermano está en nuestro poder.

—¿Cómo sabemos que Kees se encuentra bien?

—Van ustedes a tener que confiar en mi palabra. Hasta ahora está bien. Ha pasado la noche tranquilamente —añadió Christiaan con amabilidad. Después, endureciendo el tono de voz, siguió hablando—. Su hermano será liberado tras el pago de cinco millones de dólares...

—¡Cinco millones de dólares! —Piet se atragantó y tosió—. ¡Está usted loco! No tenemos ese dinero...

En la habitación de la casa de Laren, todos se enderezaron al oír la cifra. Baumann hizo un gesto apaciguador, pidiendo calma en silencio.

—Lo tienen ustedes —dijo Kalverstat con sequedad y colgó.

Piet levantó la mirada hacia Baumann. Había en sus ojos sorpresa. Sin saber bien qué hacer, se quedó quieto con el auricular en la mano.

—La Haya —dijo el técnico con voz alterada, pegándose una palmada en el muslo—. Aj, demasiado tarde.

—¿Cómo dice? —preguntó Piet.

—Llamaban desde una cabina telefónica de La Haya —contestó el técnico sin levantar la vista de los diales de sus aparatos. Alargó el brazo derecho, bajó una clavija y repitió la información, esta vez por el micrófono, dando con precisión el número de teléfono que se trataba de localizar.

12.30

—Sobre todo, no pierda usted la calma —dijo el comandante Baumann—. Sabemos que van en serio de veras, pero... esto... este envío tan... tan macabro —carraspeó— quiere decir que su hermano está vivo... Aunque no le voy a esconder que corre grave peligro.

Piet van de Wijn se sentía muy mal. Unos minutos antes, casi con toda exactitud a las doce del mediodía, un policía de uniforme (de los que por discreción permanecían siempre en el interior de la casa) había entregado el sobre de papel de estraza al comandante. Le pareció una humorada macabra que fuera de papel reciclado. El sobre tenía la parte superior rasgada: los artificieros, en un siniestro instante de ironía objetiva, habían comprobado su contenido para evitar sorpresas desagradables. Baumann lo había entreabierto y, palideciendo, lo había devuelto al policía.

—Que lo examine el forense —había dicho en voz baja.

Después, pese a explicarle Baumann su contenido, Piet había insistido en verlo.

El teléfono sonó a las doce y media. Piet lo descolgó.

—Van de Wijn —dijo.

—¿Piet?

—¡Son ustedes unos miserables!

—Cállese —dijo Christiaan interrumpiéndole—. La vida es dura, ya lo ve usted —añadió con tono más amable—. Así comprobarán que no estamos de broma y se ahorrarán la tentación de hacer tonterías inútiles que harían peligrar la vida de Kees. Paguen rápidamente el rescate y la vida de su hermano correrá menos peligro.

—Pero...

—No me interrumpa más. —De pronto, la voz del secuestrador se hizo más distante y su timbre, más metálico; Baumann, que escuchaba la conversación por un auricular supletorio, levantó la cabeza y miró al técnico; éste hizo un gesto negativo—. Usted y yo sabemos que la familia Van de Wijn tiene fondos sobrados para hacer frente al rescate. No hay banco en Holanda que les niegue lo que ustedes pidan, Piet. —Kalverstat hablaba con mesura pausada, como si se tratara de acordar una transacción comercial—. La mitad de la cantidad que exigimos, es decir, dos millones y medio de dólares, será reunida en diamantes, cada uno de los cuales tendrá un peso máximo de ocho quilates. La otra mitad...

—Está en Alkmaar —dijo el técnico, hablando en voz baja por el micrófono—. Una cabina telefónica, como siempre...

—... es decir, otros dos millones y medio de dólares, estará compuesta por 72 kilos de heroína turca del 82 por ciento de pureza...

Piet van de Wijn exhaló con violencia.

—¡Pero es imposible! —exclamó.

—Un coche está llegando a la cabina... —dijo el técnico sin alterar su tono monocorde.

—... Tiene exactamente cuarenta y ocho horas para reunir los diamantes. Le llamaré pasado mañana a esta misma hora para darle las instrucciones de entrega de esta primera mitad...

—... Tienen la cabina a la vista... Han entrado en sentido contrario para que no escapen..., pero, un momento, no hay nadie...

—... En cuanto a la otra mitad, vaya usted obteniendo... Oiga, oiga... —Otra voz distinta empezó a hablar—: ¿Comandante Baumann? Soy el oficial Kerdal de la patrulla móvil...

Baumann le quitó el auricular a Van de Wijn.

—Diga, dígame, Kerdal.

—Estamos a la salida de Alkmaar, señor, a cuatro kilómetros del comienzo de la autopista A9, en la primera área de descanso. Hay una cabina telefónica. Tenemos un magnetófono que estaba funcionando cuando llegamos.

—¿No había nadie?

—Nadie, señor. El aparcamiento estaba completamente desierto.

Baumann dio un gruñido.

—Está bien —dijo—. Tráiganme la cinta a toda velocidad.

16.30

El comandante Baumann miró fijamente a Anneke. Era de verdad una espléndida criatura, de trazos delicados y piernas finas y largas. El pelo, una cascada de oro que le caía sobre el hombro derecho, le tapaba casi por completo un ojo muy azul. Pero tenía las facciones pálidas y miedo en la mirada. Baumann había visto esa expresión de susto muchas veces en su vida: un interrogatorio policial siempre produce miedo, incluso al más inocente, porque el mero hecho de enfrentarse a unas preguntas relacionadas con un crimen desasosiega y angustia. Nunca da tiempo a simultanear una respuesta que se pretende coherente con la busca acelerada de las razones que parece tener la policía para conectar al interrogado con el delito. Al interrogado la da la sensación de que para convencer de la propia inocencia toda respuesta debe ser clara y concisa y debe situarle a uno a cuatrocientos kilómetros del crimen.

El comandante sabía que, a menos que apareciera alguna contradicción escandalosa en lo que estaba contando Anneke, era imposible deducir su culpabilidad o su inocencia. Imposible. Esto era lo que más le disgustaba de su profesión: pasarse la vida moviéndose entre incógnitas, teniendo que dar palos de ciego para anticiparse al siguiente movimiento del delincuente. Imposible.

Asintió despacio.

—Y usted, aparte de ver al señor Van de Wijn una vez a la semana, ¿qué más hace?

Anneke abrió mucho los ojos y se mordió el labio inferior.

—La verdad es que poca cosa. Termino mi licenciatura en la universidad..., ya sabe, aquí al lado.

—¿Licenciatura?

—Sí. De español..., de lengua y literatura española.

—¿Ah?

Anneke se encogió nerviosamente de hombros.

—Quiero que me comprenda usted, señorita Frils. No estoy juzgando su vida privada. Lo que usted haga con ella es asunto suyo. Sólo me veo en la obligación de averiguar todo lo que pueda sobre usted porque está íntimamente comprometida con una persona que ha sido secuestrada y por la que unos desaprensivos piden un elevadísimo rescate.

Baumann hizo un gesto de disgusto y resopló. Miró una vez más a su alrededor. Se encontraban en el diminuto salón de la casa de Kerkstraat, una habitación amueblada con exquisito gusto, un refinamiento que compaginaba mobiliario moderno con maravillosas piezas antiguas. Dos únicos muebles sobresalían de entre los cómodos sofás tapizados en *chintz* de flores y las dos mesas de hierro y cristal: una silla Chippendale de caoba rubia, colocada entre dos ventanas, y una delicada mesilla Queen Anne sobre la que en un jarrón panzudo de plata sin labrar había un gran ramo de flores de mil colores primaverales. Una lámpara Tizio daba luz a un pequeño cuadro de Albert Cuyp que representaba una escena de invierno en un canal helado de Dordrecht. Baumann suspiró.

—¿Existe en su vida alguna otra persona a la que esté sentimentalmente ligada?

Anneke dudó un instante.

—No —dijo por fin.

Me está mintiendo, pensó el comandante; mira que si por una vez resolvemos un caso en poco tiempo.

—Quiero decir cualquier persona que no tenga nada que ver con nada de todo esto pero a la que usted trate de forma regular.

—No —repitió Anneke—. Bueno, tengo compañeros de la universidad, algunos amigos..., ya sabe..., gente así. Pero no...

—Entiendo. Yo... señorita Frils..., ¿le importaría que registráramos la casa?

—¿Ahora?

—Pues sí, ahora.

—¿Para qué? ¿Está usted sospechando de mí?

—¡No, no! —contestó Baumann sonriendo y levantando las manos con las palmas hacia afuera, como si la mera idea de sospechar de tan adorable jovencita le pareciera ridícula—. No, no, no. Pero, qué sé yo, puede que encontremos algo que revele alguna cosa, alguna razón por la que los secuestradores se decidieron por Kees van de Wijn y no por otra persona... No sé. Es urgente que encontremos alguna pista, algo. —Se quedó pensativo—. ¿Sabe usted que los secuestradores han enviado un dedo cortado de Kees a su familia?

Anneke palideció y se llevó una mano a la boca. Luego, sin poder articular palabra alguna, se levantó de golpe y salió corriendo hacia el cuarto de baño.

En el pequeño vestíbulo de la casa, el inspector Jongman dijo al comandante:

—Qué bárbara, ¿no? Se lo ha tomado muy mal.

—Claro, ¿cómo se lo va a tomar, hombre de Dios? Le hemos dado un susto de muerte. En fin, no creo que vayamos a encontrar nada, si es que hay algo que encontrar en la casa. De todos modos, le voy a volver a pedir permiso para que usted se dé un paseo por las habitaciones de arriba.

—Sí, señor.

—Y no me la pierdan de vista.

—No, señor.

17.05

La Bolsa de Diamantes es un gran edificio de ladrillo en la Weesperstraat, la arteria que cruza el barrio judío de Amsterdam y que corre paralela al río Amstel. Parece una sinagoga. Sus instalaciones, pasadas de moda, siguen en pie por respeto a la tradición, pero las grandes transacciones comerciales se llevan a cabo en un edificio contiguo más pequeño y bastante más moderno, que ofrece unas condiciones de seguridad más ajustadas a las necesidades del mundo de finales del siglo XX.

En uno de los despachos de la quinta planta del edificio nuevo estaban reunidos Piet van de Wijn y el joyero Aaron Leontieff.

Nada en aquel despacho resultaba superfluo: cuatro paredes enteladas de gris, moqueta gris perla en el suelo y un gran ventanal, ahora tapado por unas venecianas blancas, que daba sobre la Weesperstraat. En la pared de la derecha, una gran fotografía enmarcada de un artesano cortador de diamantes en el momento de asestar con su escoplo el golpe seco que partirá la piedra preciosa en dos; se apreciaba en sus ojos, magnificados por la ampliación, la absoluta concentración del que sabe que un error destruirá sin remedio centenares de miles de dólares.

En el centro de la habitación había una mesa cuadrada de dimensiones regulares enteramente tapizada de terciopelo negro. Sobre ella, luciendo desde el techo, un potente haz de luz halógena creaba una circunferencia luminosa de unos cincuenta centímetros de diámetro. En una esquina de la mesa sobre un cenicero de cristal de roca humeaba un delgado puro holandés dejado minutos antes por Piet. Se consumía con lentitud mientras la ceniza se deslizaba como un gusano de arandelas grises por las paredes transparentes.

Los únicos dos ocupantes del despacho estaban sentados frente a la mesa y miraban fijamente la circunferencia iluminada sobre la que refulgían, separados en tres montones iguales, un centenar de brillantes de tamaño bastante homogéneo. Ninguno pesaba más de cuatro quilates y menos de uno. Despedían un resplandor intenso hecho de mil chispas blancas, amarillas y azules.

—Aquí los tiene —dijo Aaron Leontieff—. Doscientos veinte quilates. Treinta diamantes de cuatro quilates, treinta de dos, cuarenta de uno. Todas las piedras son originarias de Kimberley y son de primera calidad. En su mayoría son River, es decir, blanco-azul e internamente perfectas.

Piet alzó la cabeza y miró a Leontieff. El joyero llevaba gruesas gafas de concha. Sobre el cristal derecho estaba atornillada una pequeña lente cilíndrica de aumento que Leontieff hacía girar hacia abajo para examinar las piedras y alzaba hacia las cejas para hablar con su cliente. El reflejo de los diamantes en los cristales de las gafas era tan vivo que no podían distinguirse sus ojos.

—En una transacción tan grande naturalmente destinada a fines especulativos —dijo, mirando a Piet sin asomo de curiosidad—, las piezas excesivamente grandes tienden a estropear el mercado. Como usted sabe, el precio del quilate varía dependiendo del tamaño de la piedra. Dicho en otras palabras, un diamante de cinco quilates no vale lo que cinco de un quilate, sino más o menos el equivalente de diez o doce.

Leontieff abrió un pequeño cajón que estaba en el costado de la mesa más próximo a él y extrajo un rectángulo de terciopelo marrón, que dejó en una esquina, y varias hojas de papel de seda. Con rapidez preparó diez pequeños paquetes rectangulares de papel de seda. Cada uno contenía diez brillantes. Terminada esta operación, arrastró el rectángulo de terciopelo hacia el centro de la mesa, lo alisó y dispuso sobre él los envoltorios. Cerró el rectángulo como si se tratara de un sobre.

—Esto es todo —dijo. Empujó el paquete hacia Piet—. Son dos millones y medio de dólares.

18.00

A Anneke le parecía que el calor era insoportable en el interior de la cabina telefónica. Se encontraba en el vestíbulo del hotel Hyatt, a pocos metros del Rijksmuseum, y llevaba diez minutos esperando con impaciencia a que el teléfono al que llamaba dejara de comunicar.

El inspector Jongman, sentado en un pequeño automóvil aparcado unos metros más atrás de la entrada principal del hotel, observaba a Anneke a través del gran ventanal del vestíbulo. Había encendido su segundo cigarrillo y, con el índice de la mano izquierda, golpeaba rítmicamente en el volante, con mal contenida frustración.

—¡Ah, qué tonta! —exclamó.

Haciendo palanca con los dedos corazón y pulgar, lanzó el cigarrillo hacia el centro de la calle por la ventanilla abierta.

Dentro del hotel, Anneke colgó por sexta vez el teléfono, se volvió y dio unos cuantos pasos rápidos hacia el quiosco de los periódicos. Se detuvo de golpe y dirigiendo una distraída sonrisa a un botones que la miraba sin disimular su admiración, terminó de recorrer la distancia que la separaba del quiosco forzándose a andar despacio. Cogió una revista de modas y la hojeó sin mirarla. Al cabo de un momento, dejó la revista en el estante del que la había cogido y regresó a la cabina telefónica.

El inspector Jongman hinchó los carrillos y se cuadró en el asiento del coche. Anneke descolgó el auricular y marcó nuevamente el número.

—Diga —respondió una voz masculina cautelosamente.

—¡Gracias a Dios! —exclamó precipitadamente Anneke—. ¡Por fin, Dios mío!... Necesito...

—Se ha equivocado de número —le contestaron.

La línea quedó muda. Anneke bajó la cabeza con desánimo, hasta que recordó que tenía que utilizar una contraseña para indicar que estaba sola y nadie escuchaba la conversación. Volvió a marcar.

—Soy Nekele. No cuelgues, por favor.

—Tranquilízate, anda —dijo Christiaan Kalverstat—. Tranquilízate. Y dime qué te pasa...

—¡Dios mío, Chris! —dijo Anneke con tono histérico—. Ha estado la policía en casa... Yo... ¿Qué le habéis hecho a Kees?

—Cálmate, Nekele, anda. Cálmate... Sabíamos que la policía iba a visitarte, ¿no?

—Sí, sí, pero..., seguro..., seguro que me han visto en la cara....

—¡Tonterías! ¿Desde dónde me llamas?

—Desde el Hyatt.

—No te han seguido. —Un tono ligeramente más seco.

—No, claro que no... De verdad..., me he fijado. Pero, Chris..., tengo miedo... Por Dios, dime lo que le habéis hecho a Kees.

—No te preocupes de nada, anda. No le hemos hecho nada a Kees. Está bien. ¿Por qué?

—... Es que los policías me han dicho que le habéis cortado un dedo. —Anneke respiró hondo—. ¿Por qué?

Kalverstat rió con suavidad.

—¡Qué tontería! Son cosas que dicen los policías para desconcertar..., a ver si te pillan en algún renuncio. No hagas ni caso. No es verdad, mujer. —Rió nuevamente—. ¿Cómo vamos a hacerle semejante salvajada a nadie? Ya sabes que a Hank la sangre le pone enfermo... y, además, mira, Kees es nuestra inversión para el futuro. ¿Para qué diablos vamos a tirarla por la borda? ¿De acuerdo?

—De acuerdo —dijo Anneke en voz baja.

—Bueno. Te han visitado los policías, ¿no? —Kalverstat guardó silencio un instante y, al ver que Anneke no contestaba, dijo—: ¿Estás ahí?

—Sí, sí. Sí, me han visitado los policías... Me han hecho preguntas, y yo...

—... les has contestado lo que acordamos.

—Sí. Pero me da miedo. —Se llevó la mano a la mejilla. Jongman, desde el coche, frunció el ceño—. Chris..., yo..., ¿cómo está Kees?

—No te preocupes por él, anda. Está perfectamente. Mira, Nekele, te tienes que tranquilizar. ¿Necesitas algo?

—No, no. Tengo, de verdad. —Pensando en la jeringuilla y la pequeña botella de polvo blanco escondidas en el compartimento de verduras de la nevera, Anneke respiró profundamente—. Tengo.

—Pues tienes que tirar todo lo que tengas al canal. Sería catastrófico que encontraran algo. Yo te daré más después.

—Chris, por Dios... Estoy asustada.

Hablaba entrecortadamente.

De pronto, se le hizo muy viva la imagen de la jeringuilla, esperándola con sus promesas de escalofríos y orgasmos en los pechos y en los hombros y en los muslos, con la subida de la savia por los costados de la garganta. Quiso colgar y salir corriendo. Sacudió la cabeza, haciendo un esfuerzo para concentrarse.

—Chris, yo... Me pidieron permiso para registrar la casa.

—También sabíamos que te lo iban a pedir, ¿no? Cálmate, de veras, que no hay por qué alarmarse...

—Me da miedo. ¿No..., no podríamos..., no podría irme contigo? —suplicaba—. Sólo por esta noche. Me sentiría tan bien...

Kalverstat guardó silencio durante unos instantes.

—Está bien —dijo por fin—, está bien. Pero, por si acaso te sigue la policía, tenemos que hacerlo bien, ¿eh? —Sonrió—. A las nueve, te vas a ir al hotel Krasnapolski, ¿de acuerdo?

—De acuerdo.

—Como sabes, se puede llegar al aparcamiento subterráneo del hotel desde el mismo vestíbulo. Al entrar, haz como si fueras al lavabo. Vete de prisa y, al pasar por delante del tocador de señoras, sigue sin detenerte hasta el fondo del pasillo. Tuerces a la derecha y en seguida te topas con la puerta del aparcamiento. Da tres golpes con los nudillos. Yo estaré esperando detrás de la puerta y te abriré. Como para abrirla desde el hotel hace falta tarjeta del aparcamiento o una llave de habitación, si te sigue alguien, no podrá pasar, porque yo cerraré en cuanto tú hayas pasado. Nick mantendrá abierta la puerta de la calle para que salgamos con el coche. La policía tendría que dar toda la vuelta a la manzana. Ni en un millón de años les daría tiempo...

Rió con suavidad.

A Anneke, ese horizonte, que incluía una inyección a los pocos minutos y una noche a salvo en los brazos de Kalverstat, la calmó de golpe. Respiró profundamente.

—A las nueve —prometió.

No se le ocurrió pensar que su desaparición sería la

confesión implícita de su culpabilidad... y de la de Kalverstat, si ella regresaba y la policía conseguía establecer alguna conexión entre ambos.

Al inspector Jongman, viéndola colgar el teléfono, darse la vuelta con aire relajado y dirigirse hacia la salida del Hyatt con paso lánguido, no se le ocurrió preguntarse qué contenido podía haber tenido la conversación telefónica para haber conseguido calmarla de modo tan completo. Dejando que su mirada acariciara los largos muslos de Anneke, pensó, más bien, en que le gustaría desnudarla y cubrirla de caricias en la bañera que había visto en la pequeña casa de Kerkstraat. Se inclinó un poco para verla mejor. Tal vez la secaría después con una toalla rosa muy grande y le apilaría la melena sobre la cabeza y haría un lazo para que no se escapara más que algún mechón rebelde a rozarle las clavículas. Sacudió la cabeza y, saliendo del coche para seguir a Anneke, se frotó el estómago con viveza y exhaló dos o tres veces para que le amainara la ola de sensualidad que lo tenía agarrado por la garganta.

21.00

Anneke se bajó del taxi con cierta placidez lánguida. Se encontraba bien y tenía la sensación de que si se empeñaba sería capaz de echar a volar. Rió y luego, como le pareció escandaloso reír sola, se tapó la boca con una mano. Miró con ojos traviesos y sensuales al portero del Krasnapolski, que, abierta la puerta del automóvil, la contemplaba con una sonrisa expectante. Puso un pie en la acera con gran cuidado.

—Buenas noches —dijo saliendo por fin del taxi.

—Buenas noches, señorita —contestó el portero.

Con galantería, le había ofrecido una mano para ayudarla a incorporarse. Casi al mismo tiempo, el inspector Jongman, con la cabeza girada hacia atrás para no perderse la escena, se bajó del coche de la policía. Su conductor se había detenido veinte metros más allá de la entrada del hotel, en el costado derecho de la plaza, frente a los almacenes De Bijenkorff.

Anneke, sonriendo aún, subió los tres o cuatro peldaños de la entrada del Krasnapolski, esperó a que se abrieran las puertas automáticas, las franqueó y sin detenerse atravesó el vestíbulo, dejando los mostradores de la recepción a su derecha.

En la plaza, Jongman dio paso a dos coches con urgentes gestos de su mano derecha y se coló delante de un autobús de turistas, justo a tiempo de ver cómo en el interior del edificio Anneke se dirigía hacia el pequeño bar que queda a la izquierda del vestíbulo. No se detuvo allí, sin embargo, sino que siguió pasillo adelante hacia los servicios de la planta baja. Jongman alcanzó a verla desaparecer por el pasillo. Se detuvo sin decidirse a seguirla. Se rascó la oreja y dio un par de pasos titubeantes. «Bah», murmuró. Si la estrategia consistía en poner nerviosa a Anneke Frils y forzarla a hacer alguna tontería que la delatara, igual daba que se percatara ahora que más tarde de que la estaban siguiendo.

Se encaminó hacia el pasillo con decisión, pero

cuando llegó a la puerta de los servicios de señoras se detuvo y resopló sin saber qué hacer.

Unos metros más allá, oculta por el recodo del pasadizo, Anneke dio con los nudillos en la puerta de salida al aparcamiento del hotel. Como le había dicho Christiaan, para acceder al aparcamiento desde el interior del Krasnapolski es necesario tener una llave de habitación del hotel o la tarjeta del aparcamiento mismo. Dentro del garaje, las puertas de acceso a la calle son pesadas persianas metálicas que sólo se levantan cuando se introduce la tarjeta en la máquina de control, tras haberse pagado el tiempo de aparcamiento. Mientras dura la operación de apertura, el cajero vigila por un circuito interior de televisión. El aparcamiento del Krasnapolski es sin duda el más seguro de todo Amsterdam, una ciudad en la que la afición por la propiedad ajena, en especial cuando la propiedad ajena está depositada en el interior de un automóvil, es incluso superior a la de los merodeadores madrileños.

Las condiciones de seguridad del Krasnapolski le jugaron la peor pasada posible a Anneke. Un garaje menos hermético hubiera permitido al inspector Jongman seguirla hasta su interior y tal vez salvarle la vida. Aunque, para ello, el policía habría tenido que ser de reflejos más rápidos que de los que hizo gala durante toda la operación. Durante unos minutos, Jongman estuvo detenido frente a la puerta de los servicios de señoras sin decidirse a hacer nada. Mirando por fin a derecha e izquierda, se decidió a seguir pasillo adelante. Cuando llegó al recodo y vio la puerta del aparcamiento, brillantemente pintada de amarillo y rojo e iluminada por un pequeño foco, se acercó a ella e intentó empujarla. La puerta no cedió.

Jongman se mordió los labios, la empujó una vez más sin éxito, se dio la vuelta y regresó con rapidez a los servicios.

—¿Hay alguien ahí? —preguntó en voz alta.

Como nadie le contestaba, abrió la puerta por completo, miró a su alrededor, se dio un manotazo en el muslo y salió corriendo hacia la entrada principal del hotel. Su coche estaba detenido frente a la entrada y el conductor, sentado sobre la aleta izquierda, fumaba tranquilamente un cigarrillo.

—¡Rápido, rápido, rápido! —gritó el inspector—. ¡Vamos! A la parte de atrás. Vamos.

Mientras tanto, Christiaan Kalverstat, que esperaba en el interior del aparcamiento, había abierto la puerta para que Anneke pasara. Tras cerrarla, dejó que Anneke se refugiara en sus brazos riendo con alivio. Christiaan, un hombre joven, alto y rubio, tenía los ojos muy azules y una sonrisa cándida y alegre.

—¡Oh Chris! Gracias a Dios —exclamó Anneke.

—Vamos, Nekele. No te entretengas —dijo Christiaan, arrastrándola cariñosamente hacia el Mercedes, que con el motor en marcha esperaba en el carril de salida. Se sentó al volante mientras Anneke ocupaba la otra plaza delantera.

Al mismo tiempo, Nick Kalverstat, que esperaba junto a la máquina de control, introdujo en ella la tarjeta. También sonreía. La persiana metálica empezó a subir y Christiaan apretó el acelerador con suavidad. Sólo se detuvo un instante para que Nick subiera al coche.

—Nekele, tápate la cara si puedes... La policía... —Anneke lo miró con sorpresa—. Sí, sí... Te venían siguiendo... No creo que les haya dado tiempo a dar la vuelta al hotel, pero es mejor que seamos precavidos.

Muy despacio, el Mercedes se asomó al Voorburgwal, la estrecha calle que bordea el canal. A esa hora de la noche estaba llena de gente que paseaba, de coches, camionetas y motos que, apretujados contra las paredes de las casas, avanzaban con lentitud, despidiendo destellos rojos, azules, verdes y amarillos, reflejo de los neones de bares, escaparates y casas de mala nota. Sonriendo y levantando la mano para agradecer a quienes lo dejaban pasar, Christiaan deslizó el Mercedes entre una camioneta Volkswagen y un Toyota. Cincuenta metros más allá torció a la derecha por Damstraat y volvió al Dam.

—No te muevas —dijo.

En aquel mismo instante, el inspector Jongman salía corriendo del hotel y se montaba en un Volvo cuyo conductor, sobresaltado, tiraba a la calzada el cigarrillo que estaba fumando, abría la portezuela y tras poner el motor en marcha, arrancaba en dirección contraria.

—Bueno —dijo Christiaan—, ya está.

Nick rió su cacareo histérico y Anneke se sobresaltó. Nick no le gustaba nada. Le inspiraba repugnancia y algo de miedo, con su nariz afilada y las mejillas picadas de antiguo acné juvenil; tenía las manos grandes y huesudas, toscas, con las uñas comidas y los nudillos rojos por la mala circulación. Le parecía imposible que pudiera ser hermano de Christiaan.

—Cállate, Nick —dijo Christiaan con tono paciente—, anda, que pareces una gallina. —Miró a Anneke y se encogió de hombros levantando las cejas con resignación, como quien sufre una lata que no tiene más remedio que aguantar con resignación cristiana—. Qué quieres que te diga. Es un pesado, ya sabes, pero es buen chico.

El Mercedes enfiló el Rokin en dirección al hotel Europa y a Vijzelstraat. La noche era clara y estrellada. Por primera vez desde el comienzo de la primavera traía consigo aromas de verano que aquietaban el aire apacible de los viejos canales casi sombríos.

CAPÍTULO III

—

SÁBADO 23 DE MAYO

10.00

Entre Gouda y Oudewater, cruzan el campo holandés un sinfín de canales que discurren con ritmo lento por entre orillas de hierba y maleza. Hay docenas de caminos y carreteras comarcales que, al contrario de lo que ocurre con las vías más importantes, casi siempre construidas en la cresta de los diques, siguen la rasante del agua. Más que canales, son riachuelos artificiales que bordean diminutos pueblos de nombres sonoros, como Ijsselstein, que quiere decir piedra de hielo, o Zevenhuizen, que quiere decir siete casas, o interminables hileras de chalés, todos iguales o, detrás de setos y muros de ladrillo, castillos neogóticos, con almenas y tejadillos puntiagudos, hechos de madera y pintados de rojo. Hay tramos de pronto sombreados por enormes sauces y, en la revuelta de un canal, sobre una pradera abombada sembrada de jacintos y tulipanes, se yergue un belvedere romántico, desde cuyas cristaleras puede mirarse a lo lejos en una tarde de aguacero en primavera.

En alguno de los canales, el agua se remansa en un

recodo o en el reflujo de un pequeño dique y se cubre de vegetación y musgo. Frente a cada casa, amarrado a un diminuto embarcadero, siempre hay un bote de remos. En ocasiones, delante del embarcadero hay una verja, que de vez en cuando es de elaborada forja; sirve de portón y, entonces, la barca es amarrada detrás de él. Puentecillos de diversa hechura cruzan el canal desde la carretera para permitir el acceso de coches a las casas.

Como cada sábado y cada domingo de primavera, con las mañanas claras y el rocío aún reciente, los hermanos Leuk, dos gemelos de once años, subidos en un pequeño bote de remos, recorrían lentamente el canal, intentando pescar cualquier cosa para el almuerzo. Jugaban su juego con concentración, lanzando el sedal con parsimonia y esperando que su paciencia fuera recompensada. Siempre pescaban algún bicho incomestible y sólo muy de tarde en tarde caía un barbo perezoso. La del barbo, sin embargo, era una operación complicada porque, para que picara, los gemelos tenían que recorrer remando la mayor parte del pequeño canal, siguiéndolo hasta su desembocadura en la laguna que hay al otro lado de las casas y adentrándose en ella en pos de la corriente más fresca. Las lagunas, tan extensas que a veces parecen lagos, nunca son demasiado hondas; pocas veces rebasan el metro de profundidad. Como casi todas las vías de agua en Holanda, son producto de la industria humana dedicada, en este caso, a la excavación de turba, el secular combustible de las poblaciones rurales pobres.

Para llegar hasta la laguna, los gemelos tenían que

doblar un recodo en el que el agua, casi pantanosa, se había recubierto de una capa que se hubiera dicho espesa de musgo. Pura ilusión óptica, porque la vegetación era tan superficial que la mera inmersión de un dedo la apartaba y alborotaba, aunque, extraída la mano, se volviera a cerrar de inmediato sobre sí misma, recobrando su aspecto denso y consistente.

—Espera —dijo Jan Leuk—. Se me ha enganchado el sedal y... —añadió con esfuerzo, poniéndose de pie en la barca para tirar mejor—: no puedo...

Su hermano, Cristóbal, dejó de remar y miró hacia donde desaparecía el sedal.

—Pero ¿qué es, Janny?

—Y yo qué sé... Será... un cartón, porque parece como blando...

—Y el capitán Akab —entonó Cristóbal—, agarrado al cable que sostenía el arpón, tiraba con todas sus fuerzas, empeñado en una lucha a muerte con la bestia mar... —Había ido hablando cada vez más despacio hasta que se calló. Con los ojos muy abiertos, levantó la mano y señaló hacia el agua—. Janny —dijo por fin en voz baja.

El sedal había cedido y, por entre el musgo de la superficie del agua, de repente había aflorado, flotando como si fuera un corcho, una mano muy blanca. El pequeño anzuelo había atravesado el dedo meñique por su costado exterior.

Jan Leuk dio un gemido y de golpe tiró toda la bobina del sedal al agua, mientras Cristóbal, con un empujón incierto sobre los remos, acostaba la barca a la orilla.

Sin amarrarla, muertos de miedo, ambos chicos saltaron a la hierba y salieron corriendo en dirección a su casa.

Entraron en tromba en la cocina, en donde, de espaldas a la puerta, su madre preparaba la comida. Cristóbal sollozaba, incapaz de hablar, mientras Jan, muy pálido, no dejaba de gemir, señalando hacia el canal.

—Pero ¿qué os pasa, niños?

— ...

La madre esbozó una sonrisa.

—Estáis como si hubierais visto un fantasma. —Pero, comprendiendo que algo iba muy mal, dejó de sonreír—. ¿Qué ha pasado? —preguntó levantando la voz con angustia.

Como los dos niños sollozaban cada vez con más apuro y miedo, dejó sobre la repisa el cuchillo y la patata que estaba pelando, volvió a fruncir el ceño, miró alternativamente a uno y otro y, con voz ya tranquila, dijo:

—Vamos.

Tres minutos más tarde regresaba corriendo a la cocina. En la mano llevaba un pañuelo que apretaba firmemente contra la boca. Estaba muy pálida. Se acercó al teléfono de pared, lo descolgó, marcó tres números y esperó. Jadeaba.

—Oiga, ¿oiga? ¿Policía?

Se pasó el pañuelo por la frente y se secó el sudor como si utilizara un tampón.

—¿Quiere usted hablar con la policía? —preguntó una voz tranquila.

—Sí, sí, por favor, póngame con la policía. Es urgente..., muy urgente...

—Un momento, por favor.

Se oyó cómo, al otro lado del hilo, marcaban otro número y, al momento, una señal de llamada.

—Policía. ¿En qué podemos ayudarle?

—Oiga, policía, por favor, necesito ayuda...

—Dígame.

—En el canal enfrente de casa hay un muerto... Qué horror... No sé... Vamos, es una mano...

—Por favor, tranquilícese y dígame cómo se llama y dónde vive.

—¿El muerto? —preguntó titubeando—. Yo..., la verdad, no sé.

—No, señora. Quiero decir que cómo se llama usted, claro.

—Ah bueno, qué tonta soy, ¿no? Madelein Leuk... Quiero decir que me llamo Madelein Leuk...Vivimos en Dijkstraat 80, Haastrecht. Por Dios...

—Dígame lo que ha pasado, por favor.

—Mire, yo creo que hay una persona muerta en el canal, enfrente de casa. Sólo se ve una mano flotando, pero me parece que..., me parece que debe de estar muerta.

—¿Sólo se ve una mano? ¿Está usted segura?

—Sí, sí, ¡cómo no voy a estar segura! La he visto con mis propios ojos.

—¿Lo ha descubierto usted?

—No, no. Han sido los niños.

—Muy bien. Por favor, no toquen nada... Creo que será mejor que se queden ustedes en casa. En seguida mandamos un coche.

La agitación carga el aire de electricidad y la tensión de un drama incipiente se respira como si las gentes, con un repentino sexto sentido, fueran capaces de husmear el cambio en la rutina diaria. A lo largo del canal, en los últimos minutos, se habían ido abriendo puertas y los vecinos habían empezado a asomarse, preguntándose extrañados qué podría estar causando tanto silencioso alboroto y tanta alteración de la paz en una mañana de sábado. Inmóviles en el quicio de la puerta de entrada a sus casas o asomados al canal o acercándose a pasitos hacia la casa de los Leuk, los habitantes de Dijkstraat en el pequeño pueblo de Haastrecht, en el mismo centro de Holanda, empezaban a participar sin saberlo en una tragedia de mucho mayores proporciones que el desafortunado e infrecuente descubrimiento de un cadáver. Luego, con un repentino golpe de orientación colectiva, los más se arremolinaron en torno al recodo del canal por entre cuya vegetación asomaba muy blanca, muy inmóvil y terriblemente siniestra, la mano frágil del cadáver. Parecía un molde de yeso solitario, enganchado por el dedo meñique a un anzuelo y posado con delicadeza sobre una alfombra de terciopelo verde.

De golpe, como si se tratara de una representación teatral bien ensayada, del grupo de veinte o veinticinco personas apretujadas en torno al recodo del canal se elevó un coro de exclamaciones de horror o de repugnancia o de miedo y poco después la mayoría de las mujeres empezó a apartarse con espanto del lugar, arrastrando tras de sí a hijos y en algún caso a maridos. Una anciana voluminosa, vestida a la antigua usanza campesina, con traje largo, blusa de encaje y un elaborado pañuelo almidonado puesto sobre el moño, tenía las dos manos apretadas contra las mejillas y, sin parar, repetía:

—*Oh Gott, oh Gott.*

Muy poco después, apenas unos minutos más tarde, un coche de la policía se detuvo sin ruido frente a la casa de los Leuk, al otro lado del canal. Sus ocupantes, dos hombres de uniforme, se bajaron de él. Las ventanillas del automóvil estaban abiertas. De su interior procedía el ruido característico de la carga estática de la radio y, de vez en cuando, la voz monocorde de la operadora recitando instrucciones como una letanía.

Uno de los policías dio dos o tres pasos sobre el puentecillo. Desde el otro lado de la cancela, Madelein Leuk lo miraba fijamente. Aún llevaba el pequeño pañuelo blanco apretado contra la boca.

—¿Señora Leuk? —dijo el policía—. ¿Puede dejarme pasar, por favor?

—Sí, sí, claro —contestó Madelein Leuk, quitándose el pañuelo de la cara y dirigiéndose a abrir con premura la cancela—. Pase, por favor... Es... allí —añadió señalando con dedo incierto hacia el recodo del pequeño canal.

Los policías se dirigieron rápidamente hacia el lugar. Viendo la mano que asomaba por encima del agua, se miraron y uno de ellos dio un silbido.

—Apártense de aquí, por favor —dijo después con voz firme a cuantos presenciaban la escena—. Por favor, retírense y vuelvan a sus casas. Será mejor... Y, por favor, hagan que sus hijos permanezcan en casa.

Su compañero, mientras tanto, había vuelto al automóvil y, micrófono en mano, hablaba con su central, describiendo la escena y pidiendo que le enviaran unidades de refuerzo, una ambulancia, buceadores, camilleros, todo cuanto se le iba ocurriendo para hacer frente a esta emergencia desacostumbrada.

—Vaya mañanita —dijo en voz baja.

—¿Cómo dice, 174? Hable más alto, por favor.

—No, no es nada, control... Perdón.

Como única respuesta, el altavoz del coche crujió con estrépito.

Cuarenta minutos más tarde, los buceadores de la policía habían extraído del canal el cuerpo de Anneke Frils. Había sido necesario desenredarle de la cintura una gruesa cuerda que, a su vez, sujetaba la pesada piedra que retenía el cadáver en el fondo del canal. Anneke iba vestida como la noche anterior y sus facciones, aunque reconocibles, estaban ya grotescamente deformadas por efecto de la prolongada inmersión.

14.00

—Aquí están, comandante —dijo el joven policía de uniforme y entregó al comandante de la policía de Utrecht un grueso sobre de papel de estraza.

Sin decir palabra, el comandante cogió el sobre y se dirigió a su despacho. Una vez allí, lo abrió y extrajo de él un montón de fotografías. En todas aparecía, retratado desde distintos ángulos, el cadáver de Anneke.

—¿Quién eres? —murmuró el comandante—. En algún sitio te están echando de menos, ¿eh? —Luego, levantando la voz, preguntó—: ¿Sabemos algo más de ella...? ¿Hermann?

—No, comandante —contestó el sargento de guardia asomándose a la puerta del despacho de su superior—. Absolutamente nada.

—¿Desaparecidos?

—Ninguno que concuerde con su descripción... Debe de haber sido una guapa mujer y digo yo que no pasaría desapercibida... Claro que si es persona que vive sola, quiero decir, vivía sola o viajaba mucho o algo así, puede ocurrir que nadie la eche en falta hasta dentro de bastante tiempo.

—Hmmm..., o hasta el lunes en su oficina, por lo menos.

—Sí, señor.

—Y además, depende de por qué la mataron... Un marido engañado, un amante despechado. Para mí, que esto es un crimen pasional. —Dio un gruñido—. ¿Causa de la muerte? —preguntó, acercándose mucho una de las fotos a la cara.

—Nada, hasta que no tengamos los resultados de la autopsia. Caramba, supongo que, con esa piedra alrededor de la cintura, se ahogó, ¿no?

—Eso pienso yo también. Vamos, que no hay señales de violencia previa. Pero ¿por qué...? Quiero decir, ¿por qué te van a acabar tirando a un canal perdido en el centro de Holanda? ¿Por qué no al Rin o al puerto de Rotterdam? Casi parece como si el asesino hubiera querido que la encontraran en seguida, como si quisieran dar un escarmiento a alguien, ¿eh...? Como nadie la reconoce ahí..., en Haastrecht, vamos, supongo que la trajeron desde otro sitio alejado. Además —murmuró—, una ropa así. Medias de seda..., me parece que serán de seda..., sólo las lleva alguien de la capital, ¿eh? ¿Amsterdam, Rotterdam? —Suspiró—. No sé, Hermann..., parece una chica bien, ¿eh...? Difícil pensar en un ajuste de cuentas o cosa así. No —añadió con convicción—, no. Esto es crimen pasional.

—Habrá que ver si estaba embarazada...

—Sí. Pero... vaya manera de quitarse un problema de encima, ¿no?

El sargento asintió.

—¿Nadie ha preguntado por una persona así en los hospitales o a la policía?

—No, señor.

—¿Huellas dactilares?

El sargento hizo gestos negativos con la cabeza.

—No está fichada en ningún sitio.

—Vaya. Pues tendremos que esperar.

Cincuenta kilómetros más al norte, en las oficinas centrales de la policía en Amsterdam, el comandante Baumann resopló con cansancio. Miró al inspector Jongman y frunció el ceño.

—Se ha volatilizado, ¿eh? ¿Cómo diablos se la dejó usted escapar? Aj, ¡qué cosa más inconveniente! Ya sé que se lo he preguntado muchas veces, Jongman..., ya lo sé. —Jongman bajó la cabeza con resignación—. ¿Hemos circulado ya su fotografía?

—¿La de Anneke Frils?

—No, Jongman —contestó el comandante Baumann con tono paciente—. La de mi abuelita.

Jongman enrojeció.

—Perdone, señor, es que estoy tan..., tan frustrado con esta historia, que no me fijo en lo que me dice. No, no, señor, no hemos circulado aún la foto de Anneke Frils porque no hemos conseguido una hasta hace una hora, que es cuando entré en su casa con la autorización del juez. La están acabando de reproducir y, en cuanto esté, la distribuiremos por todo el país...

—Para lo que nos va a servir... ¡Aj! ¿Se habrá dado cuenta esta chica de que, al desaparecer, presumiblemente con el secuestrador de Van de Wijn, se acusa a sí misma con tanta seguridad como si la hubiéramos pescado con las manos en la masa? Me da mala espina todo esto, Jongman.

—No sé qué decirle, comandante... La verdad es que me preocupa Frils. Por lo que se ve, este secuestrador no se anda con chiquitas. ¿Usted cree que Van de Wijn está vivo?

—¿Van de Wijn? ¿Por qué lo pregunta, Jongman?

—No sé... Por el dedo que nos mandaron, supongo. Supongo que quiero decir que, si está vivo él, estará viva Frils.

—No tengo ni idea. Cualquier suposición es válida. En realidad, bien pensado..., tienen más motivos para matarla a ella que a él. ¿Para qué lo iban a matar? Tienen aterrada a la familia. Saben que les van a pagar el primer rescate. Además, saben que los Van de Wijn nos han llamado, pero tienen que hacer como si creyeran lo contrario y, entonces, tienen que exagerar sus amenazas... De ahí el dedo cortado... Qué bestias. —Cogió un bolígrafo de encima de su mesa y, con gran cuidado, se hurgó en la oreja con la punta. Suspiró—. Qué bárbaros. Son como los secuestradores sardos... No, pero ésos cortan orejas, más bien. ¿Se acuerda usted del hijo del millonario aquel del petróleo... Getty? Mandaron su oreja por correo. Pero, bestias y todo, no lo mataron. No —asintió con firmeza—, no lo han matado. Mi impresión es que, por lo menos hasta que intenten cobrar el rescate, Van de Wijn está seguro. Luego...

—No sé.

—Efectivamente —dijo Baumann con tono reflexivo—, no sabemos. Sólo me preocupa una cosa: el modus operandi de esta gente no es usual. Me parece mucho más firme, más seguro que el de otros secuestros nuestros, ¿verdad, Jongman? —Jongman asintió—. Desde luego, son delincuentes habituales, pero, a ver si me entiende, no me parece que se dediquen habitualmente al secuestro... Detrás de este secuestro hay algo más que una pura operación de dinero —añadió, dándose con el dedo índice de la mano derecha repetidos golpes en la nariz—. Me lo dice mi olfato.

—Pero ¿y qué vamos a hacer con las drogas?

—¿Con las drogas? ¿Qué drogas?

—Con los setenta kilos de heroína que exigen como segunda parte del rescate.

—¡Ah! Por encima de mi cadáver, Jongman, por encima de mi cadáver. Me pregunto si ése es el verdadero objetivo de todo el secuestro... ¡Qué idiotez! —Se enderezó en su asiento—. ¡Claro! No puede ser otro. ¿Se imagina usted la moda que inauguraríamos? De ahora en adelante, cualquier secuestro llevaría aparejado un rescate en drogas pagadero por el Estado. No podemos ni considerarlo. Setenta y dos kilos de heroína pura, Jongman. Pura... ¿Se ha detenido usted a considerar cuántos millones de dólares vale esa cantidad una vez cortada, distribuida en papelinas y vendida en el mercado...? No quiero ni pensarlo.

—Pero, comandante, ¿le ha dicho ya al ministro del Interior lo que piden los secuestradores?

Baumann sonrió.

—No. No se lo he dicho, no. Mire, Jongman, la familia Van de Wijn tiene una capacidad de presión enorme... Quiero decir que seguro que van a presionar al Gobierno todo lo que puedan para que les faciliten la heroína. Justo por eso, no quiero anticiparme, oponerme desde ahora a la entrega de la heroína. A ver si me entiende: el ministro de Justicia, el del Interior, son políticos, Jongman, gente que necesita votos, dinero para las campañas... ¿Me entiende? Si empezamos a hablar de droga ahora, aunque sea para decir que no, es probable que la primera reacción de los ministros sea también negativa, pero luego tendrían más tiempo para pensárselo. No, Jongman, cuando un político tiene tiempo para pensarse las cosas, por lo general acaba haciendo una tontería.

El inspector rió.

—Espero que no le oiga el ministro de Justicia, comandante. Pero ¿qué impide a la familia Van de Wijn hablar con el Gobierno?

—Nada. Sólo que, por el momento, no piensan más que en el primer rescate y... —Baumann levantó la cabeza bruscamente y se quedó callado—. ¡Claro! —exclamó por fin—. Claro. Lo que los secuestradores quieren es que todos pensemos en el segundo rescate, preparemos nuestros planes para ese momento... Ya sabe, qué sé yo, un engaño..., ¿eh?, un kilo de heroína y el resto de harina, o lo que sea... Pensemos en engañarlos y, mientras tanto, nos parezca irrelevante el primer rescate. No, no, Jongman. Ellos no esperan que paguemos el segundo; sólo quieren distraer nuestra atención para que no dificultemos el primero.

—¡Qué barbaridad!

—Sí, señor. Me parece que esta gente es más lista y más peligrosa de lo que pensábamos... —Se rascó la frente con el bolígrafo y, sobre la ceja, quedó una pequeña bolita de cerumen—. No. Ni hablar. Vamos a impedir que se pague el primer rescate. Sí, señor.

—¿Y Van de Wijn?

Baumann sacudió la cabeza.

—El eterno problema, ¿eh? El eterno problema. ¿Para qué estamos? Dígame, Jongman, ¿para impedir el crimen o para rescatar al secuestrado? En el primer caso, le cuesta la vida y en el segundo, el crimen paga... Dígame, dígame. No sabe, ¿eh? Pues se lo voy a decir yo —afirmó el comandante dando sobre la mesa un golpe seco con el índice de su mano derecha—. El comandante Baumann se ha cansado de condenar delitos. Palabrería. Estoy harto, sí, señor..., harto de que se sepa que en Holanda el secuestro paga, porque somos tan humanitarios que dejamos a los criminales que se salgan con la suya, con tal de que no les pase nada a los secuestrados. ¡Pues se acabó! El viejo Baumann va a capturar a los raptores y, con un poco de suerte, encontraremos a Van de Wijn con vida.

Jogman tragó saliva.

—¿Y Frils?

—¡Ah, la bella Anneke! Me parece que la vida le ha jugado una mala pasada. —Baumann se puso muy serio—. Lo cierto es que lo siento mucho por ella.

15.00

—¿Comandante Baumann?

—Le oigo mal —dijo Baumann apretando fuertemente el auricular—. ¿Quién es?

—Debemos de tener una mala línea. ¿Comandante? Soy el comandante Slagter, de Utrecht.

—¡Hombre, Slagter! Cuánto tiempo sin hablar con usted. ¿Y qué hace un jefe de policía en su oficina a las tres de la tarde de un sábado? Si es conocido que los policías no trabajamos nunca.

Slagter rió de buena gana.

—Me tienen encerrado aquí. Pero es culpa de sus chicas.

—¿De qué chicas?

—De las de usted, Baumann.

De repente, Baumann se quedó callado. Cerró los ojos y dejó de tamborilear con su mano izquierda sobre su mesa de despacho. Ya la hemos encontrado, pensó. Dios mío, qué de prisa.

—¿Baumann?

—Sí, sí, aquí estoy... Perdone.

—Acabo de recibir la fotografía de..., sí..., Anneke Frils. Nos la acaban ustedes de hacer llegar. Supongo que la habrán distribuido a todo el país. Pues no busque más. Me temo —carraspeó— que la hemos encontrado esta mañana.

—¿La han encontrado?

—Sí. Encontrado, sí. Muerta. Ahogada. Sí... Quiero decir, asesinada.

—Válgame. ¿Asesinada? —Baumann se pasó la mano por la frente.

—Sí, claro. Tenía una piedra atada a la cintura. Más asesinada, imposible.

—Sí. Naturalmente. ¿Cómo iban ustedes a encontrarla si no? —preguntó, más para sí que para su interlocutor—. ¿Slagter? Voy para allá ahora mismo. —Colgó—. ¡Jongman!

—¿Señor?

—Frils.

—¿Frils?

—Jongman, hay días en que está usted especialmente espeso. Utrecht ha encontrado el cadáver de Anneke Frils. —Lo dijo espaciando las palabras, como si hablara con un niño pequeño—. Estos secuestradores... no se andan con chiquitas a la hora de borrar pistas. Válgame el Señor.

Jongman se había quedado completamente inmóvil. De pie, como estaba, con la cabeza inclinada, parecía un alumno al que el director del colegio estuviera regañando por alguna pillería.

Baumann suspiró.

—¿Dónde va a acabar esto? —Hinchando los carrillos, apoyó las manos en el borde de su mesa de trabajo; tomó impulso y se levantó—. Vamos —dijo.

CAPÍTULO IV

—

DOMINGO 24 DE MAYO

12.30

—Tenga usted mucho cuidado, Piet —dijo Christiaan Kalverstat—, porque, como en las anteriores ocasiones, no repetiré ninguna de las instrucciones que le vaya dando. Si no me escucha atentamente, si no hace usted exactamente lo que le digo, si veo un solo coche de policía y no digamos un helicóptero, interrumpiremos toda comunicación con ustedes y no volverán a ver a su hermano con vida. Sólo si el rescate sale bien, pondremos en libertad a Kees. ¿Está claro?

—Sí —dijo Piet van de Wijn con cierta irritación.

El comandante Baumann, que estaba a su lado, lo miró con preocupación y levantó una mano para aplacarle la ira. Pero no había que preocuparse: la brusquedad de Piet era puro nerviosismo.

—¿Tiene usted los diamantes de la primera parte del rescate?

—Sí.

—Bien. Dispóngase a moverse con rapidez, utilizando un automóvil. Dentro de un cuarto de hora, recibirá usted nuevas instrucciones. Y, Piet...

—Diga.

—No haga usted tonterías.

La comunicación se cortó.

—¡Aj! —exclamó el técnico de la policía—. Nada. No he podido siquiera aproximarme. Va a ser imposible.

Baumann apretó los labios.

—Humm. No cometen un solo error. Vamos a tener que mover a los equipos con rapidez. —Se volvió hacia Jongman—. ¿Está todo listo?

—Sí, señor.

—¿El helicóptero?

—Dispuesto a despegar en el momento en que sea necesario.

—Perdonen ustedes —dijo Piet van de Wijn con inusitada firmeza. Baumann y Jongman lo miraron como si lo vieran por primera vez—. No va a despegar helicóptero alguno, ni se va a hacer operación de nada. No puedo permitir que todo esto parezca una operación militar... No puedo arriesgar la vida de mi hermano...

El comandante Baumann se mordió los labios.

—Ya hemos hablado de ello, señor Van de Wijn. Nada de esto va a parecer una operación militar. Nada será detectable. Además, la vida de su hermano no corre más peligro con... Mire usted, en primer lugar, los secuestradores cuentan con que ustedes hayan avisado a la policía...

—No lo saben.

—¡Claro que lo saben! Hágame usted caso...

—¡Pero si nada ha salido en los periódicos! Nadie sabe nada. No tienen por qué suponer que hemos avisado a la policía.

Baumann cerró los ojos. Luego, como si quisiera deletrear la palabra, dijo:

—S-a-b-e-n que han avisado a la policía. Lo saben, señor Van de Wijn. Éste es el juego del secuestro. Los secuestradores tienen que inventar un método que no les falle a la hora de cobrar el rescate, contando siempre con que la policía va a intentar impedírselo...

—¡La vida de mi hermano no es un juego!

—Naturalmente que no —se apresuró a decir el comandante—. Naturalmente que no... Perdóneme... Lo siento. Ha sido una expresión poco afortunada. Lo que quiero decirle es que nuestra intervención, al contrario de lo que pudiera parecer, no hace más agudo el peligro. Ni más ni menos peligroso. Un rescate es siempre peligroso, entre otras cosas, porque los secuestradores mismos están nerviosos. Aunque éstos... Por eso creo, además, que debe usted conocer nuestros planes. Es usted una persona responsable y debe estar al tanto de los peligros reales e imaginarios, ¿eh?, que una situación de este tipo encierra. Pero el hecho mismo de que usted lleve una radio disimulada en su ropa para que, en todo momento, sepamos lo que hace y qué instrucciones recibe de los secuestradores..., bueno..., indica que nos lo tomamos en serio. No debe usted preocuparse —añadió en tono conciliador—. Los efectivos que van a intervenir en la operación son verdaderos expertos. Nadie los va a detectar. Ningún helicóptero sobrevolará la zona y, cuando se utilice uno para seguir a los secuestradores, irá tan alto que no será detectable. —A Baumann, sus palabras se le antojaron muy poco convincentes. Pero era todo lo que estaba dispuesto a hacer para tranquilizar a Van de Wijn. Se encogió de hombros—. Esperemos la llamada.

Miró a Van de Wijn, esperando su desacuerdo, pero Piet no dijo nada.

Zandvoort, 12.40

Nick Kalverstat había detenido su camioneta Opel en uno de los extremos de la gran explanada de Zandvoort, en el sector de ésta que se encuentra circunscrito, a un lado, por la carretera que corre paralela a la playa y al mar y, al otro, por la verja que encierra las tribunas del famoso circuito de carreras. En días de carreras, la explanada se utiliza como aparcamiento suplementario. Ese día estaba vacía. Un único vigilante custodiaba la cancela de acceso al recinto. Tal como habían acordado temprano aquella misma mañana tras exhibirle Nick el oportuno permiso municipal (falso, claro está), el vigilante le franqueó la entrada.

Hacía un día espléndido. Algunas nubes distantes se desflecaban en el horizonte, hacia la costa de Inglaterra, en el cielo limpio del mediodía de primavera. El viento estaba en calma y, por una vez, el mar del Norte, completamente sereno, había perdido su tonalidad grisácea habitual y estaba de color azul, casi turquesa. Miles de turistas llegados desde Alemania para pasar el fin de semana tomaban el sol tumbados sobre la arena. En algunos quioscos móviles se vendían hamburguesas, perritos calientes y patatas fritas. Despedían un fuerte olor a aceite refrito y a sebo. Desde otras carretas motorizadas, vendedores de sólida tripa y fiero bigote ofrecían arenques crudos, sazonados con cebolla. Grandes triciclos con una nevera al frente prometían helados de vainilla y chocolate o crema.

Con solemnidad parsimoniosa y ante la mirada intrigada del vigilante, Nick se puso a desatar las cuerdas y desenganchar los pulpos que sujetaban las grandes alas dobladas del avión superligero al techo de la camioneta. Las alas eran livianas armazones de aluminio recubiertas de tela de seda y, por lo tanto, resultaban muy manejables. Una vez que las hubo liberado de sus ataduras, las descargó con cuidado una a una y las puso sobre el asfalto. Algunos curiosos empezaron a congregarse alrededor de Nick, que levantó la cabeza y les dirigió una sonrisa, esperando fervorosamente que ninguno fuera el dueño del vehículo. Lo había robado aquella misma mañana en Amsterdam y, aunque le había puesto una matrícula falsa, nunca se sabía qué casualidades podían llegar a complicar las cosas.

Cuando tuvo las alas en el suelo, Nick se dirigió hacia la parte trasera de la camioneta y abrió la portezuela. Los asientos habían sido abatidos hacia adelante y, sobre el revestimiento de caucho negro que los cubría, había sido colocada una armazón de tubos de aluminio que se apoyaba sobre cuatro pequeñas ruedas de goma. Constituían una especie de jaula, en medio de la cual había un asiento metálico soldado al tubo transversal anterior. Sin excesivo esfuerzo, porque la estructura pesaba muy poco, Nick extrajo la carlinga y la colocó al lado de las alas.

Para terminar, sacó de la camioneta un diminuto motor de dos tiempos equipado con una hélice de madera, de cuyo eje sobresalía una barra de aluminio de un metro y medio, rematada por una uve. Los brazos de la uve apuntaban hacia adelante y cada uno tenía una longitud de cuarenta centímetros. Colocando el motor sobre la armazón, Nick lo atornilló, apretando ocho palomillas de enganche.

El público empezaba a ser numeroso.

—¿Es fácil de montar? —preguntó uno de los espectadores.

—Ahora mismo lo verá usted —dijo Nick—. Es sencillísimo. Si quiere echarme una mano, iremos aún más de prisa.

—¿Qué hay que hacer?

—Agarre usted esta ala por este extremo, por favor... Así. Eso es. Y ahora sepárese hacia allá. Yo —dijo Nick, levantando un poco la voz— cogeré el otro extremo, ¿ve?, y... lo encajo... aquí. —Dos tubos que sobresalían del ala fueron encajados en la carlinga y atornillados con sendas palomillas. Un tercer tubo salía en ángulo del centro del ala. Nick lo enganchó a la base de la carlinga y lo atornilló—. Y ahora, si desdoblamos el ala hacia usted, la tendremos extendida en toda su longitud. Así. Eso es... Atornillamos aquí y... listo. Y una. ¿Ve qué sencillo?

Su colaborador eventual rió, encantado. Me pregunto, pensó Nick, si esto hace a este tío cómplice de un crimen. Se le escapó un graznido de risa.

—¿Quiere ayudarme alguien más? —preguntó. Un niño de unos doce años se adelantó—. ¿Tú? Estupendo. Ya has visto lo que hay que hacer, ¿eh?

Repitieron la operación y, unos minutos más tarde, el ultraligero estaba listo para arrancar.

12.45

—¿Está usted preparado, Piet? —preguntó Christiaan Kalverstat.

Piet apretó el auricular del teléfono con fuerza.

—Sí —dijo.

—Hágale hablar —dijo el comandante Baumann en voz baja.

—Una cosa.

—¿Qué? No me entretenga.

—¿Puede acompañarme mi chófer?

—No. No me vuelva a interrumpir —añadió Christiaan secamente—. Y, ahora, preste atención. Salga de su casa. Tome su automóvil. Arranque, salga de Laren, suba hacia Hilversum y, desde allí, por la autopista, vaya a Utrecht. Rodee la ciudad y vaya al edificio Jahrbeurs. Espere en la entrada principal. No se separe de la puerta. Tiene treinta y cinco minutos.

La línea enmudeció.

—Utrecht. Jahrbeurs. Entrada principal —dijo el técnico de la policía hablando en su micrófono. Después levantó la mirada hacia Baumann—. Lo siento, comandante, pero no habla el tiempo suficiente... Lo siento.

El comandante sacudió la cabeza.

Piet van de Wijn miró a los policías con preocupación.

—Me voy —dijo.

—No se preocupe. No tema. Le tenemos perfectamente cubierto... Todo saldrá bien —dijo Baumann—. Y no olvide que, ahora, los secuestradores ya están comprometidos a seguir. Quiero decir que, si han iniciado la operación, ya no se van a detener, aunque usted llegue tarde a los sitios y no pueda hacer lo que le exigen en los plazos que le ponen. Recuerde: no se ponga nervioso. Tiene tiempo. Por unos minutos, los secuestradores no van a dejar de querer cobrar el rescate.

Piet corrió una vez más la cremallera de la cartera flexible de Louis Vuitton que llevaba en la mano, comprobó que en su interior se encontraban los pequeños envoltorios con los diamantes, la cerró y, sin decir nada más, se dirigió hacia el salón contiguo. La esposa de Kees, más demacrada que nunca, estaba sentada en uno de los sofás.

—Saskia —dijo Piet—. Me tengo que ir ya.

—Que Dios te bendiga, Piet, que Dios te bendiga. Nunca olvidaré lo que haces.

Inclinándose, Piet besó a su cuñada en la frente. Suspiró y, con la mano derecha, le apretó el hombro con cariño.

—En seguida vuelvo —dijo.

Se incorporó, giró en redondo y se dirigió hacia la puerta de la casa. Un policía de uniforme, cuidando de no ser visto desde el exterior, abrió la puerta y lo dejó salir.

Piet se montó en su Mercedes, puso el motor en marcha y arrancó, encaminándose con lentitud hacia la cancela de salida del jardín.

Treinta y seis minutos más tarde estaba en la entrada del Jahrbeurs, el gran palacio de exposiciones de Utrecht. La acera estaba desierta. Aparcó con dos ruedas sobre el bordillo, se bajó del automóvil y, sujetando con firmeza la cartera que contenía las piedras preciosas, dio unos pasos hacia la puerta. Miró a derecha e izquierda con indecisión. No ocurrió nada. Nadie le interpeló, nadie se acercó a él. También estaba desierto el vestíbulo del edificio. Desde la calle, a través de las cristaleras de la fachada, podía verse, al fondo, un mostrador de guardarropía, cerca de los ascensores y de la escalera mecánica. A un lado de la puerta, había tres cabinas de teléfonos. Por enésima vez, Piet consultó la hora en su reloj.

Durante varios minutos más no ocurrió nada. Olvidando los buenos consejos que le había dado el comandante Baumann, Piet empezó a agitarse. En la distancia, se oyó el timbre de un teléfono que sonaba insistentemente sin que nadie atendiera la llamada. Van de Wijn tardó un buen rato en darse cuenta de que era uno de los que estaba en las cabinas públicas y de que no podía sonar sino para él. Comprendiendo por fin de qué se trataba, dio un gemido agitado y se precipitó hacia el vestíbulo. Acercándose a una de las cabinas, descolgó el auricular. Jadeaba.

—Diga..., diga —exclamó con voz entrecortada.

—Seis minutos de retraso, Piet. No lo vuelva a hacer.

—No, no... Es que había mucho tráfico.

A unos kilómetros de Utrecht, sentado en el potente automóvil que hacía las veces de cuartel general, Baumann dio un gruñido al percibir la angustia de Piet, tan clara incluso a través del filtro del sonido metálico y deficiente de la radio con la que se mantenía en mudo contacto con él.

—Diríjase a La Haya por la autopista —dijo Christiaan Kalverstat—. Una vez allí, aparque frente a la estación de ferrocarril. Entre en ella por la puerta en la que está la floristería, acceda a la zona de andenes. Inmediatamente a la izquierda, hay unas cabinas telefónicas. Espere allí. Tiene sesenta minutos.

—¿Qué hacemos con el helicóptero? —preguntó Jongman.

—Que se dirija a La Haya, pero que se quede lejos. —Jongman dio unas instrucciones por radio—. Aún estamos dando rodeos, Jongman. Van de Wijn nos irá llevando de sitio en sitio. —Señaló un monitor de pantalla cuadriculada, en cuyo centro se encendía y apagaba alternativamente una luz roja—. Mientras siga funcionando nuestro pequeño chivato del maletero, podremos seguirlo bien, ¿verdad? —Hizo un mínimo gesto de duda—. Me pregunto cuándo va a intentar despistarnos.

—¿Quién?

Baumann puso los ojos en blanco. Suspiró.

—El secuestrador, hijo, el secuestrador.

En el gran vestíbulo de la estación de La Haya, Piet se acercó a las cabinas telefónicas y se detuvo. Rígido, sin moverse, se puso a esperar. Llevaba la cartera que contenía los diamantes agarrada con fuerza en la mano izquierda. Al cabo de un momento, sintió que le daban unos golpecitos en el brazo. Sobresaltado, se dio la vuelta, exclamando:

—¿Qué...?

Un hombre de edad, sucio y mal trajeado, le miraba con curiosidad.

—¿Es usted Van Wijn? —preguntó.

—Sí.

—Tome. Esto es para usted.

Le entregó un sobre, giró sobre sí mismo y se fue.

—¡Eh, un momento! —dijo Piet al ver que el anciano desaparecía rápidamente.

Durante un instante, siguió mirando con fijeza al lugar por el que se había ido el desconocido y, después, se encogió de hombros. Bajó la vista al sobre que tenía en la mano, lo rasgó y extrajo de él una hoja escrita a máquina y una llave.

«Vaya a los armarios de la consigna y abra el número 76.»

Corriendo, Piet se dirigió al banco de armarios de la consigna de la estación y abrió el 76. En su interior había un mono azul, unas zapatillas de deporte y una nueva hoja mecanografiada.

«Vaya a los retretes que tiene enfrente. Quítese toda la ropa, póngase el mono y las zapatillas y deje absolutamente todos los objetos que lleve encima de la banqueta. Cartera, reloj, pulseras, radios, micrófonos, todo. RECUERDE: LE VA EN ELLO LA VIDA DE SU HERMANO. Cuando lo haya hecho, vuelva al lugar de los teléfonos. Tiene 4 minutos.»

Fueron los cuatro minutos más cortos y angustiosos de su vida. Y cuando por fin, endosado su ridículo atuendo, salía corriendo de los servicios públicos de la estación, se cruzó con seis hombres que, aunque de paisano, no podían disimular su condición de policías. Entraron en tromba en los servicios. Mientras tanto había empezado a sonar uno de los teléfonos. Corrió hasta él y lo descolgó. Jadeaba.

—Le estamos vigilando, no lo olvide. Diríjase en coche hacia Katwijk, pasando por el interior de Wassenar. Cuando llegue a la playa de Katwijk, aparque y vaya a pie por ella en dirección a Noordwijk. Hay dos casetas a los cien metros de entrar en la playa. Rebasada la segunda, tuerza a la derecha e intérnese por la duna en línea recta. Deténgase en el segundo poste de la electricidad. No haga tonterías.

Piet se puso a escudriñar a cuanta gente pasaba por el vestíbulo de la estación. Al cabo de un momento, como nadie parecía hacerle caso, salió a la calle.

Apenas un kilómetro más allá, el comandante Baumann se dio una fuerte palmada en el muslo.

—¡Ya está! ¡Ya está! —dijo con excitación—. Vamos..., vamos... Le han hecho cambiarse de ropa para que se quite cualquier micrófono a través del que nos pudiera estar hablando. Ahora va en serio... Sobre todo, no le perdamos de vista en este monitor. —Rió—. El pez es listo —se frotó las manos—, pero el pescador es más listo y más paciente.

Jongman lo miró con curiosidad sorprendida, pero no se atrevió a preguntarle nada. Sonó un teléfono móvil.

—Sí —dijo Jongman y escuchó con atención. Cortó la comunicación y añadió—: Comandante, los hombres que han entrado en los lavabos de la estación no han encontrado a nadie... Han recogido objetos personales y ropa de Van de Wijn. Nada más.

—Claro, lo que yo decía.

Hank Kalverstat, desde su coche, observó cómo Van de Wijn salía de la estación, se subía a su Mercedes y arrancaba en dirección a Wassenar.

—Un momento —dijo al guardaespaldas que conducía.

Esperaron dos minutos y vieron cómo pasaba a toda velocidad el automóvil del comandante Baumann. Kalverstat sonrió.

—Vamos —dijo.

Mientras arrancaban en dirección contraria a la tomada por los otros dos vehículos y se dirigían hacia la playa de Scheveningen, Hank cogió un teléfono móvil que había dejado en el asiento de al lado suyo. Marcó un número.

—¿Me oyes?

—Te escucho... —dijo su hermano Christiaan.

—Va para allá.

—OK...

Christiaan se encontraba instalado en una tumbona de la playa de Katwijk. Personificación misma de la inocencia, parecía un turista nórdico disfrutando de un día de sol. Para tener mayor libertad de movimientos y para que, en cualquier caso, no existiera riesgo de que alguien le oyera cuando sus hermanos o él usaran los teléfonos, se había colocado lejos del agua, para así estar más aislado.

Respiró con profundidad dos veces. Sólo relajándose conseguiría que se le pasaran los nervios. La noche anterior casi no había dormido: repasaba una y otra vez el catálogo de cosas que podían salirles mal y de casualidades malhadadas que podían coincidir aquella tarde en aquel sitio. Nada de ello había contribuido a tranquilizarlo. Y durante la mañana, mientras comprobaba que todo estaba bien preparado y que nada había sido dejado al azar o, más tarde, al hacer las llamadas de teléfono, la tensión había ido aumentando. Pese a la calma que aparentaba, apaciblemente sentado en la playa como si fuera un bañista más, tenía un apretado nudo en la boca del estómago. Decidió beber un poco de agua, pero al acercarse la cantimplora a la boca le tembló tanto la mano que sujetaba el recipiente que tuvo que ayudarse con la otra.

Carraspeó. Miró a su alrededor con aparente indiferencia y, luego, consultó su reloj. Eran exactamente las dos y media de la tarde. En ese mismo momento, Nick, instalado en el asiento de su avión ultraligero, debía de estar encendiendo su móvil.

Christiaan tenía un saco de deportes sobre las rodillas. Dejó la cantimplora a un lado y, tomando la bolsa con ambas manos, se la acercó a la cara. Había hecho lo mismo unos minutos antes, al hablar con Hank. Abrió el saco y se inclinó hacia su interior, como si buscara alguna cosa. En esa misma posición, cogió una vez más su teléfono y marcó un número.

—Nick... —dijo.

—Ya —dijo Nick al cabo de un segundo.

—Buena suerte —dijo Christiaan y el receptor le devolvió un graznido. Esperó con la comunicación abierta.

Durante unos minutos, no pasó nada. Hasta donde estaba Christiaan llegaban amortiguados los gritos y risas de los turistas que jugaban sobre la arena o que entraban y salían del agua. Un domingo de mayo del todo normal.

A las tres menos cuarto, Piet van de Wijn llegó al aparcamiento de la playa. Detuvo el automóvil y, sin moverse de su asiento, bajó la cabeza y tragó saliva. Luego, despacio, se bajó del Mercedes, lo cerró y empezó a andar. Firmemente sujeta bajo el brazo llevaba la cartera con los diamantes.

—Madrecita mía —dijo Christiaan en voz baja, sin perder de vista el botín que sería suyo dentro de poco. Sin sacarlo de la bolsa, se acercó nuevamente el teléfono a la boca—. Vamos —dijo.

Una treintena de kilómetros más al norte, Nick levantó una mano para despedirse del público y pulsó el botón de arranque del motor del superligero. Funcionó a la primera. Protegido por un doble seto que delimitaba una improvisada pista de aterrizaje en el interior de la explanada (en realidad, se trataba de un pequeño espacio en el que, en los días en que se celebraban carreras de aficionados, los pilotos de las motocicletas más o menos preparadas calentaban sus motores), Nick hizo rodar el diminuto avión unos cincuenta metros, hasta el extremo sur de la pista. Allí, giró en redondo y, sin esperar, aceleró de golpe. Treinta segundos después, el aparato estaba en el aire y se elevaba con lentitud.

Rebasada la segunda de las casetas que había en la playa, Piet giró hacia su derecha como le había sido ordenado para internarse por la duna y alejarse del mar. Andaba despacio y con incomodidad: las zapatillas deportivas le estaban algo grandes y dejaban que le entrara arena que le oprimía los dedos de los pies. Cuando por fin alcanzó la maleza, se limpió las zapatillas dando pequeños saltos sobre cada pierna. Luego pudo acelerar su ritmo de marcha hacia el segundo poste eléctrico situado a un centenar de metros de donde se encontraba.

Christiaan Kalverstat, mientras tanto, se había levantado de su tumbona y, tras ponerse un chándal y meter todas sus pertenencias en la bolsa, se dirigió con lentitud hacia el aparcamiento. Una vez allí se montó en un pequeño BMW, arrancó el coche y lo encaminó hacia la autopista de Rotterdam y el sur.

Cuando Piet van de Wijn llegó al segundo poste del tendido eléctrico, miró con sorpresa a su alrededor. No había nadie. Tampoco había cabina telefónica ni aparente medio de comunicación con el exterior. En Holanda, el acceso a las dunas suele estar prohibido a la población civil y aunque desde donde estaba Piet podía oír los ruidos de los turistas en la playa, de algún altavoz y de los coches que pasaban por la carretera cercana, el lugar en el que se encontraba estaba desierto. Giró en redondo.

—No hay nadie —murmuró. Y después, levantando la cabeza, exclamó—: ¡Eh, no hay nadie! ¿Qué diablos...?

Dos kilómetros más allá, el comandante Baumann gritó:

—¡Debe de estar ahí! ¡Vamos..., vamos! Jongman, esta gente va a aparecer desde detrás de cualquier sitio... ¡Vamos! ¡Los tenemos! —Bajó la voz—. ¡Jongman! ¡Déme ese micrófono! —Se lo arrebató con impaciencia—. A todas las unidades... Estamos en la carretera sin salida que va hacia la playa de Katwijk. Diríjanse todos inmediatamente allá y sellen todas las salidas. ¡Sin sirenas!... Helicóptero, ¿me oye?

—Le oigo, señor.

—Acérquese un poco a Katwijk..., pero no demasiado. Quédese a altura suficiente para que no lo vean.

—Comprendido.

—¿Por qué no le dice que se ponga encima? —preguntó Jongman.

—Porque es nuestra última baza, hijo, si todo falla y por alguna razón que ignoro los secuestradores se nos escapan... —Se inclinó hacia el conductor y le dio dos golpecitos en el hombro—. Más de prisa. No comprende usted, Jongman, que los secuestradores no pueden ser tan idiotas como para meterse en un callejón sin salida. Han demostrado justo que son lo contrario. Lo han hecho todo bien hasta ahora ¿y ahora se van a equivocar? No, hombre, no.

El potente automóvil de la policía avanzaba a toda velocidad por la estrecha carretera, entre la duna y los campos de flores, perfectos rectángulos de tulipanes, jacintos y gladiolos de todos los colores, que desfilaban, aparecían y desaparecían del campo de visión de los pasajeros como en un caleidoscopio, exhalaciones de rojo, azul, amarillo y naranja. Por fin, al franquear una última curva y coronar una última pendiente, pudo verse el aparcamiento lleno de vehículos. Baumann dio un gruñido de impaciencia.

—¿Comandante?... Aquí el helicóptero.

—Adelante.

—Por la línea de la costa se acerca un ultraligero.

—¿Un qué?

—Un avión ultraligero, señor.

—Son avioncitos de juguete con un motor de dos tiempos, comandante —dijo el conductor de Baumann—. Puede volar una persona, despacio y a baja altura...

—Ya sé lo que es un ultraligero... No soy idiota...

—... en dirección al sur. Si mantiene la trayectoria, acabará pasando por toda la playa. ¿Bajo y le hago dar la vuelta?

—¿No puede usted darle instrucciones por radio?

—No, señor, no llevan radio.

—No. Negativo —dijo Baumann, encantado de poder utilizar un término que le parecía el paradigma de la eficacia verbal americana—. Negativo —sonrió—, no baje. No queremos ser vistos.

—OK.

Van de Wijn dio una última vuelta alrededor del poste eléctrico y, por último, se detuvo desconsolado. Pensó en darle una patada a un pequeño cilindro que había en el suelo, medio disimulado debajo de un matorral. Dio un paso hacia él, empezó a empujarlo con el pie y repentinamente el cilindro, forzado por el desnivel, rodó una corta distancia.

Piet frunció el ceño y se agachó a mirarlo más de cerca. Con una exclamación de sorpresa, se puso en cuclillas. El cilindro tenía una longitud de unos cuarenta centímetros por un diámetro de diez y estaba envuelto en una gruesa tela de camuflaje militar. Tenía unas agarraderas hechas de algodón trenzado, como el de las asas de las bolsas de viaje, y de ellas colgaban unas hebillas de latón. A todo lo largo aparecía en negro la inscripción *PAL 90, Personnel Air-Lift, Personal Armed Forces Liberating Unit 90, series no. 05-881-208345-bh. US made, property of the US Defence Dpt.*

—¿Y esto? —se preguntó Piet frunciendo el ceño.

De una de las abrazaderas colgaba una pequeña bolsa de caucho negro reforzado. Enrollada a su alrededor, había una cuerda de nailon. En el centro del cilindro había una hebilla de plástico de unos cinco centímetros de diámetro. Al tomar la bolsa de caucho entre los dedos de la mano izquierda, Piet vio que había una hoja doblada y sujeta a ella con papel celo. Con gran cuidado, se incorporó. Le dolían las rodillas y se sentía un poco mareado por el esfuerzo. Alzó la barbilla para respirar mejor. Dejó que transcurrieran quince o veinte segundos mientras respiraba profundamente por la nariz. Después se agachó de nuevo y arrancó el papel.

En ese mismo momento, en el aparcamiento de coches de la playa, Baumann daba instrucciones al numeroso grupo de agentes que lo rodeaba.

—Ábranse en abanico... Ya saben lo que tienen que hacer. Rápido pero con cautela... No sabemos cuántos son ni si Van de Wijn corre peligro inmediato. Adelante. Buena suerte.

El papel, una nota escrita en lo que más tarde se comprobó que era la misma máquina de escribir que la utilizada para las anteriores instrucciones, decía:

Coloque los diamantes en la bolsa de caucho negro y ciérrela con la cinta aislante que encontrará en su interior. Con la parte más redonda apuntando hacia arriba, sostenga el cilindro verticalmente, apártese diez pasos del poste y tire de la anilla de plástico con la otra mano.

En la distancia se oía el motor de un pequeño avión, cuyo zumbido, como si se tratara del vuelo de un moscardón, aumentaba y disminuía de volumen con las corrientes de aire y las reverberaciones producidas por las irregularidades del terreno.

Piet hizo lo que le ordenaban, y al coger el cilindro, se sorprendió de su peso. La bolsa de caucho, ahora llena con el botín del rescate, colgaba de una fina y resistente cuerda de nailon de unos dos metros de largo.

Se apartó del poste los diez pasos requeridos, agarró la anilla con dos dedos y cerrando los ojos tiró de ella con fuerza.

—Dios mío —dijo.

Con un violento tirón que desplazó a Piet y lo dejó, primero, tambaleándose y, luego, sentado en el suelo, el cilindro, haciendo un ruido neumático como si absorbiera aire con fuerza por una bocana muy estrecha, empezó a hincharse como un globo y a elevarse con rapidez. Colgando dos metros por debajo de él, la bolsa de caucho se balanceaba apacible y, le pareció a Piet, majestuosamente.

Todos, Piet, desde el suelo, y el comandante Baumann y Jongman y la miríada de agentes que se encontraban a unos cincuenta metros del poste de la electricidad, fueron alzando la cabeza, boquiabiertos, siguiendo con la mirada el fantástico vuelo de los diamantes.

Quinientos metros más al norte, Nick dio un graznido de entusiasmo y, sin apartar la vista del cilindro que se elevaba delante de él, corrigió mínimamente la dirección de vuelo del ultraligero. Había ensayado la maniobra muchas veces y sabía lo que debía hacer, casi con los ojos cerrados. Tantos PAL 90 robados de la base de Woensdrecht habían servido para perfeccionar la maniobra hasta alcanzar la precisión más absoluta.

Vio que el PAL 90 volaba más despacio que los que había utilizado para las pruebas e inclinó un poco el morro del avión. Pensó que tenía suerte de que no hubiera viento, aunque, en tal caso, Hank habría retrasado el pago del rescate. Hank lo había previsto todo. Siempre lo preveía todo.

Y, en seguida, Nick se había colocado con gran exactitud entre el cilindro y la bolsa de caucho negro que colgaba debajo de él. La cuerda fue a encajarse más o menos por su mitad en la uve del extremo de la barra de aluminio instalada en el frente de la hélice del ultraligero. Habían comprobado que si la cuerda se cortaba más o menos por la mitad, quedaba con una longitud de un metro que, añadido a los veinte centímetros de la bolsa de caucho negro, no alcanzaba a sobrepasar el metro y medio de la barra, con lo que no provocaba la destrucción del paquete por la hélice. Nick se había entrenado a cortarla por más abajo de su mitad.

Al entrar en contacto con la cuerda, la uve metálica se cerró cortando a aquélla en dos. Se trataba de un instrumento muy sencillo y preciso: en su parte inferior era una pinza muy ancha, capaz de sujetar el extremo de la cuerda y la bolsa y resistir la presión del viento. Por su parte superior, era simplemente una tijera.

El PAL 90 siguió su lenta ascensión.

Nick, echando la cabeza hacia atrás, dio un grito gutural, casi primitivo, de triunfo. Inclinó el avión hacia la izquierda y, reduciendo su altura, se dirigió por encima de la duna, hacia los campos de flores rodeados de árboles que había en el interior.

—¡Santo...! —exclamó Baumann.

Todos estaban petrificados. El comandante se llevó a la boca el transmisor portátil.

—Helicóptero —dijo.

—Le oigo.

—¿Han visto eso?

—Afirmativo, señor. Le tenemos. ¿Bajamos a por él?

—No, no..., en absoluto, no... Esto... ¿Él no los puede ver a ustedes?

—Lo dudo, señor..., quiero decir... negativo. No nos puede ver. Estamos muy alto.

—Entonces, no lo pierdan de vista. Síganlo.

—OK.

—¿Hacia dónde va?

—Hacia el este. Está aproximadamente a dos kilómetros en línea recta... No, señor... ahora vuelve a girar hacia el sur... a retomar la línea de la playa... Sí. Va en dirección a Scheveningen.

—¡A los coches! —dijo Baumann. Y alzando la voz—: Señor Van de Wijn. Venga aquí, por favor. Nos vamos.

—Pero..., pero —dijo Piet, aún paralizado por la rapidez con que se habían sucedido los acontecimientos.

Baumann extendió un brazo hacia él.

—Vamos —dijo.

El conductor de Hank Kalverstat hizo girar el automóvil y, marchando muy despacio, lo acercó hasta la barrera del aparcamiento subterráneo. Bajó la ventanilla, alargó el brazo y tomó el billete que escupía la máquina.

La barrera se levantó y el Mercedes entró en el garaje. Se encontraban debajo del inmenso hotel Kurhaus de la playa de Scheveningen.

El hotel, en la parte que da a la playa, tiene una gran terraza. Frente a ella existe una enorme explanada, llena de bares, cafeterías, orquestinas y una gran piscina pública. Casi sin solución de continuidad, la playa se extiende a derecha e izquierda de la explanada. Adentrándose en el mar desde su centro, como si se tratara de una prolongación del hotel Kurhaus, un ancho muelle parte la playa en dos. Varios edificios rodean al Kurhaus y, al nivel de la calle, los recorren en todos los sentidos decenas de galerías comerciales, llenas de gente a todas horas. Scheveningen es un sitio ideal para que un delincuente confunda a la policía y le haga perder su rastro.

El ultraligero empezó a perder altura, no mucha, claro, puesto que no volaba a más de treinta o treinta y cinco metros sobre el nivel de la playa. Dado su poco peso y la reducida velocidad a la que vuela, un avión ultraligero apenas si necesita unos veinticinco metros de superficie lisa para aterrizar. Volando ya cerca del muelle, Nick se inclinó para buscar un sitio apropiado en un sector de playa que, como el norte de la de Scheveningen, tiene siempre poca gente. Bajando su ala derecha, se adentró en el mar y siguió girando en redondo hasta encararse de frente con la playa.

—Va a aterrizar —dijo el copiloto del helicóptero—. ¿Señor?

—Diga, helicóptero —contestó Baumann desde el interior de su automóvil.

—Se dispone a aterrizar en la playa de Scheveningen, al lado del Kurhaus...

—¡Está loco! Va a matar a alguien.

—No, señor, la gente se está apartando.

—¡Diablo! Se nos va a escapar... Helicóptero... ¡Baje a por él! ¡Baje, baje!

El piloto del helicóptero de la policía giró bruscamente el aparato e inició un rápido descenso.

Nick había apagado el motor y se deslizaba planeando hacia la playa. Levantó un poco el morro de la avioneta y se posó limpiamente. Se detuvo a los pocos metros de rodar.

Se soltó el cinturón de seguridad, se apeó de su asiento, levantó la vista hacia un niño que le miraba con asombro y le sonrió.

—Hola —dijo—. En seguida vuelvo.

Un perro se acercó a olisquearle los zapatos. Nick sacó una pequeña navaja de su bolsillo, se aproximó a la barra de aluminio que sobresalía del motor y cortó la cuerda que sujetaba la bolsa de caucho. La recogió del suelo, la lanzó una vez al aire, se la metió después en un bolsillo y se dirigió rápidamente hacia las galerías del frente marino del Kurhaus.

Cuando habían planeado la operación del rescate, Christiaan había dicho que era imposible aterrizar en el Kurhaus sin armar un pandemónium y sin que a Nick lo detuviera la policía.

—Ni hablar —había contestado Hank—. Tú te crees que están siempre preparados para todo y que todos los días les cae una avioneta del cielo. Mira, se van a quedar tan pasmados que no se va a mover nadie. Y, cuando quieran reaccionar, será demasiado tarde. No. Ni hablar. A Nick le dará tiempo a bajarse del trasto, cortar la bolsa y llegar a las galerías, antes de que a un policía se le ocurra siquiera preguntarle lo que está haciendo. No habrá ni policía, hombre.

Después habían pasado cuatro domingos comprobando la teoría de Hank; y, en efecto, sólo una pareja de policías paseaba de modo habitual por la zona. Solían quedarse más bien en el extremo sur de la playa y, cuando regresaban hacia el centro, nunca alcanzaban el muelle. Por otra parte, mientras que en el sector sur de la playa, una carretera separaba la arena de los edificios y ahí sí circulaban con frecuencia coches de la policía, en el sector norte, la arena llegaba hasta los edificios mismos, con lo cual los coches-patrulla no tenían modo de acceder a la playa.

Una vez dentro de la galería comercial, Nick se dirigió hacia la escalera mecánica de bajada al sótano. Descendió por ella, torció a la derecha y entró en el aparcamiento. Diez metros más allá, lo esperaba el Mercedes de Hank. Se abrió la portezuela trasera y Nick se subió al coche, que se puso en marcha.

—Lo hemos perdido, señor —dijo lacónicamente el copiloto del helicóptero.

19.10

—No, no —dijo el comandante Baumann—. Ahora va a ser necesario esperar a que los secuestradores vuelvan a llamar para la segunda parte del rescate. Sin embargo...

—Dios mío —dijo Saskia.

—Si llaman, comandante —interrumpió Piet—, si llaman. No olvide usted que, contra lo que se les prometió, la policía intentó cazarlos cuando cobraban el rescate.

—Nunca nos vieron, señor Van de Wijn... No. De hecho, podemos decir que por el momento han cumplido... —Baumann se calló bruscamente—. Nos han tomado el pelo desde el principio.

—¿Qué dice usted? ¿Qué ha pasado? ¿Está bien mi hermano?

Baumann sonrió.

—Desde luego. No deben ustedes preocuparse. Su hermano regresará pronto sano y salvo. Miren ustedes. Desde el principio sospechábamos que la segunda parte del rescate era una estratagema. Nadie en su sano juicio puede esperar que unos ciudadanos respetuosos con la ley la infrinjan obteniendo y entregando a unos secuestradores una cantidad enorme de droga. ¿Setenta y cuántos kilos? —preguntó, volviéndose hacia Jongman.

—Setenta y un kilos y cuatrocientos gramos, señor.

—Ridículo. Ridículo porque ustedes no hubieran tenido más remedio que acudir a las autoridades para que les suministraran esa cantidad de droga. A menos de que ustedes mismos sean traficantes, cosa que no me parece ser el caso —añadió sonriendo—. No. Y el Gobierno no se va a poner a venderles a ustedes droga, ¡una droga, además, tasada por los propios delincuentes!, porque acabaría siendo el cuento de nunca acabar. ¿Se lo imaginan ustedes? Habría cola para secuestrar a gente. —Rió.

—¿Y entonces? —preguntó Piet.

Baumann se puso serio.

—¿Cómo dice?

—Digo que entonces, ¿qué pasa?

—Ah, sí, perdone... No, claro. Una broma de mal gusto, claro está. Desde el principio pensamos que era una estratagema. Teníamos razón: los secuestradores querían preocuparnos con la segunda parte del rescate, puesto que la primera, con ser cara, era sencilla de resolver. Así, hacían que bajáramos la guardia. Sabían de antemano que no podía ser, claro. Pero es que, además, hemos tenido la prueba de ello todo el rato y no la hemos visto. —Levantó una mano para que no lo interrumpieran—. Le decían a usted, ¡no acuda a la policía!, ¡cuidado, su hermano corre peligro!, ¡que no se enteren las autoridades de que ha sido raptado!, y durante todo este tiempo, se suponía que tenían que comprar droga, ¿de quién?, de las autoridades... —concluyó triunfalmente—. Una cortina de humo que no se cree ni un niño de pecho, quiero decir, ¿verdad?

—Perdone, comandante Baumann —dijo Piet.

—¿Eh?

—A nosotros es normal, pero, por lo que dice usted mismo, les han engañado como a inocentes damiselas —dijo con severidad.

—¿Cómo? —preguntó Baumann.

Roissy, 21.00

Habían rodado a buen ritmo, sin detenerse, pero sin sobrepasar el límite de velocidad de las autopistas holandesas, belgas y francesas. Un poco más lejos, a la izquierda, se distinguía la mole redonda e inconfundible de la terminal del aeropuerto Charles de Gaulle de París.

El gorila que conducía puso la flecha para indicar que abandonaba la autopista por la salida de Roissy, para acceder al hotel Sofitel.

En el aparcamiento del hotel estaba el BMW de Christiaan, con el motor aún caliente y haciendo el ruido clásico, ping, ping, del metal al enfriarse. Acababa de llegar.

—Está Chris aquí —dijo Nick, dando un graznido—. Oye, Hank, ¿tú crees que nos podríamos acercar a París a divertirnos un poco? Ya sabes...

—No. No puedes.

—Me llevaría a Bernhardt —imploró Nick, señalando al conductor.

—No, Nick, sabes que no. Vamos con el tiempo muy justo, tenemos que llegar a Madrid mañana por la tarde y no quiero arriesgar nada. No.

SEGUNDA PARTE

—

MADRID

CAPÍTULO V

JUEVES 21 DE MAYO

Madrid, 13.30

—Es un adelanto de la tecnología japonesa —dijo Carlos con gran firmeza.

—Es un Santana, no me jodas —contestó el *Gera.*

—Es un supremo logro de la tecnología japonesa —insistió Carlos, apoyando el codo sobre la barra de mármol—. Andrés, ponme otra caña. Y además, no hay más que verlo. ¿Dónde encontrar otro acabado mejor, otra chapa más oxidada?

—Pues más a mi favor. Es un Santana. Oye, que lo compró mi cuñado hace ocho años en la casa aquí mismo en Madrid.

—Lo compraría donde quisiera, majo, pero sigue siendo un Suzuki japonés. No hay más que mirarle los embellecedores para ver que es un Suzuki auténtico. —Se rascó la barba—. Y además, ¿a ti qué más te da? Con tal de que ande...

—¡Claro que me da, coñe! Oye, Carlos, que no es lo mismo un Santana de Córdoba o de donde los hagan que un Suzuki de Tokio. El Santana es nacional y estamos en la década del ensalzamiento de las cosas patrias, ¿no?

Carlos sonrió y levantó una mano.

—Andrés, hombre, no seas rata, ponnos unas aceitunas. No es lo mismo, *Gera*, no. El de Tokio anda —rió—. La técnica japonesa al servicio de los pueblos. *Domo arigató*. Oye, si en la factoría Santana de Córdoba hay un japonés que todas las mañanas, antes de tirarse al tajo, pone a todos los currantes a hacer gimnasia oriental... De modo que da lo mismo. Japonés por japonés, tú me dirás. Además, no sé por qué te pones así. ¿Desdeñas acaso las inmensas y profundas virtudes de la reflexión al modo del sol naciente?

Andrés, desde detrás de la barra, dijo:

—Tío, es que hablas que esculpes, que pareces un libro abierto.

—Déjale, que, con esto de lo cultural, se pone lírico —dijo el *Gera*.

—¿Quién se pone lírico? —preguntó desde la puerta del bar José Luis Álvarez—. ¡No me lo digáis, no me lo digáis! Estáis hablando del inspector más culto de la brigada, qué digo de la brigada, de la policía entera. Llegaré hasta sugerir que de España. El inspector Carlos José de Juan, aquí presente... —Dio un paso hacia el interior del local—. ¿Dan ustedes su permiso?

—¡Anda! —dijo Andrés—. ¿Ya te han soltado?

—Sí, con tu madre esta mañana —rió con estrépito.

—Pasa, anda, José Luis, que tenéis más coña... —dijo Carlos—. Dice éste que prefiere un Suzuki Santana a un Suzuki de verdad, de los que hacen en Japón. Porque no tengo coche, pero, de comprarme uno, me tiraría al de la tecnología extranjera, ¿eh? Nos ha salido nacional el *Gera*, qué le vamos a hacer.

—Porque tengo un suegro —dijo el *Gera*— que es más facha que el valle de los Caídos y, si le llevo un coche chino, capaz que le dé una apoplejía. Es un Santana. —Rieron—. Además, los únicos repuestos que encuentras son Santana, españoles, ¿te enteras? Lo que yo te diga, te vas al cementerio de coches que hay en Canillejas y sacas todas las piezas de Santana que quieras.

—Oye —dijo José Luis Álvarez—, ¿y no habrá en ese cementerio un renol cinco apañadito? Me anda la parienta dando el turre.

—De todo hay allí. Lo que quieras, José Luis. Es cuestión de buscar... No, no quiero más, que tengo que comer. Ponle un vermú a éste —dijo el *Gera* señalando a José Luis Álvarez con el pulgar—. ¿Habéis oído que trasladan al jefe?

—¡Venga! —exclamó José Luis.

—Lo que yo te diga. A mí me huele fatal. Después del lío aquel de los colombianos. A mí me parece que se pasó —dijo el *Gera* y meneó la cabeza.

—Nada, tío, ellos sabrán —dijo Carlos—. Yo creo que hizo una idiotez, pero, ya sabes, allí en las alturas, se protegen entre ellos. Además, si a mí me hace el colombiano lo que le hizo al jefe, no le doy en los cataplines; lo despellejo. ¿Tú conoces, José Luis...? Coño, pero si tú estabas cuando lo del colombiano, ¿a qué te haces de nuevas ahora?

José Luis se encogió de hombros.

—No, si digo venga porque no es que me sorprenda lo que le hizo al colombiano, que ya lo vi, sino porque me sorprende que lo trasladen. Andan todos compinchados y se protegen unos a otros. ¿Para qué coño le trasladan? Mira, esta mañana he estado en las Salesas en la coña esta del juicio de Marey... Bueno, tío, se oyen unas cosas... Que si lo sacaron de casa de noche y se equivocaron de tío, que si el ministro Barrionuevo lo sabía y dijo que lo retuvieran para presionar a los franceses... Bueno, bueno.

—Mira —dijo Carlos—, están todos viendo cómo se sacuden el mochuelo de encima y van a acabar pagando justos por pecadores.

—No te lo crees ni tú —dijo el *Gera*—. Venga, hombre, los que paguen serán todos pecadores. ¿O no? Vamos, que me vas a decir ahora que nadie se había enterado realmente de lo que hacían secuestrando a un tipo en Francia..., de lo que era el GAL... Igual que cuando lo del *Nani* hace años: nadie sabía lo de la mafia policial de las pelotas ¿eh? Son pistonudos. Les decían a los cacos dónde tenían que robar y luego los desvalijaban. ¿Eh, tío?

—Cien años de perdón —dijo José Luis Álvarez riendo.

Carlos rió.

—¡Qué tíos! Y ahora, con esto del GAL, encima se buscan al más tonto del barrio, al chulo del comisario Amedo, que va por ahí comprando mercenarios corsos con la Visa oro...

—Porque ningún otro quería —dijo el *Gera*.

—Venga ya, *Gera* —dijo Carlos.

—Que es verdad. ¿Quién va a querer meterse en un berenjenal de muertes y represalias y secuestros y tal? Nadie. Oye, que aquí respetamos la ley.

Carlos levantó una ceja.

—¿Sí? No me digas que no se habría apuntado una legión a hacer la guerra sucia si les hubieran dado garantías... ¿Con lo que hemos pasado tú y yo, por ejemplo? ¿Sabes lo que te digo? Nada de esto habría pasado si no lo hubieran descubierto. Hay que hacer bien las cosas.

—No me fastidies. ¿Cómo puedes tú decir eso?

—¿Cómo? Pues que el crimen de Estado lo puedes cometer si nadie te pilla después, eso es lo que digo. Como los alemanes con la banda Baader Meinhoff, que se les suicidaron todos en la cárcel...

—Sí, hombre... O sea, que el crimen es menos crimen si no te pillan.

—Tú y yo hemos estado allá arriba pasándolas putas. —Carlos sacudió la cabeza—. ¿Te lo tengo que recordar? No me digas que no habrías participado en el secuestro de Marey y en las otras cosas —rió—, si te hubieran garantizado que no intervenía Amedo, el poli más tonto...

—No, ni hablar. Nunca. Yo no infrinjo la ley.

—Ya —dijo Carlos—, y si mi abuela tuviera ruedas sería una bicicleta. —Levantó la voz—. ¿No? ¿No infringes? ¿Y no entiendes que otros compañeros lo hagan?

—Pues no, qué quieres que te diga.

—Hombre, jopé, tío, alguna vez pasa. Mira el *Nani.*

Pues sí, pues vale, oye, que se les muriera un quinqui. Oye, porque el *Nani* era un quinqui, coño. Y de la peor ralea, caramba. Que los vemos tú y yo por docenas todos los días.

—Ya. ¿Y? Tan malo es matar para defenderse de ETA como cepillarse a un tipo porque es un quinqui...

—Pues será. Pero a veces es necesario. Y además es distinto. Una cosa es que se me quede el tío en las manos porque, en vez de estarle preguntando por la última perrería que ha hecho, le estoy interrogando para ver dónde ha metido el botín y luego quedármelo yo. Pero, oye, porque sea un quinqui de mierda... Oye tú, un quinqui menos.

—¡Hale, qué bestia, Carlos! —dijo Andrés—. Joder, tío, cualquiera diría que eres el Destripador de Vallecas.

—No, hombre, no digo eso. No digo que torturo a un tío hasta que se muera, no, hombre, carambas. Sólo digo que se te puede quedar y que si es un quinqui, oye, pues...

—Ya, y si te pillan, el que acaba en el chiquero eres tú.

—No te pillan.

—Ya me lo contarás cuando acabe la broma esta de Marey —dijo José Luis.

—¡No, hombre, no! No les va a pasar nada. Estaría bueno. ¿Sabes lo que te digo? Si a mí mañana me dicen que para acabar con el crimen este tengo que meterme en el fango con guantes de cabritilla y luego sacarlos de la mierda como una patena... Oye, que se lo cuenten a otro.

—Y dale, Carlos. Que estos tíos del GAL son tan quinquis como el *Nani*...

—Ya. Bueno... eso no tiene nada que ver. Ya sabemos que en la policía hay mucha porquería. Vale. Dicho lo cual, que me dejen hacer mi trabajo. Y además, ¿se han quedado con el dinero?

—Pues sí.

—Vaya, bueno, pero es que son unos sinvergüenzas.

—O sea, que para lo de un quinqui el fin justifica los medios. Jopé, oyéndote cualquiera diría que te los cepillas por pares, Carlos.

—No, oye, no me tergiverses las cosas, que yo sé lo que me digo.

—Sí, hombre, tienes una empanada mental que no te aclaras.

—No, *Gera*. Si a mí se me quedara un quinqui entre las manos, ten por seguro que habría sido por una desgracia intentando hacer cumplir la ley. No se me queda, claro, porque soy un tío normal, pero así son las cosas. A mí lo que me estorba sobremanera es que se me vaya a quedar un quinqui entre las manos... o un etarra, vamos, y yo acabe pagando el pato por todos. Y mientras tanto nuestros jefes sonriendo en las Cortes...

—... Dando la cara en los tribunales...

—Vale, vale, poniendo la carita donde quieras, pero librándose del lío porque ellos son excelsos servidores del Estado con e mayúscula y no se habían enterado. —Hizo un gesto negativo con la cabeza—. Ni hablar, *Gera*. Si yo me pringo y presto mi servicio a la comunidad, los demás que también apechuguen con lo suyo.

Otrosí digo. Y si no les gusta, lo que tienen que hacer es dedicarse a las grandes finanzas...

—Sí —dijo José Luis riendo—, como el director de la Guardia Civil.

—No, hombre, no seas idiota. Como el Javier Montero ese, que lo que hace es comprarse bancos, bailar sevillanas e ir de fino por la vida. También habrá que ver ése lo que no habrá hecho para estar allí arriba. Y por la tarde, cierra el chiringuito, se coge el Ferrari, se monta a una tía y a otra cosa. —Se comió una aceituna y, volviéndose hacia José Luis Álvarez, dijo—: Oye, ¿tú conoces mi teoría sobre las mujeres?

—No conozco tu teoría sobre las mujeres. Pero espera un momentito, que antes de que me la cuentes, porque me la vas a contar, quiero que el *Gera*... Oye, *Gera*, ¿dónde está el cementerio de coches ese de Canillejas?

—¡Ah! No se trata sólo de saber dónde está, querido, a ver si me entiendes. Hay que ser colega del gitano que anda suelto por ahí. —Lo miró con curiosidad; apuró su vaso de cerveza de un trago—. ¿De verdad que quieres buscarle un renol cinco desvencijado a tu mujer? Tú sabrás, tío. Bueno, tú te las compones con el gitano —añadió, encogiéndose de hombros; cuando el *Gera* se encogía de hombros, se le movía toda la gigantesca anatomía—. Detrás de un vertedero, al final de la calle Maratón, ahí está. Encontrarás de todo. Mejor te llevas una hoja pericial, a ver si me entiendes, ¿sabes lo que te digo? Ayer hasta vi una furgoneta blindada de esas de transportar dinero. Hombre, desconchada y tal, pero no me pareció que estuviera tan mal, ya ves... Oye, Carlos, antes de que les cuentes a éstos tu teoría sobre la conquista de las mujeres, yo me voy a comer. Te veo en la brigada a las cuatro y media. *Agur*, camaradas.

Alzó la mano, dio una palmada en el hombro de Carlos y se marchó.

—¿Sabíais que el hermano del *Gera* juega por fin el domingo con el Madrid? Están todos como flanes, empezando por el propio Pepillo...

—El *Marca* da la alineación esta mañana —dijo Andrés desde detrás de la barra—. El chaval está inmenso. ¿Viste los dos goles que metió el domingo con el Madrid B?

—Ya —dijo Carlos—, mientras no se eche a perder... Lo que yo os diga, colegas: no hay sensación en este mundo como la que se lleva en el estómago cuando por fin vas subiendo despacio por la escalera de casa con la señora dos escalones más arriba, sabiendo que la vas mirando, porque lo sabe, y pensando dentro de cinco minutos estaremos en el catre... Acabas de darle de cenar, has jugado a mirar y a insinuar, le has acariciado un hombro y todo ese tiempo ella sabía a por lo que ibas y no se te ha echado para atrás.

—Yo le dije al jefe —interrumpió José Luis— que el colombiano aquel era mal bicho y que, además, con la pasta que manejan, tienen comprada a media España.

Carlos, con su teoría de la conquista de la mujer a medio explicar, se volvió hacia Andrés y le susurró confidencialmente:

—A mí me parece que aquí el camarada Álvarez es más maricón que un pato: le interesa más el kilo de coca que le metieron al jefe en la maleta cuando volvió de Bogotá que el método infalible para llevarse a una señora al tálamo...

—¿Tálamo? —preguntó Andrés arrugando el entrecejo. Alargó la mano, cogió una botella de rioja y se sirvió un vaso.

—Lecho, catre, piltra, altar en el que se consuma la suprema suerte...

—Suerte, la que tendrás tú si algún día te tiras a una tía, chaval.

—Pues mira, hombre, José Luis, como no lo remedie la divina providencia, que no lo va a remediar, sin ir más lejos, esta noche, mira tú por dónde. —Y le guiñó un ojo muy azul.

CAPÍTULO VI

VIERNES 22 DE MAYO

2.30

—Qué va —dijo Carlos, incorporándose sobre un codo—. Lo que pasa es que en la brigada nos obligan a mantenernos en forma y uno, que es fuerte de natural, se trabaja el músculo.

A su lado, tapada por almohadas y arrebujada en las sábanas, Paloma dio un gruñido.

—¿Cómo dices? —preguntó Carlos.

—Digo que… —Y el resto se perdió en un murmullo vago e ininteligible.

—No te entiendo una palabra, chica.

De un golpe, Paloma se apartó las sábanas de la cara y, resoplando para quitarse el pelo que le tapaba la boca, dijo con paciencia:

—Digo que sólo me interesa que te trabajes un músculo que yo me sé.

Y se volvió a tapar. Al cabo de un momento, del montón de ropa escapó una risa. Carlos se inclinó hacia atrás y alargando el brazo cogió un cigarrillo de la mesilla de noche. Lo encendió.

—No sé para qué fumas —dijo Paloma desde debajo de las sábanas—. Te huele el aliento a tabacazo y no me gusta nada.

—Pues no se te nota.

—Oye, poli —dijo Paloma incorporándose de un salto y sentándose con las piernas cruzadas—. ¿Cómo os llaman ahora? ¿Polis, pasma, maderos o qué? —Carlos se encogió de hombros—. Como eres el primero con el que ligo... Oye, tú, no seas impertinente. Deja ya de mirarme —dijo doblando una pierna para taparse. Su rodilla quedó a la altura de la cara de Carlos, que se inclinó y le dio un beso—. Quita, no seas plasta... ¿Qué tienes ahí?

Con el dedo índice le tocó suavemente la cicatriz que tenía en la boca del estómago. Carlos cerró los ojos.

—Nada. Una cicatriz.

—No me digas. Eso ya lo veo yo. Pero ¿de qué es? —insistió Paloma, pasándole el dorso de la mano por la rugosidad de la piel.

—¿Eh?

—Seguro que de un tiroteo con los malos en vuestra incesante guerra contra el crimen, ¿no? —Carlos, con los ojos cerrados, sonrió—. Oye, dime una cosa. ¿Tú pegas bofetadas?

—¿Cómo?

—Que sí, hombre, que si pegas bofetadas. Ya sabes, a los quinquis... en las comisarías y tal. Ya sabes, en los interrogatorios. ¡Confiesa! ¿Dónde has puesto la pasta? ¡Zas! —Ladeó la cabeza—. Ya sabes. Porque vosotros pegáis ¿eh?

—De eso nada —contestó con indignación—. Yo no pego… ni mis compañeros. Estamos un poquito hasta las bolas de que la gente lo diga, la verdad.

—O sea, que todos los años salís en el cuadro de honor de Amnistía Internacional como los más pegones de los países civilizados y me dices que no rompéis un plato…, ¿eh, tío? —Lo empujó con un dedo.

—Ni hablar…, eso son chorradas.

—¿Chorradas? ¿Tú crees que soy imbécil o qué? A ti, o sea, a ti no se te escapa una galleta en cumplimiento del deber en tu vida, ¿no? —Carlos negó con la cabeza—. Ni siquiera cuando el tío ha violado a una niña. —Carlos volvió a hacer un gesto negativo—. O si se acaba de llevar a un compañero tuyo por delante. Pues yo lo haría…

—Hombre… —murmuró Carlos encogiéndose una vez más de hombros—, hay veces que… —alzó las cejas—. Bueno… qué quieres que te diga, somos humanos, ¿no?

—¡Aha! Y así, cuando estás convencido de que un quinqui sabe dónde hay un alijo de cocaína pero no lo quiere decir…

—… se le interroga sin violencia.

—… se le cose a tortas hasta que canta y luego vosotros, los celadores del orden, os quedáis con la coca por hacerle un bien a vuestros semejantes. Ya.

—No digas bobadas, mujer. Hombre, bueno —añadió al cabo de un momento Carlos con resignación—, la verdad es que hay veces en que se necesita saber la verdad muy de prisa para que no se te escapen los demás de la banda…

—Vamos, que tú le forras al detenido la cara a guantazos por prestarle un servicio a la Sociedad con ese mayúscula.

Carlos finalmente se impacientó.

—Oye, chiquita, vamos a ver: aquí vivimos en un mundo sórdido, sucio y lleno de hijos de puta que a poco que puedan dejan a esta Sociedad con ese mayúscula, como tú la llamas, para el arrastre…

—No me grites —dijo Paloma en voz baja.

—Si no te grito…, de verdad, perdona, no te grito. Pero es que hay veces en que se me llevan los demonios. Verás. El mundo de cuento de hadas en el que vives tiene por debajo otro que es un infierno. Ése es el que yo vivo, ése es el que me ha tocado vivir para proteger el tuyo…

—¿Sí? Mi mundo, Carlos guapito, es uno en el que yo y mis hermanas trabajamos diez horas diarias porque mi padre está en una silla de ruedas y mi madre se murió en el mismo accidente. Mi cuento de hadas…, qué sabrás tú de cuentos de hadas… —Sacudió la cabeza—. A ver si despertáis, chico, que está una hasta aquí de que me defendáis y luego no encontráis a un secuestrado de ETA así os aspen, espíritu de Ermua os iba yo a dar, y luego salgo a la calle a ver qué colgao me arranca el bolso y eso que, como estoy buena, tengo suerte si además no me viola… Anda, anda, que os ponéis como el Cid Campeador con esto de la campaña de la virtud… —dijo virtud con sorna exagerada.

—Paloma, Paloma, verás. Que no me pongo nada ni pretendo nada. Lo único que te digo es que, con lo mal que lo pasas tú, lo mal que lo pasa tu viejo, todavía estáis en el paraíso comparado con la mierda que yo como todos los días... Y cuando mis colegas y yo estamos de vuelta de madrugada habiendo trincado a un camello que probablemente tiene el sida y que se lo ha contagiado a Dios sabe quién... ese tío no merece ni vivir, no te quiero contar llevarse unas cuantas bofetadas para que nos diga dónde le suministran la droga...

—Ya. Y un día se os calientan las bolas a unos cuantos y adiós *Nani*...

—No, Paloma. Ésos fueron unos bestias criminales...

—¿Y en qué se diferenciaban de vosotros?

—En que, me cago en la mar, ellos se pringaban o se pringan, qué sé yo, el bolsillo y yo no me pringo nada de nada. Lo único que intento es hacer cumplir la ley, pero no para que se salve un quinqui, que me da lo mismo, sino para que no joda al prójimo...

—Muy fino.

—Bueno, perdona. ¿Qué haces?

—Ya lo ves: me visto.

—Pero ¿por qué?

—Porque me voy a casa, anda éste. Me voy al cuento de hadas. ¡No me toques! Mira que si se te escapa una galleta...

—No hay quien os entienda —dijo Carlos, levantando las dos manos a la altura de los hombros.

Paloma rió.

—Supermán —dijo—. Que pareces el guerrero del antifaz.

4.35

—*Gera*...

— ...

—Oye, *Gera*... Ya sé que es tarde. *Gera*...

—Carlos. —El *Gera* tosió, bostezó de forma interminable y se rascó la coronilla. Luego alargó el brazo buscando el interruptor de la mesilla de noche—. Cago en diez, Carmen, vamos a poner la dichosa lámpara en un sitio donde lleguemos todos.

Por fin encontró el cable eléctrico. Encendió la luz e hizo girar el despertador hasta que consiguió ver la esfera.

—Carlos. Me cago en tu padre... Carlos, jopé, las cinco menos veinticinco de la madrugada.

Carmen, arrebujada en las sábanas, se dio la vuelta y empujó la frente contra el estómago del *Gera*. «Macizo», murmuró.

—*Gera*, tío, espera un momento, hombre. Que nos llama el jefe...

—¿Ahora? ¿Qué quiere? ¿Que le hagamos el zumo de naranja?

—Venga, tío, que estoy abajo esperando. Llevo diez minutos llamando...

—Como te pille el móvil, lo pateo.

—Jopé, que es que dormís como elefantes.

—Hombre, Carlos, usted perdone. Lo siento. Mira que ocurrírseme dormir por las noches...

Colgó el teléfono. Se volvió hacia la izquierda y se tapó con las sábanas.

—¿Qué pasa? —preguntó Carmen.

—Las cinco menos veinticinco, eso es lo que pasa, que parece que estamos en las películas. Aquí no se trabaja más que por las noches, hala, para la cosa del misterio y del riesgo —contestó el *Gera*. Y se quedó dormido.

—¿Qué tripa se os ha roto? —le preguntó a Carlos cuando bajó al portal diez minutos más tarde—. Oye, que aquí abajo hace un gris que afeita.

—Claro, es que son las cinco...

—Menos veinticinco, no me lo recuerdes más. Venga, vámonos. ¿Dónde nos espera el jefe?

Carlos carraspeó.

—Bueno, la verdad es que en ningún sitio. —Y dio con rapidez un paso atrás para evitar que el *Gera* lo agarrara por las solapas y lo zarandeara; conciliador, levantó una mano—. Espera, hombre, espera un momento, que para ser tan grande tienes la mano más ligera... *Gera*, me ca..., es que te tengo que hablar...

El *Gera* resopló y levantando la vista al cielo se apoyó contra el quicio del portal. Se metió las manos en los bolsillos.

—¿Qué has hecho ahora?

—Me he enamorado. —El *Gera* sacó el llavín de su bolsillo, se dio la vuelta y lo metió en la cerradura—. Espera, hombre, tío, no te vayas. A alguien se lo tengo que contar, caray, que la tía no me hace ni caso.

—Menos mal que aún queda gente sensata por el

mundo. ¿Es la tía buena que te esperaba a la puerta de la brigada?

—Ya ves…

—Pues está para untarle pan. No me sorprende que te pongas malo. ¿Te la has tirado o es sólo dolor de huevos?

—No, de veras, *Gera*, no te rías. Cuando la tenía en los brazos en casa, te juro que me daba la risa. Me parecía ridículo estar a solas con una tía tan buena…

Bajando por la calle de Diego de León se encaminaron despacio hacia Serrano. Carlos encendió un cigarrillo. La luz de las farolas se reflejaba en el pavimento mojado: acababan de pasar los regadores y aún se los oía tres calles más arriba dirigiendo el potente chorro de sus mangueras contra los bordillos de las aceras para que el agua desalojara hojas, bolsas de plástico, colillas y polvo acumulado durante las horas de sol. Olía a humedad de primavera y a asfalto encharcado. A lo lejos se divisaban las siluetas de los rascacielos de la Castellana en el claroscuro apenas intuido e incierto de los momentos que preceden al amanecer. Al otro lado de la calle, unos trasnochadores que acababan de salir de un bar que está en la esquina de Velázquez con Diego de León iban riendo. A uno le dio un ataque de tos.

—Es que fumas que es demasié, tío —le dijo su compañero dándole un empujón.

Se acercaron a un automóvil blanco aparcado frente a ellos. El que había tosido se subió por el lado del conductor y se inclinó para abrir desde dentro la portezuela del pasajero. Su acompañante se instaló a su lado y en seguida el coche arrancó en dirección a Serrano. Carlos y el *Gera*, andando despacio y medio distraídos, habían seguido toda la escena desde la acera de enfrente.

—Por ahí tiene su nido una pareja de cernícalos —murmuró por fin el *Gera*—. Los veo por las mañanas temprano, planeando, buscando ratones. Son preciosos, amarillo dorado. Oye, Carlos, ¿tú sabes quién es ese que va con el tío que tose? Esos que acaban de salir del bar aquel… —Se paró—. ¿A ti qué te recuerda esa medio chepa?

—Jacinto Horcajo —dijo Carlos—. Mierda, *Gera*, que es Jacinto Horcajo.

Los dos echaron a correr hacia la esquina, pero el coche iba ya lejos y sólo se le divisaban las luces traseras, que se encendían con mayor intensidad cuando el conductor frenaba al llegar a algún cruce.

—¿Qué coche era? ¿Tú lo has visto? —preguntó Carlos jadeando.

El *Gera* entrecerró los ojos para intentar ver mejor y luego, encogiéndose de hombros, apretó los labios.

—Blanco…, blanco…, dos puertas…, podría ser un Opel Corsa —dijo al cabo de unos segundos.

—Somos más lentos… Puede, *Gera*. Opel Corsa, matrícula de Madrid… ¿Qué más?

—¿Qué más quieres, macho? Me cago en la mar, Horcajo, Carlos. Conque ya no volvía de Colombia, ¿eh? Se había ido ¿hace qué?…, ¿dos, tres años? ¿Eh?

—Casi tres —murmuró Carlos.

—… y no volvía porque le arrancaban la piel a tiras los holandeses y los americanos y los del cártel de Cali y la madre que los parió... Al jefe le da una apoplejía, me cago en la mar, Carlos.

—Vámonos a la brigada, tú. ¡Corre!

Y alzando una mano llamó a un taxi que pasaba en aquel momento.

—¿Qué me decías de que te habías enamorado? —preguntó el *Gera* en voz baja al sentarse en el taxi. Se inclinó hacia Carlos como quien espera una confidencia.

10.15

Al inspector José Luis Álvarez que, junto con Carlos de Juan y el *Gera*, estaba destinado en el Grupo 4.º (Cocaína) de la sección operativa de la Brigada Central de Estupefacientes, le aburría sobremanera tener que acudir a desayunar a casa de su suegro, Julio Galán Torrent, el rey del mueble de oficina. No le caía bien su suegro; es más, no le divertía en absoluto. Pero no le quedaba más remedio que aguantarse.

Nacido setenta y cuatro años antes en Chiloeches, Galán había fundado su primera fábrica en 1945 y se había organizado una saneada fortuna gracias a la buena amistad que le había unido al gobernador civil de Toledo. En su momento, el gobernador le había facilitado el amueblamiento del nuevo Ministerio de Obras Públicas en Madrid. A partir de aquel golpe de fortuna, el mueble de oficina Gato había enriquecido a su creador y sólo le había jugado una mala pasada durante la estabilización económica de 1959. Pero mal que bien don

Julio había logrado capear el temporal: con unos créditos aquí y unas ayudas allá se había mantenido más o menos sobreviviendo hasta que llegó el *boom* de los años setenta. Fue su gran salto económico. Lo malo fue que la riqueza hizo ambicioso a Galán. «El secreto está en la diversificación», solía decir. Al principio de la década de los noventa, *Gato,* como se le empezó a conocer en imitación de su marca de muebles en más de un ambiente no demasiado recomendable, decidió que el camino de la diversificación pasaba por el movimiento rápido de capitales.

Se metió en el tráfico de heroína por pura casualidad, casi sin saber de lo que se trataba.

En julio de 1992, hartos de los fastos del quinto centenario, Galán, su mujer y la niña soltera de ambos, Tere (la menor de cuatro hermanos), decidieron tomarse un bien ganado descanso y darse un paseo por la Europa septentrional. «Amsterdam, los canales, la Venecia del norte», decía don Julio al examinar los prospectos de Viajes Meliá; se ponía lírico con cualquier cosa. Y fueron hasta Holanda en coche, parando en París a la ida y a la vuelta. Un viaje memorable. «Yo, de Chiloeches», decía don Julio sonriendo encantado. Era un hombre bajo y regordete, con el incierto aspecto del nuevo rico a quien aún no se le han borrado las arrugas esculpidas en la cara por horas de sol en una era de Toledo. En realidad nunca había estado en una era sino que había viajado muy joven a Madrid. Al principio se había ganado la vida haciendo del medio enano que se lleva todas las bofetadas en una compañía de revistas en el teatro Martín.

El caso es que en Amsterdam se alojaron en el hotel Krasnapolski, en el mismísimo centro de la ciudad. Hotel cuyo nombre don Julio era incapaz de pronunciar (*Cranalosqui*, lo llamaba) y que a Tere, una madrileñita pizpireta y vivaracha, se le antojaba misterioso y como de película de espías. El Krasnapolski tiene su fachada noble orientada hacia el Dam, al otro lado del cual se yergue la mole del palacio real. Entre uno y otro edificio, un gran monumento no muy imaginativo conmemora a los héroes caídos durante la guerra y da cobijo a otros héroes, acudidos a la capital holandesa para comprar y consumir droga barata.

Pero es a la espalda del hotel donde Amsterdam cobra su fama de Sodoma y Gomorra y fue a la espalda del hotel donde empezó la carrera delictiva de don Julio Galán Torrent, rey del mueble de oficina. El célebre barrio rojo de Amsterdam, en el que es posible encontrar de todo mientras no se sea exigente en exceso, desde la prostituta sentada detrás de la ventana que le hace de escaparate hasta el bar de homosexuales, pasando por los camellos y los borrachos, los artistas, los museos y las iglesias del XVII. Todo está en el Voorburgwal, el pequeño y pintoresco canal de bellas construcciones burguesas y sucias aguas. Hasta les es posible a las turistas pasear y horrorizarse con cuanto ven, sin que nadie las moleste o les recrimine la malsana curiosidad. Tere y su madre tuvieron ocasión de divertirse de lo lindo. «Jesús», exclamaba doña Hipólita viendo cuanto veía, mientras don Julio lamentaba sinceramente no haber hecho el viaje a solas.

La última tarde de su estancia en Holanda, cayendo ya el crepúsculo, paseaban por vez postrera don Julio y su familia por Warmoesstraat mirando sin mirar los escaparates de las tiendas de pornografía, andando con lentitud hacia la vieja iglesia que asoma al canal, cuando fueron interpelados desde la acera de enfrente.

—Pero, don Julio, caramba —exclamó risueño un hombre tanto más pequeño que Galán que sí parecía un enano de verdad.

—Es Pepe González —dijo don Julio a doña Hipólita mientras esperaban a cruzar de acera—. Está forrado. Le he montado su oficina. Tiene un montón de taxis en Madrid y en Guadalajara. ¡Pero, hombre, don Pepe! ¡Pero qué gusto verlo! ¿Qué hace usted por aquí?

—Ya ve usted. A sus pies, señora, y esta preciosidad es la hija de ustedes, ¿eh? Mejor será que la escondan, porque aquí...

—Ya, ya, esto es terrible, ¿verdad? ¿Dónde está usted alojado, don Pepe?

—Aquí, en el hotel este de la esquina.

—¿En el Cranalosqui?

—Eso.

—Nosotros también.

—Pero, hombre, los invito a tomar una copa en el bar. ¿Hasta cuándo se quedan?

—Huy, ya nos vamos mañana —terció doña Hipólita.

Fueron andando con parsimonia hacia el hotel y, cuando hubieron llegado, se instalaron en el bar. Los dos hombres pidieron cerveza, doña Hipólita nada y Tere, un zumo natural. Charlaron durante un buen rato con animación y después decidieron que cenarían juntos. Fue una velada tan simpática y relajada que bien podría haber tenido lugar en el Casino de Madrid. Después de los cafés, mientras ambos señores encendían sendos puros, doña Hipólita anunció que subía a hacer las maletas y que Tere la acompañaba.

Hubo un momento de silencio satisfecho y apacible.

—Galán —dijo don Pepe al fin—, me pregunto si me puede usted hacer un favor.

—Faltaría más, lo que usted me diga, compadre —contestó don Julio.

—Verá usted. Viajo muy ligero, lo estrictamente necesario, y he comprado unos recuerdos para la familia y ya no me caben en la maleta. Me pregunto..., bueno, como ustedes van en coche... —Guiñó un ojo—. Hombre, la verdad es que son cosas de bastante valor y no quisiera tener que enseñárselas a la policía en Barajas...

—¡Sí, hombre! Eso está hecho. Ya sabe que en coche y por Hendaya...

Y así fue cómo don Julio Galán Torrent, el rey del mueble de oficina, hizo su primer transporte de heroína a España, aunque, cuando lo hizo, iba convencido de llevar un aparato de vídeo o una buena máquina de fotos que don Pepe quisiera meter de extranjis. Galán le estaba muy agradecido: había ganado mucho dinero con él. De haber sabido lo que llevaba se habría llevado un buen susto, pero como no era ningún tonto y sabía que tanto su aspecto como el de su familia jamás despertarían sospechas en la policía española, hizo el viaje con toda tranquilidad.

Cuando llegaron a Madrid, don Julio llamó a don Pepe y le entregó el paquete, a cambio del cual, y en prueba del efusivo agradecimiento del recipiendario, recibió la friolera de un millón de pesetas.

El siguiente transporte lo hizo don Julio como socio a partes iguales con don Pepe. Y el tercero, ya como industrial independiente.

Aunque la distribución en Madrid no era problema, un hombre tan poco experimentado en ella como Galán cometió al principio uno o dos errores. Tal vez quiso que su negocio creciera demasiado de prisa. El caso fue que, por ese preciso motivo, el inspector José Luis Álvarez, su futuro yerno, lo pescó una noche con las manos en la masa, cosa de principiantes. Y allí mismo, sin andarse por las ramas, don Julio le ofreció tal cantidad de dinero que José Luis no dudó un instante en aceptar.

Años después, desayunaban juntos, pero al inspector Álvarez no le caía nada bien su suegro: lo encontraba aburrido además de rata. En aquella familia se vivía bien pero no se hacía ostentación de riqueza, «porque luego las preguntas las carga el diablo, ¿verdad, José Luis?», decía siempre *Gato*.

—Bueno —dijo don Julio, después de apurar su taza de café—, me alegro de que hayas podido venir, José Luis. Estaba yo algo preocupado con nuestras cosas y... ¿Qué tal va todo?

—Bueno, don Julio, me parece que tenemos poco tiempo para resolver este asunto y, sobre todo, para resolver la cuestión del transporte... No sé.

—El tiempo apremia —dijo don Julio—. No necesito recordarte el volumen de la operación, ¿eh?

—Ya, ya lo sé, ya.

—Seis días.

—Seis días, sí, el tiempo apremia, pero a mí me lo ha contado usted muy tarde, no me ha dado usted tiempo para preparar todo esto con cuidado, a ver si me entiende.

—Hombre, José Luis, estoy convencido de que, contigo al mando, no vamos a tener problemas, ¿eh?

—Ya.

10.30

—Oye, hijo de tu madre, no te quedes conmigo, que te rompo el alma —dijo Carlos en voz baja.

Con la mano derecha tenía agarrado al *Pitri* por el cuello y lo había empujado contra el rincón del sucio retrete. Casi ni cabían en él. Carlos tenía apoyada la cadera contra el descascarillado lavabo y la pantorrilla contra la taza del retrete. Olía poderosamente a orín y alcantarilla.

—¡Que yo no me quedo con nadie, tío, jopé! —exclamó el *Pitri* con voz asustada.

Con la boca hacía un gesto de exagerada inocencia, curvando las comisuras de los labios hacia abajo, intentando aparentar absoluta ignorancia. Pero tenía miedo y sudaba. La camisa por la que le agarraba Carlos había sido blanca; ahora era marrón-gris y estaba pegajosa de suciedad.

—Tú te me llevas escaqueando desde hace una semana y ya no me vas a escurrir el bulto más —dijo Carlos.

Y lo empujó con violencia contra la esquina del cuchitril. Al mismo tiempo, le pegó un puñetazo seco en la boca del estómago. Cortada la respiración, el *Pitri* abrió mucho la boca e intentó doblarse en dos. Pero Carlos no le dejó y al *Pitri* se le llenaron los ojos de lágrimas. Bajó la cabeza y de su boca abierta escapó un reguero de saliva.

—¿Por qué no me has dicho que está Horcajo en Madrid, tío mierda? ¡No me escupas encima, cabrón!

El *Pitri* se quedó callado. Jadeaba y movía los labios como si, aun queriendo hablar, se lo impidiera el dolor.

—¿Eh? —dijo Carlos, zarandeándolo.

—¡Que no lo sabía, jopé, tío!

—Pero te enteraste, ¿eh? ¿Cuándo?

—Ayer..., sólo ayer...

—Oye, hijo de perra, cuando uno se entera de una cosa así, se me llama al instante, ¿te enteras? ¿Eh, te enteras?

La puerta del estrecho retrete se abrió y asomó por el quicio la cara afilada y triste de un yonqui llamado Lolín al que todo el mundo conocía en la calle de la Ballesta. Carlos volvió la cabeza, lo miró y dijo «largo». Luego alargó la pierna derecha hacia atrás y cerró la puerta de un golpe.

—¿Qué pasa? —preguntó el *Pitri* sacudiendo la cabeza—. ¿Nos sale la fiebre equina? —Y en seguida levantó ambos brazos para indicar la inocencia de la broma; cuando vio la mirada de Carlos, añadió sin bravuconería—: Ya, ya no me pegues más, jopé, tío.

—*Pitri* —dijo Carlos con paciencia—, te voy a tener que acabar partiendo en dos. Pero te lo voy a decir despacio porque a ti el caballo te tiene ablandado el seso y no te enteras: *Pitri*, cuando un tipo como Jacinto Horcajo vuelve a Madrid, me tengo que enterar a los dos minutos, qué digo, al minuto, *Pitri*, ¿te enteras? —El *Pitri* asintió con vigor—. Cuando Jacinto Horcajo está en Madrid y yo no lo sé, me asusto. Y si me asusto yo, no te quiero decir cómo tienes que ponerte tú.

—Vale, tío, vale. Oye, que es muy peligroso decir nada de Horcajo. Le va a uno la vida en ello, Carlos. ¡Espera!

Carlos lo zarandeó de nuevo.

—No haberte metido en esta vida de rata... Tú me vas a encontrar a Horcajo y me vas a decir dónde está, *Pitri*, ¿me oyes?, porque algo malo está tramando.

—Vale, pero no sé si se esconde..., no sé nada... Vale, vale...

Carlos lo soltó con un empujón, con asco de tenerlo tan cerca. Se dio la vuelta y salió del retrete ajustándose la chaqueta. Doblando las rodillas, el *Pitri* fue encogiéndose despacio hacia el suelo. Se quedó en cuclillas, apoyó los codos en los muslos y se tapó la cara con las manos. Dio un gemido.

—Mierda —exclamó en voz baja y se le escapó un sollozo.

Al pasar por el bar, completamente desierto a esa hora (a excepción del camarero, que se entretenía leyendo el *As*), Carlos levantó una mano en señal de saludo y sin pronunciar palabra salió a la calle. Empezó a andar hacia la Gran Vía. Al llegar a la esquina, se detuvo frente a una cabina telefónica; apoyó una mano contra su puerta y estuvo quieto un momento. Luego, decidiéndose, entró en la cabina. Intentó hacer caso omiso del poderoso olor a vómito que había en ella y descolgó el auricular medio roto. Puso una moneda de cien pesetas en la ranura y marcó un número.

—Diga.

—¿Está Paloma?

—¡Paloma!

Al cabo de unos segundos, Carlos oyó que decían «es para ti».

—¿Quién es?

—El mago de Oz.

—Estás tú bueno —dijo Paloma riendo.

—Oye, ¿nos vemos luego?

—No. Te suena rara la voz. ¿Te has acatarrado?

—No. Es que me tapo la nariz porque en esta cabina huele fatal —dijo Carlos soltándose la nariz y poniendo cara de asco—. ¿Por qué no?

—¿Por qué no qué?

—¿Por qué no me quieres ver luego?

—Porque no. No puedo... No... Vamos, que no quiero.

—Te voy a dar la lata hasta que te canses.

—Te cansarás tú antes.

—Yo de ti no me voy a cansar.

Paloma rió.

—Bueno... —Guardó silencio un momento y luego dijo—: La perseverancia es una buena virtud.

Colgó. Carlos se quedó mirando el auricular.

—Coño de veinte duros —dijo.

A lo lejos, en la puerta del bar apareció el *Pitri*. Se pasó la mano por el pelo; lo tenía mojado y le brillaba. Después alzó la cabeza y escupió con abundancia. Se volvió hacia donde estaba Carlos e hizo un corte de mangas.

13.00

—Oiga, De Juan —dijo el subcomisario asomándose a la puerta del despacho que Carlos compartía con el *Gera*.

—Diga, jefe.

—Ricardo nos manda este fax desde La Haya. Se me encarga usted de esto, ¿verdad?

—Sí, señor. Oiga, jefe —dijo Carlos y levantó una mano—. Me parece... esto... vamos, que Horcajo está en Madrid.

—Venga ya. Está usted de coña.

—No, señor, no —terció el *Gera*—. Lo vimos anoche por Diego de León.

—¿Me están ustedes diciendo que anoche, a una hora no determinada, cuando transitaban por la calle de Diego de León, seguramente rascándose los cataplines, avistaron a Jacinto Horcajo, un peligroso asesino buscado por la policía de siete continentes, y no lo detuvieron?

Abandonando el quicio de la puerta del despacho de Carlos desde el que había hablado, el subcomisario se acercó a la mesa. El *Gera*, que estaba sentado frente a ella en una butaquita de madera empequeñecida por la mole de su ocupante, se puso de pie y carraspeó.

—Sí, señor —dijo—. Lo que ocurre es que no lo pudimos detener porque no lo reconocimos así de pronto. Se ha dejado barba y ha debido de perder unos diez o doce kilos. Para cuando nos dimos cuenta de quién era, ya se había metido en un coche...

—Sólo por la chepa... Pero descuide, jefe, que ya hemos dado el queo y lo encontraremos corriendo... —añadió Carlos.

—Pero ¿será posible? ¿Los vio él a ustedes?

—No. Yo creo que no. Verá usted, jefe, íbamos muy despacio...

—Como pensando en otra cosa, ¿sabe?, y era aún muy de noche.

—No me cuente usted la historia de su vida. —El subcomisario apretó los labios, se dio media vuelta y salió del despacho. Carlos y el *Gera* se miraron. El *Gera* estiró la boca hacia abajo y Carlos se encogió de hombros. Desde el pasillo, el subcomisario añadió—: Me lo encuentran y me lo sirven en bandeja, previamente asado en su jugo.

—Creo que el jefe es de los que no perdonan —dijo el *Gera* en voz baja.

—No quedan virtudes cristianas en este mundo. ¿Has visto cómo se ha puesto?

—Ya, jolín.

—¿Y tu hermano?

—¿Pepillo? —Esta vez fue el *Gera* el que se encogió de hombros—. Como un flan. Después de comer se van a la concentración. ¿Qué dice el fax ese? Ya tengo las entradas. Le he dicho a Pepillo que como no meta al menos un gol, lo despellejo.

—Claro, hombre, le va a meter un gol a Molina. Dice... —Carlos se calló mientras leía el fax de la embajada—. Oye, tú, que en Holanda han secuestrado a un tío que es el dueño de una de las mayores empresas allá. Tiene más millones que pulgas el perro de un gitano. Que estemos al loro, porque a Ricardo le huele a cosa del tráfico de droga...

—¿Has visto Ricardo, qué señorito? Hale, allí como el embajador. La vida padre, los coches, seguro que tiene chófer el tío. El señor agregado a la embajada en representación del Ministerio del Interior para la colaboración en la represión del tráfico de drogas. Jopé, suena de miedo. El día menos pensado pido el traslado yo también. A ver, ¿me dejas el papel?

Alargó la mano y Carlos le entregó el fax.

—¿Qué papel es ése? —preguntó José Luis Álvarez desde la puerta.

El *Gera* puso los ojos en blanco.

—José Luis —dijo Carlos—, eres más pesado que un saco de martillos. Siempre andas metiendo la nariz. Nada, un tío que han secuestrado en Holanda.

—Por aquí se dice que anoche estuvisteis de copas con Horcajo y vosotros sin enteraros.

Rió y cerró la puerta desde fuera.

—José Luis —dijo Carlos—, vete a la mierda.

Alargó la mano hacia el teléfono que había encima de la mesa, descolgó el auricular y marcó el número de Paloma. Mientras esperaba, con un bolígrafo pintarrajeaba distraídamente sobre el secante verde.

—¿Puedo hablar con Paloma, por favor?

El *Gera*, que estaba releyendo el fax, alzó la mirada y la fijó en Carlos. Meneó la cabeza varias veces.

—Oye —dijo Carlos—. ¿Cenamos esta noche?... Hombre, hay que intentarlo, ¿no? Está bien..., está bien. Te invito al fútbol el domingo... Espera, espera, verás. Juega el hermano de un amigo mío con el Madrid... Sí, por primera vez... Estamos todos como flanes... Hombre, hay que arropar a mi compi... Sí —dijo con resignación—, también los animales tenemos sentimientos. Vale, chica, vale. Cómo te pones. —Y colgó.

—Te va a traer por la calle de la amargura —dijo el *Gera*.

—Oye, *Gera*. ¿Sabes cómo deberíamos llamar a Ricardo el de La Haya? —Inclinó la cabeza, mirando al secante.

—¡Otro mote no, por Dios!

—Eseopeelea —dijo Carlos, deletreando—. Servicio oficial... no, obsequioso... Servidor obsequioso para la lucha antidroga. El *Sopla*.

13.20

—Ha sido fácil —dijo Jacinto Horcajo—. Además, hace tres años que no volvía por España y me parece que no me reconocen ni las ratas.

—Así, bueno —dijo Julio Galán, *Gato*—, pero por si las moscas sería mejor que no te pasearas hasta dentro de una semana. Luego me importa un pimiento lo que hagas.

Horcajo rió. Cuando reía, Jacinto Horcajo enseñaba lo único aceptable de toda su anatomía, una dentadura espléndida, muy blanca, de dientes grandes y bien distribuidos. Era una risa que parecía falsa porque iluminaba una cara renegrida y picada de viruela que más debería de ser amenazadora que risueña. Una barba muy negra y espesa le salía casi desde debajo de las profundas ojeras. Un aspecto patibulario detrás del que no se escondía una personalidad especialmente cruel o sádica. Sólo expeditiva.

—Nada, hombre, no te asustes, Galán. Nadie nos va a estropear el negocio, ¿eh?, toca madera. Bueno —se frotó las manos—, ¿dónde quieres que cerremos el trato?

—Aquí, desde luego. Este negocio se hace en Madrid, Horcajo.

—Hombre, eso ya lo sé. Lo que quiero decir...

El teléfono que estaba encima del velador de al lado de la ventana empezó a sonar. Don Julio hizo una mueca de que qué se le iba a hacer, se levantó de la butaca y lo contestó. De golpe, tras escuchar en silencio durante unos segundos, se puso muy serio. Suspiró y colgó sin decir palabra.

—Era mi yerno —dijo—. Sus compañeros te vieron anoche por Diego de León.

—¡Mierda! —exclamó Horcajo—. ¿Quiénes me vieron?

—Dos que son compañeros de José Luis.

—Sí, pero ¿quiénes?

—Ni idea.

—Apuesto a que uno era el *Gera* —dijo Horcajo mordiendo las palabras con rabia—. A ése no se le despinta nunca una cara. ¿Y por qué se le iba a despintar la mía si me conoce mejor que mi madre? ¡Aj! Soy idiota.

—Sí, pero ¿qué vas a hacer?

—Salir a la calle y cepillármelo. Qué voy a hacer, qué voy a hacer. Nada, eso es lo que voy a hacer. ¿Qué quieres? Mira tú éste. No nos podemos permitir lujos hasta dentro de una semana.

Galán puso un gesto de alivio.

—Pues entonces lo mejor es que te quedes aquí y no enseñes la cara por ningún sitio. Otra cosa: no te lo preguntaría si no hubiera surgido esto, pero ¿está la mercancía en lugar seguro?

—¡Qué coño me voy a quedar aquí! ¡Claro que está en lugar seguro la mercancía! —Rió—. Está en el lugar más seguro de Madrid.

—¿Dónde?

Horcajo no dejó de reír y apuntando a *Gato* con un dedo dijo:

—Ah, pillín, ya te gustaría. En las cajas de seguridad de cuatro bancos.

A *Gato* le hubiera gustado preguntar qué bancos, pero era hombre prudente y se guardó la curiosidad para el coleto.

—¿Dónde te vas a esconder? —dijo en cambio.

—En mi madriguera. No te preocupes, que no me van a encontrar. Luego, dentro de una semana, saldré y me llevaré por delante al *Gera*.

14.00

—¿Qué pasa, te han prestado un coche? —preguntó Paloma.

—¿Por qué? —contestó Carlos.

—No sé. Como dices que no tienes...

—Me lo ha prestado el *Gera*. —Y antes de que pudiera preguntarle quién era el *Gera*, se apresuró a añadir—: Es mi colega en esto de la lucha contra el crimen.

Paloma rió de buena gana.

—Idiota —dijo—. Vaya nombre tonto. El *Gera*...

—El *Gera* es el *Gera*. De toda la vida, ya sabes.

—Por como hablas de él, parece que debe de ser chiquitito. Seguro que es grande.

—Mide un metro noventa y pesa cien kilos.

—Angelito. —Paloma se incorporó en el asiento y se volvió a mirar a Carlos. Alargó la mano y con el dedo índice le acarició el mentón por debajo de la barba. Luego, con toda la mano, tiró de ella y acercó su cabeza. Lo miró despacio, sin sombra de sonrisa. Sólo asomaba por entre sus labios la punta rosa de la lengua—. No me vengas a buscar más al trabajo, ¿me oyes? —Le sacudió la cabeza—. Nunca me vengas a buscar si no me lo pides antes, ¿vale?

—Es que si te pido permiso, no me dejas.

—Claro. —Luego añadió—: Te huele el aliento a tabacazo.

—Si quieres, lo dejo.

—Quiero.

—Ya, pero ¿qué me das a cambio?

Paloma sonrió. Le soltó la barba y, poniéndole las manos a ambos lados de la cara, lo besó.

—Un beso —dijo en voz baja—. Pero no vengas más sin mi permiso.

—Te llevo al fútbol el domingo, te llevo a las Seychelles el lunes o te casas conmigo ahora. A mí me da lo mismo —dijo Carlos.

—Pues... —Paloma miró hacia el techo del coche, reflexionando—. Me caso contigo... un rato sólo, ¿eh? ¿Por qué le llamas *Gera*?

—Yo no le llamo *Gera*. Todos le llamamos *Gera*.

—Bueno. No seas idiota. Se llamará Gerardo.

—Se llama Epifanio. No te rías. Es verdad. Se llama Epifanio.

—¿Entonces por qué le llamáis *Gera*?

—Nada. Por una chorrada.

—Será *gay*, una flor, y por eso lo llamáis *Gera*, por geranio.

—Que no.

—Si no me dices por qué, me bajo del coche y ni rato de boda ni nada.

—¿Por qué no me quieres ver?

—Sois todos iguales. Tenéis que preguntar, preguntar, preguntar. Déjalo, anda, no te vaya a contestar... Anda, Carlos, confórmate con un trocito de cielo. Huy, ¿seré cursi?

15.00

—Oye, tú —dijo José Luis Álvarez—. Me manda el *Gera.*

Dio un paso cuidando de no pisar en el montón de basura que se extendía, como una pústula, a la derecha de la verja de entrada. Llamar verja de entrada al trenzado de alambre de gallinas que hacía las veces de cancela era una verdadera exageración, pensó José Luis, pero bueno.

Una vez, no hacía mucho, Madrid se acababa en aquel descampado. Luego, con los años, Canillejas había crecido poco a poco de forma más o menos ordenada. Viejos talleres, antiguas empresas familiares habían sido derruidos (aunque, aquí y allá, aún podían verse los esqueletos de alguna nave y los sarmientos retorcidos y resecos de alguna vid enroscándose en alguna verja herrumbrosa) para ceder el lugar a grandes industrias, a periódicos, a transportistas. Las cosas habían ido creciendo de forma más bien anárquica, como setas, siempre en el sector sur de la avenida de Aragón (en el norte, todo lo invadían ya elegantes urbanizaciones; «un día de éstos voy a dar un pelotazo y me voy a venir a vivir a un adosado de estos finos del parque del Conde de Orgaz», decía José Luis). Todavía quedaban huecos grandes de descampado, hechos de montones de tierra y chatarra, acotados por nuevos edificios de cristal y acero.

En uno de esos desmontes, en la calle Maratón, pegado a la tapia de una fábrica de azulejos, estaba el cementerio de coches del *Chino.* En realidad, era más que un simple cementerio de coches.

Era bien cierto que en él había muchos automóviles. La mayor parte de ellos era chatarra amontonada y sólo de vez en cuando podía verse algún vehículo en lo que se supone es estado de marcha. A la izquierda de la entrada, en una chabola con el tejado de hojalata, tenía su casa-despacho-expendeduría el industrioso comerciante José Rodríguez, más conocido por *Chino,* apodo que, al contrario de lo que podía suponerse, no le venía de la configuración de sus facciones. El *Chino* era un gitano renegrido, de pelo castaño muy repeinado hacia atrás con una mezcla de porquería y fijador. Le venía el apodo de que una vez en el puerto de Barcelona a un marinero que lo quiso engañar vendiéndole melaza en lugar de opio, lo rajó de arriba abajo con una navaja barbera que siempre llevaba en el bolsillo del pantalón. El marinero era de padre chino y madre de Tarrasa.

José Rodríguez, el gitano, vestía traje marrón a rayas blancas, más o menos blancas, de chaqueta cruzada y pantalón de pata de elefante; en la cabeza llevaba un sombrero gris muy sucio, con la orla negra y, por encima de ella, una marca de sudor de un dedo de ancho.

Detrás de su chabola había un cercado hecho de palos, alambre y cajas de cartón, en el que se encontraban, en abigarrados montones, cajas de tornillos y clavos, muebles de madera, algún lavabo de porcelana, tazas de retrete, neumáticos a estrenar (cuando el *Gera* inquirió del *Chino* el origen de los neumáticos, le fue explicado que se habían caído de un camión que circulaba a gran velocidad por la autopista de Barajas), máquinas de coser Singer, recipientes de hojalata y una hoguera permanente con un trébede a caballo del fuego. En una cacerola colocada sobre el trébede, siempre hervía una sopa de color marrón. La compañera del *Chino*, la *Cairata*, salía de vez en cuando de la chabola para remover el guiso con una cuchara de palo. Dos o tres mocosos, en un estado de suciedad indescriptible, jugaban por entre los escombros en un idioma ininteligible.

Al fondo del cercado había una caseta de aire sólido. Hecha de madera y planchas de hierro, en ella guardaba el *Chino* la mercancía robada que le entregaban los peristas y en ocasiones algún alijo de caballo. El *Chino* sólo traficaba con heroína, nunca de gran pureza, que compraba a los camioneros turcos llegados de Holanda. Se la suministraban ya cortada varias veces y a buen precio. El *Chino* sabía que el precio era unas ocho veces lo que se pagaba en la costa turca (más, claro, porque el caballo en la costa turca venía al setenta y cinco por ciento de pureza, mientras que el que le entregaban los camioneros no pasaría del quince o dieciséis por ciento), pero era persona que no quería meterse en berenjenales que le acabaran costando la vida a uno. La avaricia rompe el saco.

El *Chino* era un reyezuelo en Canillejas.

Miró a José Luis Álvarez y no dijo nada.

—Me manda el *Gera* —repitió éste.

—¿Zí? No hay más que te mirá, qu'ere dezo... —contestó el *Chino* mirándolo con fijeza. Sus ojillos parecían dos canicas de cristal marrón—. La mafia polisiá. ¡Quita! No te cabrees, coño, que no te he disho ná...

—Pues déjate de coñas, *Chino*, y atiende —contestó José Luis, guardándose la pistola en el bolsillo del pantalón por tenerla más a mano. Que un gitano se dirigiera a él tuteándolo sugería un peligroso nivel de seguridad en sí mismo y requería la toma de ciertas precauciones.

—¿Qué va tú queré?

—Quiero comprarte un transporte —dijo José Luis, mirando por encima del cercado hacia donde estaban los coches—. Pero no veo más que mierda.

El *Chino* se encogió de hombros.

—Hay mierda y mierda. Depende de lo que quieras pagá —mascculló.

—Lo que valga el mercado.

—Lo que varga er mercado es lo que varga er tra'porte, a ver zi m'entiende.

—Nos ha jodido el filósofo. A ti lo que valga el transporte te tiene sin cuidado, *Chino*, a ver si me entiendes —contestó José Luis en el mismo tono—. Lo que vale el transporte y lo que lleva es lo que vale tu vida —añadió—. No sé si me explico.

—¡Hala, jodé! ¡Rambo, coño! Va a vení tú aquí con estallone a quemá er patio —dijo el *Chino* sin alterar la expresión.

—Pues venga, vamos a echar un vistazo.

Saliendo del cercado atravesaron la chabola y se encaminaron hacia los coches. Sin pronunciar palabra, José Luis empezó a andar entre ellos mirándolos despacio, uno a uno. Había de todo: antiquísimos Dodge Dart (dogedar, los llamaba el *Chino*), Simcas 1000, algunos 1430 de Seat, unos cuantos Volkswagen escarabajos (borbajes), un 600 viejísimo que tenía otro encima aplastándole la carrocería pero sin romperle los cristales, un par de Clíos en bastante buen estado, renócincos, Seat rondas, un Mercedes diesel incunable que aún conservaba la matrícula oficial PMM (*lolaflores* los llamaban en tiempos, por aquello del tac-tac-tac del motor), una *vanette* Ford destartalada, un autobús Magirus Deutz prediluviano, una docena de camiones Pegaso en variado estado de destrucción, camionetas, Citroëns DX y, al final del desmonte, un Peugeot 406 marrón y un Opel Corsa inmaculados.

—¿También se han caído estos dos de un camión? —preguntó José Luis.

—Cá, zon de colegas.

—No están en venta —afirmó José Luis levantando las cejas. El *Chino* se encogió de hombros una vez más. El policía se dio la vuelta con parsimonia, mirando a su alrededor como si estuviera decidiéndose por uno de los vehículos—. Coño, *Chino* —dijo por fin—, pero si ahí tienes un camión de los de transportar dinero de banco a banco. ¿Está blindado? —El *Chino*, sin dejar de mirarlo, hizo un gesto afirmativo con la cabeza—. ¿Qué le pasa?

—Tiene la zu'penzión hecha mierda y el motó reventao. Más ná.

—Oye..., me interesa. —Se quedó pensativo. Nada como deambular por la capital en un camión blindado y contemplar las bellezas municipales desde su interior, pensó—. Ya lo creo que me interesa.

—También tengo un motó perkis que va como dió —sugirió el *Chino.*

—¿Cuánto?

El *Chino* bajó la cabeza, calculando.

—Do kilo por er camión y ochosiento papeles por el motó —dijo por fin.

—A ti te patina la neurona, chico —dijo José Luis.

—Precio jut'to.

—Mira, *Chino,* te llevas uno por todo y vas que ardes.

El *Chino* chasqueó la lengua y, moviendo la cabeza de derecha a izquierda, dijo:

—Do y cuarto.

—No quiero discutir, *Chino.* Me lo llevo todo por uno y medio y salvas la vida, tío... Eso si te callas como una tumba. —El gitano puso cara de asco ante la mención de la tumba, hizo los cuernos con los índices y meñiques de ambas manos y luego se llevó un pulgar muy sucio a los labios. Como si corriera una cremallera, se lo paseó de derecha a izquierda—. Esta noche te mando un camión grande a buscarlo todo.

—Con parné.

—Con la pasta, sí.

16.00

—Tírame un pitillo —dijo el *Gera* sin levantar la vista.

—No fumo —contestó Carlos desde su mesa.

El *Gera* alzó la cabeza con sorpresa.

—¿Desde cuándo?

—Desde hace un rato. Tampoco duermo desde hace veinticuatro horas y aquí me tienes. ¿Por qué?

—Nada, colega, por nada. Esta tía va a ser tu perdición. ¿Has visto las instrucciones que nos manda el jefe para la extradición del holandés? A ese que tienen en Carabanchel.

—Cierran Carabanchel, ¿lo sabías?

—Sí, venga.

—¿Qué instrucciones? No he visto nada.

—Claro que no las has visto. Son secretas. ¿Cómo las vas a ver?

El *Gera* se medio incorporó y, apoyando la manaza derecha en el borde exterior de su mesa de trabajo, se inclinó hacia la de Carlos e hizo volar el papel. La hoja planeó hasta Carlos y luego, acelerando su caída, se deslizó hasta la esquina de la habitación.

—¡Hale! —dijo Carlos.

Se levantó de su silla y la recogió del suelo. Sentándose de nuevo, leyó en silencio.

—¡Hale! —repitió—. Oye, esto parece como de *Los intocables.* Chará, chará —entonó empuñando un lápiz como si fuera un micrófono—, la polisía española, en un operativo sin occisos, escamoteó al conosido traficante de sustansias psicotrópicas, extrayéndolo de la cársel en la que se encontraba y braveando a las huestes mafiosas que pretendían delibrarlo de las garras justisieras.

—Carlos.

—Qué.

—No te ganarías la vida imitando a portorriqueños.

—De Juan —dijo el subcomisario desde el pasillo—, déjese de coñas.

—Sí, señor. Oiga, jefe, es que esto parece un poco tremendista, ¿no?

El subcomisario se asomó por la puerta.

—De Juan —dijo hablando muy despacio y con aire de infinita paciencia—. Kleutermans es uno de los mayores traficantes de heroína de Europa...

—Sí, señor.

—... y yo no me arriesgo a que sus cómplices me monten un pollo a la puerta de Carabanchel y se lo acaben llevando en un helicóptero.

—No, señor —dijo Carlos.

—Porque tienen el dinero y son capaces. ¿Horcajo?

—Estamos en ello —dijo el *Gera* desde su mesa.

El subcomisario, que estaba mirando a Carlos, giró la cabeza, dirigió la mirada hacia el *Gera* y estuvo un rato en silencio. Después suspiró, se dio la vuelta y salió del despacho, cerrando la puerta con cuidado.

—*Gera*, ¿me quieres decir por qué, si nosotros somos cocaína, nos tenemos que ocupar de este tío que es heroína? ¿Eh?

—Ni idea. Le deberá el jefe un favor al del grupo quinto, qué sé yo. Además —añadió bajando la voz—, de lo que este tío es contrabandista es de porros.

Carlos levantó una ceja.

—No me jodas. Aquí dice que tú y yo nos llevamos al Kleutermans este por carretera y así derrotamos a los malos, subtilizándolo, dice subtilizándolo, porque se espera..., todo el mundo espera, craso error, que nos lo llevemos en avión unos días después rodeados de *geos* y con los jueces aplaudiendo desde la terraza de observación de Barajas.

—Ya ves.

—Pero bueno, ¿está concedida la extradición?

—Sí.

—Y digo yo: ¿se puede hacer esto de escamotear a un tío como si fuéramos Houdini?

—¿Quién?

—Judini, *Gera*.

—Ah, ya, el de la Schiffer. Mira que está buena, la tía. Oye, Carlos, se extradita a un tío a Francia porque los franceses están deseando echarle la vista encima o los holandeses, no sé ya quién. ¿Y a ti qué más te da cómo lo entregas? Vamos, digo yo.

—No sé. Digo que habrá que hacer las cosas por lo legal, ¿no?

—Tú sabrás. Tú eres el abogado, pero me parece que para extraditar a un tío no hace falta sacar los tanques a la calle. Oye, ¿no nos entregan los franceses a etarras todos los días sin pasar por el juez?

—Sí, *Gera*, cada vez menos y además no es lo mismo. Oye, jopé..., bueno, da igual. A nosotros nos dicen que hay que entregar al Papa en Sarajevo y nosotros a entregarlo aunque sea en fiambrera. Oye, que yo con un traficante de caballo de ésos, como si se le caen los éstos. ¿Cuándo se hace público que mandamos al Kleutermans este en avión?

—No es público todavía. Pero dice el jefe que el 27. —Hojeó el calendario que había encima de su mesa—. El... 27, miércoles.

—¿Tú crees que va a venir el ejército de liberación a por él? —preguntó Carlos con tono escéptico.

—Hombre, como dice el jefe, con el dinero que manejan estos tíos cualquier cosa es posible. Oye, que a mí no me parece mal que les demos la sorpresa a todos y que nos lo llevemos en coche el lunes mientras los malos piensan que nos lo vamos a llevar en avión el miércoles.

—Sí, no antes del lunes, que está lo del fútbol y se lo debemos a Pepillo. No me lo pierdo por nada. ¿Has hablado con él?

—Coño, Carlos, pareces su novia. Ha estado comiendo en casa, no se le ha caído nada y le he dicho que, como no le meta un gol a Molina, lo despellejo.

—Eso ya me lo has dicho antes.

—Ya. Eso mismo me dijo Pepillo. Y yo le dije que se lo recordaba para que lo tuviera presente y se fuera enterando de lo que vale un peine. Ná. Está como un flan.

—Eso también me lo has dicho antes.

El *Gera* bostezó.

—Yo es que soy como los noticiarios de la radio. Cuando no hay noticias nuevas repito las de antes. Me preocupa más bien Jacinto. Horcajo suelto por Madrid sin que sepamos lo que está haciendo, me pone malo. ¿Tú qué crees que está haciendo?

—Mira, *Gera*, si se ha arriesgado a volver a España sabiendo que, como lo pillemos, lo fileteamos, como no es un chulo, te aseguro que no ha venido de vacaciones. Ha venido a algo muy concreto. Pero a algo gordo, *Gera.*

—De Colombia ha venido un barco cargadito de...

—Horcajos.

—Eso mismo. Muchos horcajos, bien prietos, envueltos en saquitos de plástico transparente. Oye, tú —añadió Carlos, bajando la voz—. Me parece que es la tía más importante que he conocido en mi vida.

—¿Qué?

—Que me tiene hecho papilla, *Gera,* joder. Sí, hombre, sí. A ver si me dejas de mirar como si fueras una institutriz, oye, que no estoy haciendo nada malo, que lo único que he hecho ha sido enamorarme como un idiota de una señora que funde los plomos, qué quieres que te diga...

—Mira, tío, a mí como si te pones un quiosco. Tú dedícate a buscar a Horcajo y si quieres, en tus ratos libres, te enamoras del panda del zoológico. ¡No, hombre! Que has perdido el seso y no piensas en nada más, y en este curro cuando no estás al loro te va la vida, ¿oyes? Y además ¿cuántas van este año? ¿Dos? ¿Tres? Anda, Carlos, venga...

—¿Sí? ¿Tú sabes lo que he hecho? Le he dado una llave de casa. Yo. Una llave de casa. Me dijo lo mismo que tú, que somos todos iguales, que no pensamos más que en la cama, que sabe Dios cuántas...

—... Eso se lo dirás a todas, chico...

—¡Eso mismo me dijo! Y con el mismo tono de cachondeo... Y entonces voy yo, me levanto de la cama, voy al cajón de la cómoda, lo abro, saco la llave que tengo de repuesto y se la doy, oye.

El *Gera* dio un silbido.

—Sí, señor. Así es. Yo.

—¿Y qué te dijo ella?

—Pues se quedó muda. Me miró con los ojazos muy abiertos y no dijo nada. Se levantó de la cama, se vistió, si vieras *Gera* cómo se viste, y se fue.

—¿Y la llave?

—Pues me quedé hecho polvo porque no la cogió.

—No hay quién las entienda —dijo el *Gera*, que llevaba cinco años enamorado de su mujer y no se le pasaba.

—Ya, porque al cabo de dos minutos sonó el timbre de la puerta, abrí y allí estaba Paloma en el descansillo, con la mano extendida. Le puse la llave en la palma de la mano y se quedó, así, un rato, mirándome sin decir nada, sólo con el aire de coña. ¿Y sabes lo que hizo?

—No sé si lo voy a resistir —dijo el *Gera* aparentando indiferencia.

—Se la metió en el escote y se fue.

—Pues te has quedado sin llave.

—Sí. Y ahora no quiere salir conmigo.

Carlos alargó la mano hacia el teléfono, descolgó el auricular y marcó el cero.

—Ponme con el parque —dijo y se rebuscó los bolsillos en busca de un cigarrillo. El *Gera* lo miraba con una sonrisa plácida—. Mierda —dijo—, no, no es a ti —añadió dirigiéndose al auricular. Rió—. Vaya forma de empezar una conversación si no. No, oye, perdona. Quiero que me dejéis un coche rápido, un Opel grande si es posible, para el lunes por la mañana... A devolver el... —miro al *Gera*, que con el dedo índice hizo un gesto rotatorio hacia adelante—, el martes por la noche... Para ir a Francia. Vale. Esto del tabaco me va a costar una enfermedad.

Inclinó la cabeza y se rascó la barbilla por entre los pelos de la barba.

—Anda que como te pida que te afeites la barba... —dijo el *Gera*.

—Vamos a por Horcajo —dijo Carlos, poniéndose de pie.

—Vamos, Judini.

18.15

—Date prisa, tío —dijo el *Pitri* con impaciencia—. Anda, tío.

—Calla, tío..., cuanto más me des el coñazo, más voy a tardar —le contestó el otro—. O hacemos el bisnes bien o te compra la nieve tu madre... ¿Con qué la has cortado?

Respiró profundamente.

Olía mal en el retrete del bar.

—Venga, tío, que nunca te he engañado.

—¿No? ¿Y la postura de la semana pasada?

—No tuve la culpa yo, tío —contestó el *Pitri* levantando la cabeza y mirando con rapidez a su alrededor, como si alguien hubiera podido oírle en tan exiguo recinto—. Venga, tío.

—Calla, joder, coño —contestó el otro.

Tenía las facciones huidizas y tal parecía que la nariz se hubiera adelantado dejando atrás al resto de la cara. El pelo pardusco, peinado hacia atrás con fijador y pegado al cráneo a mechones, se le despegaba de la nuca. En la Ballesta se le conocía por *Palo*, contracción de pájaro loco. Un personaje peligroso.

Palo se inclinó de nuevo sobre el sucio lavabo. En la jabonera había un vaso grande lleno de lejía hasta el borde. En la mano izquierda, *Palo* tenía una papelina abierta en cuyo centro había un gramo de cocaína. Con la punta de una pequeña navaja cogió una mínima cantidad de polvo blanco y con gran delicadeza la dejó caer sobre la lejía. El *Pitri*, casi puesto de puntillas, seguía con angustia toda la operación.

Inmediatamente una parte del polvo cayó al fondo del vaso dejando una estela opaca al deslizarse por el líquido. *Palo* levantó la vista y la fijó en el *Pitri*, que tragó saliva nerviosamente y volvió a levantar la cabeza hacia el techo. Respiró hondo para que se le pasara la angustia que le oprimía el pecho y el nudo que se le había formado en la garganta, no se le fuera a escapar un sollozo. Siempre tenía miedo cuando concluía un trato así. Y *Palo* tenía fama de ser mal enemigo. A *Pitri* le temblaba una rodilla; se apoyó con los riñones contra la pared y al segundo se separó de ella empujándose con los codos. Y luego se volvió a apoyar y se volvió a separar; hinchaba y deshinchaba los carrillos como si le faltara el aire. Cuando *Palo* bajó la vista, ambos volvieron a mirar el vaso, pero *Pitri* siguió con su rítmico movimiento.

La mayor parte de la cocaína seguía en la superficie

de la lejía. *Palo* se puso a contar despacio. Al llegar a once, el polvo empezó a bajar flotando con lentitud hacia el fondo del vaso. Arriba quedó una mancha aceitosa. *Palo* gruñó.

—Manitol, ¿eh?

El *Pitri* puso cara de circunstancias y asintió.

—¡Qué manía de cortar el polvo con la mierda esta del manitol! Tío, es que no sabéis ni por dónde andáis.

—Y yo qué, *Palo,* qué me cuentas. Vale... ¿Y el resto?

—Vale. Vale, sí. ¿Cuánto tienes, tío?

—Dos onzas.

—¿En gramos?

—Sí, tío, en gramos. Cincuenta y seis gramos. Te van a salir quinientas sesenta papelinas a cuatro mil pelas. Dos millones doscientas cuarenta chuchas, tío. —Tragó saliva.

Palo miró con detenimiento al *Pitri.*

—¿Y tu cuartelillo?

—Jopé, tío, ni se va a notar... Medio gramo de cada diez...

Palo se frotó las manos.

—*Pitri* —dijo—. Como sea más lo que te quedas, mi gente se me va a cabrear y no te digo yo.

—¡Te juro que no! Que no me quedo con más, tío... —Le dio un ligero golpe en la manga de la camisa—. Te invito a una raya, tío, anda.

Palo sonrió.

—Vamos a terminar el bisnes primero, anda. Dos kilos doscientas cuarenta, ¿eh?... Como éstas —añadió y se sacó del bolsillo un fajo de billetes de cinco y diez mil pesetas. Contó la cantidad exacta y la separó; se metió el sobrante en el bolsillo.

El *Pitri* mientras tanto había sacado de su chaqueta una bolsa de plástico. La abrió, se puso en cuclillas, sacó las papelinas y las contó con sumo cuidado. Después se incorporó y las volvió a introducir en la bolsa.

Alargó el brazo y entregó la bolsa a *Palo* mientras éste le daba el dinero.

—Vale, tío, vamos a tomarnos esa raya

Del bolsillo de la camisa el *Pitri* sacó un pequeño espejo de los que llevan las mujeres en el bolso. Lo colocó con cuidado en el borde del lavabo. Se incorporó y, mirando a *Palo* sin dejar de sonreír, sacó dos pajas del mismo bolsillo y se las dio. Después, y utilizando sólo dos dedos, extrajo dos papelinas, las abrió y vertió su contenido sobre el espejo. Con el borde de una de las papelinas hizo dos rayas paralelas de cocaína sobre el espejo. Rió.

—A tu salud, tío.

Palo entregó una de las dos pajas al *Pitri* y acercando la otra al espejo inclinó la cabeza, se tapó un orificio nasal con el dedo índice, se colocó el extremo de la cánula en el otro y aspiró. Se enderezó. Se puso en cuclillas y cerró los ojos. El *Pitri* repitió la operación de idéntica manera, sólo que al final, en lugar de ponerse en cuclillas, se quedó de pie y acabó apoyando la cabeza contra la pared del retrete.

—Oye, *Palo*, tío —dijo al cabo de un momento—. Antes de que nos dé el colocón vámonos de aquí, que huele a mierda y en la calle hace bueno.

Palo rió de buena gana.

—Te comes el mundo, tío.

Pasaron delante de la barra sonriendo con aire beatífico, pero cuando el *Pitri* se disponía a franquear el umbral de la puerta del bar se detuvo y se echó hacia atrás. *Palo* exclamó:

—¡Eh! Cuidado, coño. ¿Qué te pasa, tío? —Y le dio un empujón.

—¡Hijo de...!

En la acera de enfrente, Carlos se volvió hacia el *Gera*.

—*Gera* —dijo—, la calle de la Ballesta huele a mierda.

—Tú dedícate a olfatear por ahí a ver si encuentras a Horcajo.

—Justo. Debe de andar por ahí. Huele a mierda.

—Coño, siempre haciendo chistes, jopé, que pareces Chiquito de la Calzada.

En el interior del bar, el *Pitri* se daba golpes en el muslo con la mano derecha y repetía:

—Mierda. Coño, mierda.

Miraba a todos lados buscándose una salida. No tenía miedo. Con una raya en el cuerpo no se tiene miedo. Con una pistola en el bolsillo es probable que hubiera disparado contra Carlos. Lo habría matado. El barman, que lo conocía como si lo hubiera parido, le dijo desde la barra:

—Oye, supermán, subiros por la escalera de atrás, anda, que os vais a meter en un lío. Hay un paso por la azotea.

—¿Sabías que Horcajo está en Madrid? —le preguntó el *Pitri* a *Palo*, mientras subían. Sorbió por la nariz. Miró hacia abajo por el hueco de la escalera. Dio un graznido y, deteniéndose un momento, se inclinó por la barandilla e hizo un corte de mangas.

—Que te den por ahí, inspector —gritó.

—Sí que me lo han dicho, tío. No sabrás dónde anda, ¿eh?

—Como que me ibas a comprar la mierda a mí si pudieras pedírsela a Horcajo.

—O sea, que ésta —*Palo* se señaló el bolsillo— se la has comprado a él.

Pitri sorbió y guardó silencio. Llegaron al último descansillo.

—Qué va —dijo por fin—. Lo estoy buscando para ver si me meto yo solo en negocios y no tener que depender de mi gente.

En la calle había varios grupos de hombres parados con aire indiferente. Algunos, con las manos en los bolsillos y apoyados contra una farola o el muro de una casa, se hablaban sin mirarse, vigilando cuanto ocurría a su alrededor. Eran por lo general chicos jóvenes; iban sucios y sin afeitar. Había algún senegalés, bastantes marroquíes, muchos portugueses. Más de uno llevaba abrigo y, demacrado en extremo, temblaba de frío y miraba hacia abajo o, puesto de cara a la pared, apoyaba la frente en ella, como si quisiera vomitar.

Al aparecer Carlos y el *Gera*, varios de estos grupos se deshicieron y sus componentes se separaron apresuradamente. Unos cruzaron de acera y otros echaron a andar hacia la esquina con intención de dar la vuelta a la manzana y regresar al mismo sitio y reagruparse si para entonces los policías se habían ido.

Carlos se detuvo junto a una mujer que estaba apoyada contra el muro de la casa. Había doblado la pierna y tenía cómodamente enganchado el tacón de su zapato en un agujero del muro. Una minifalda muy ceñida le moldeaba el vientre, distendido por tres abortos y años de mala vida.

—¿Me das fuego, preciosidad? —le dijo a Carlos señalándole el pitillo que le colgaba de los labios.

Mirando con fijeza hacia la entrada del bar al otro lado de la calle, Carlos se rebuscó en los bolsillos. Sacó un *bic* y, volviéndose hacia la mujer, le dio lumbre.

—Oye, María, preciosa —dijo sin sonreír—, estás tú más guapa que nunca.

—Carlos, coño, que eres un donjuán. Cuando quieras un regalo de verdad, me lo dices. ¿Eh, majete? Convida la casa —dijo María, riendo. Tenía un colmillo de oro.

—Eso es lo que más me gusta —intervino el *Gera*—. Sois un par de románticos.

—Coño, *Gera* —dijo María—, si tienes celos, también te hago un serviciete a ti. Claro que —añadió riendo— con lo grande que eres y el paquete que paseas... —Le acercó la mano al pantalón. El *Gera* se apartó con brusquedad—. Ayyy, *Gera*, que no sé.

—María —dijo Carlos—, ¿has visto a Horcajo?

—Yo a ese señor no lo conozco.

—Déjate de coñas, María.

—¿Y qué? Te iba yo a decir dónde está si lo supiera. ¿Y a mí quién me protege por las noches? ¿Eh, tío? Ni aunque lo tuviera debajo de la cama. Quita, quita.

Dio media vuelta y empezó a andar.

—María —dijo Carlos. María se detuvo, giró la cabeza e hizo un gesto de interrogación con la barbilla—. Como yo me entere de que sabes dónde está Horcajo y que no me lo dices, te va a pesar.

—Mira, tío. Ni lo sé, ni me importa. No me meto con nadie, doy de comer a mi niña y a mi chulo y hago el trotur, como dicen los franceses. No quiero líos con Horcajo. ¿Y sabes por qué?

—No tengo ni idea.

—Porque no sé cuál de los dos es peor. Si tú o él.

—Oye, Carlos —dijo el *Gera*—. No quisiera interrumpir la conversación, pero me parece que aquel que sale de ese portal es el *Pitri*. A lo mejor él sabe más que María, ¿eh?

Y se puso a cruzar la calle a grandes zancadas.

—Tú y yo tenemos que tener una luna de miel un día de éstos —dijo Carlos mirando a María.

Y luego se alejó en pos del *Gera*.

—Ni aunque el tuyo sea el último rabo que quede en el mundo —dijo María en voz baja.

19.30

—Qué va —dijo Carlos—. Se nos escapó.

—¿Qué pasa, que por la calle de la Ballesta corre más ese tío que vosotros? —preguntó Paloma.

—No. Es que estaba lejos cuando lo vio el *Gera* y se escabulló por la calle de la Puebla. A esa hora está el barrio lleno de gente y no es cuestión de andar sacando las armas y armar un cirio.

—Me gustaría que me llevaras una noche. La verdad es que nunca he estado...

—Esta noche, sin ir más lejos...

—No, bobo, calla. ¿Qué os ha hecho el tío ese?

—Él, nada.

—¿Y por qué no lo dejas en paz? Un tío que lo único que hace es vender papelinas, esnifar y no meterse con nadie... Mejor sería que os dedicarais a encontrar a los etarras esos que se pasan la vida poniendo bombas en El Corte Inglés y matando concejales. Vosotros, siempre a lo fácil. Hale. Un pobre desgraciado.

—Tu pobre desgraciado..., caramba, Paloma. ¿Por qué me tienes que echar una bronca detrás de otra? Ni que yo fuera el salvador de la patria.

—Bueno. Es que te gusta ser salvador de la patria, Pedrito Alcázar.

—No. A mí, lo que me gusta es hacer mi trabajo, como si estuviera en una ventanilla pegando sellos, ¿oyes?, y luego, echar el cierre e irme a ligar contigo, que es lo que de verdad me mola, chica, tía.

—No me decías eso esta madrugada...

—Maciza.

—Calla... Esta madrugada me decías que tú vivías en el inframundo, en la porquería, salvándome a mí la vida de princesita. Dime si eso no es tener vocación de caudillo. Y, por si eres de derechas, te diré que tuve un novio que era del Grapo, me enteré luego, ¿eh?, y que se tiró un año en la cárcel y los tuyos lo cosieron a tortas.

—Y dale. Yo no coso a nadie a nada, Paloma —dijo Carlos con paciencia—. Tus novios no me interesan nada. Y es verdad que anoche me dio un poco nacional. Pero no me hagas caso...

—No te hago caso.

—Era por impresionar. ¿Te casas conmigo?

—No. ¿Qué os ha hecho el tío ese que perseguíais por la Ballesta?

—Nada, pero sabe dónde está un pollo que se llama Horcajo y que es el tío más malo del mundo. Si lo pillo, lo despellejo o, como dice mi jefe, lo fileteo y lo cocino en su jugo.

—¿Por qué?

—Horcajo, madrileño de Chamberí, es fino. Además de dedicarse a asesinar a gente, es uno de los primeros importadores de cocaína colombiana en España. Ahora ya no vive aquí...

—¿Por qué?

—Se tuvo que marchar a Bogotá... —Carlos dudó un momento—. Es un tío muy normal..., es hasta simpático. Bueno, bah, se fue. Y ahora ha vuelto...

—¿Qué hizo?

—Da igual lo que hiciera. Perrerías. El caso es que se tuvo que marchar y ahora ha vuelto. Y si ha vuelto, quiere decir que lo hace por un motivo poderoso. Y cuando Horcajo trae un motivo poderoso, generalmente quiere decir cocaína cantidubi. Y eso quiere decir muchos chavales envenenados. Y quiere decir...

—Oye, aquí el mundo es libre, ¿no? Aquí se envenena cada cual con lo que le da la gana... Entiéndeme. No me tomes por una libertaria anarco...

—Pues no te quiero ni contar cómo suenas.

—Pero tú, por ejemplo, es un decir, te envenenas con tu tabacazo y nadie se mete contigo, ¿no?

—Tú, Paloma, tú te metes conmigo, que debe de ser vocacional. Y, además, ésa no es la cuestión. Jo, no me digas que vamos a tener que hacer filosofía a estas alturas del partido. Uf... Cada cual que esnife lo que quiera, y la droga para el que la esnifa. A mí, lo que me revienta es que Horcajo se forre y, con él, el cártel de Medellín de las bolas, y no den opción a los chavales jóvenes y, además, distribuyan la droga a camellos que se dedican a cortarla con toda clase de porquerías que acaban matando a la gente.

—Oye, oye, que ya estás otra vez como una moto... Te digo que, si quieren, que se envenenen con regaliz, si ése es su rollo...

—Ya. Y para pagarse la porquería, te roban la radio del coche...

—No tengo coche.

—El *Gera* tiene y, hace tres días, le rompieron la ventanilla y le quitaron la radio. Ya ves. No te rías.

—Que os roben a vosotros la radio del coche es como de risa, ¿no?

—Ya ves, ninguno es perfecto. Y además, jo, qué barbara, es que no perdonas una. A lo que voy. ¿Y si a ti te asaltan a punta de navaja? ¿Y además te violan?

—Me tendré que aguantar. Son cosas de la vida moderna en las ciudades. No tiene nada que ver con la droga, sino, más bien, con el color de mi sostén. Y oye, que el gobierno distribuya la droga gratis y ya verás cómo se acaban los robos a punta de navaja y la cosa de las radios. Claro que, entonces, los vendedores de radios se quejarán, ¿no?

—No es así de fácil —dijo Carlos.

—A ti lo que te pasa es que no sabes qué contestar a eso.

—Vale, pero mientras tanto, yo, como enganche a Horcajo, lo despellejo.

—Oye, Carlos, ¿por qué se gana tanto dinero en esto de la droga?

—Bueno, en el argot solemos decir que cada kilo de droga hay que multiplicarlo por mil, por cinco y por diez. Y te salen las dosis que le sacas a cada kilo. No es exacto, porque varía según las mezclas que haga el distribuidor o según la demanda del mercado o según la codicia del camello, pero... más o menos.

—No entiendo.

—Mira. Cada kilo tiene mil gramos, ¿no? Esos mil gramos son adulterados de dos maneras. Bueno..., esto..., se adulteran para sacar más droga, ¿no? Vamos a ver. Toma un kilo de cocaína. Primero, reducen su pureza: si el contenido de cocaína que trae el polvo está, pongamos por caso, al ochenta por ciento, lo cortan sucesivamente hasta dejarlo al cuarenta..., con mucha suerte, o al treinta. Vale. Ya tienes multiplicado el polvo por dos y medio. Luego los distribuidores o los traficantes adulteran el polvo con otras sustancias, azúcar, manitol, quinina, harina, qué sé yo... La mierda que se les ocurra. Y así, cada gramo lo convierten en dos y medio, más los dos y medio de antes, cinco. De esos cinco gramos sacan entre cuarenta y cincuenta dosis, más o menos, siempre y cuando los camellos no las corten más aún. Total, que de cada kilo salen cincuenta mil dosis.

—Su padre.

—Sí, señora. ¿Sabes cuánto vale una papelina?

—Ni idea.

—Unas cuatro mil pelas. Depende.

—Coño.

—Sí, señora. Un kilo, dividido en papelinas, vale unos doscientos millones de pesetas en la calle. ¿Sabes lo que costó en Madrid al primer distribuidor?

—¿Cuánto?

—Dos millones y medio.

Paloma se quedó muda.

—¿Y sabes lo que Horcajo pagó en Bogotá por él? Te has quedado muy silenciosa. Seguro que estás preciosa cuando no dices nada al teléfono. Pagaría cualquier cosa por verte ahora... Vamos, pagaría lo que Horcajo en Bogotá por su kilo de polvo de ángel... Un millón de pesetas. Está bien, ¿no?

Paloma dio un largo silbido, como si fuera un hombre extasiándose ante cualquier cosa.

—Está bien, sí. Vamos, que no sé para qué te dedicas a la represión del contrabando ese. O sea, que dicho en otras palabras, con todo el dinero que hay que ganarle a este asunto, no me creo que ninguno de vosotros se pringue.

—¿Quién te dice a ti que ninguno de nosotros se pringa?

—No sé. Como vais de Santiago apóstol por la vida...

—Qué manía, Paloma... No, no. Verás. Aquí se pringan muchos.

—No me vas a decir ahora que Horcajo era poli.

—Y no termina ahí el negocio. ¿Sabes lo que el jefe del cártel de Medellín, el jefe de los malos, el más rico, el de los aviones..., le paga al indio pelón por un kilo de cocaína pura? Cincuenta dólares, lo que, traducido al esperanto, quiere decir unas siete mil pelas mal contadas. Claro que el indio pelón prefiere los cincuenta dólares de Ochoa a los tres pesos de mierda que le da el gobierno para que plante maíz y se aleje de la tentación de la coca...

Carlos rió con ironía.

—¿Ochoa? Oye, ¿ese tío no es el que tuvimos detenido aquí y luego, en vez de mandarlo a los americanos para que lo emplumaran, se lo dimos a los colombianos?

—... Que lo pusieron en la calle, sí, señora. Eso fue hace un año o dos y además lo acabaron matando. Y, encima, estuvo tan cabreado con los ministros españoles que lo habían detenido y metido en Carabanchel, que les tuvieron que poner una escolta especial a cada uno para que oteara, a ver si venían los de Medellín. Sí —añadió—, ya lo creo. Don Jacinto Horcajo, inspector de policía. El mejor. Don Jacinto Horcajo, me cago en su padre.

—Anda ya.

Carlos suspiró.

—¿Te veo esta noche?

—No.

—No tienes corazón. Tienes... una válvula impelente-aspirante, construida en acero inoxidable. ¿No te das cuenta de que es viernes y mañana no se trabaja?

—Eso, los común mortales. Vosotros, los salvadores de la patria, nunca descansáis. Que lo sé yo. De modo que, tú, a dormir.

—Me iré a jugar al póquer con el *Gera*.

—Y, además, juegas al póquer.

—No. No juego al póquer, pero voy a aprender esta noche, ¿sabes?, para no quedarme solo y tener que pensar en ti... Cuando pienso en ti, me duelen los dedos, ¿sabes? Es... es... como si les hubieran arrancado tu piel a tiras. ¿Sabes?

Paloma guardó silencio.

—¿Estás ahí?

—A veces dices unas cosas que me sobrecogen... Y entonces me gustaría dejar que tus dedos me acariciaran. —Carraspeó—. Pero sólo un rato.

—Cuando carraspeas, se te pone la voz más rasposa, casi como la de un tío, y me quiero morir...

Paloma rió, con su risa ronca, sensual, tan dura y afónica que parecía un insulto.

—¿Vais a encontrar a Horcajo?

Durante un rato, Carlos no dijo nada. Respiró hondo dos o tres veces y Paloma rió de nuevo.

—¿Entre el *Gera* y yo? Se sabe todos nuestros trucos de memoria. A lo mejor, no. Pero como le lleguemos a echar la mano encima, pienso obligarle a comerse sus cataplines.

—¿A ti qué te hizo?

—¿A mí? Bah..., nada. Nada. Chorradas, qué más da. Se fue con Ochoa, ¿sabes? Cuando le vinieron mal dadas, se fue con Ochoa, bueno, con la gente de Ochoa, qué más da. Claro que, si lo llegamos a pillar el *Gera* o yo antes de que se hubiera ido...

—... Lo hubieras fileteado, ya sé, pero ¿qué te hizo...?

—Bah..., nada...

—... Y no me digas que chorradas.

—Bueno..., la verdad es que Jacinto y yo, quiero decir, Horcajo y yo estuvimos tiempo metidos en la lucha antiterrorista y... —Se calló.

—¿Y?

Carlos estuvo en silencio un momento más y luego dijo:

—Es largo para hablarlo por teléfono.

—¿Qué más da? Anda, que hasta las nueve y media no tengo prisa.

—Pues te voy a buscar y te lo cuento.

—No. Venga, no digas tonterías, anda...

—¿Y tú qué vas a hacer después de las nueve y media, oye?

—¿Y a ti qué más te da? ¿Eres mi dueño, o qué?

—Ya me gustaría, ya...

—Venga, supermán, que seguro que no me puedo creer lo malo que es Horcajo... Estuvisteis haciendo el macheras en la lucha antiterrorista. ¿Y qué más?

—Bueno... Te vas a aburrir...

—Si me aburro, ya te lo diré.

—Vale, vale... Ya sabes cómo son esas cosas, ¿no? Te

juegas la vida, porque los etarras, como sepan quién eres y dónde andas, a poco que puedan tener a alguien siguiéndote durante un par de semanas, te acaban esperando en un bar o en un teléfono o a la puerta de donde duermes. Ya sabes, lo habrás leído treinta veces en los periódicos. Bueno, pues Horcajo es muy bueno, tiene un olfato de perro de presa y yo también los huelo a la legua, supongo que por eso nos pusieron juntos, y anduvimos por el País Vasco una temporada... —Dejó de hablar y respiró despacio por la nariz. Paloma, al otro lado del teléfono, no dijo nada; escuchaba con atención, con los ojos cerrados, como si quisiera escudriñarle a Carlos el estado de ánimo—. Había noches en que, cuando llegaba el momento de meterse en la cama, nos temblaban las manos... Era del miedo, ¿sabes...? Nos reíamos y decíamos que hacía un frío del carajo y luego encendíamos un pitillo y bebíamos coñac a morro de una botella de 103 que teníamos en el piso... A mí me sudaban los sobacos todo el rato, pero... no sólo debajo del brazo, no; a lo largo de todo el costado, hasta la cadera, ¿sabes? Yo soñaba con un tío, todas las noches..., todas las noches, un tío que se me acercaba por detrás. Era muy grande y llevaba boina y una pistola del nueve color verde... Coño, Paloma, que era de color verde, y no me podía mover... Debía de tener los pies pegados al suelo, no sé, y venía el tío y me ponía la pistola detrás, un poco más debajo de la nuca y... —Carlos, con un sollozo a medio escapársele de la garganta, se limpió el sudor de la frente con la mano. Paloma tragó saliva y no dijo nada—. Bueno, va..., qué quieres... Todas las mañanas teníamos que mirar debajo del coche y dentro del capó, aunque fuera dentro del garaje de la brigada, porque nunca se sabe, ¿sabes?, y si nos habíamos parado en algún sitio...

—Oye, Carlos —dijo de repente Paloma—, si no quieres, no me lo cuentes...

Sorprendido, volviendo del sueño, Carlos, medio ido, preguntó:

—¿Eh? ¿Qué? Habla más alto, que no te oigo...

—Que digo que, si no quieres, no me lo cuentes, anda.

Carlos se calló. Se encogió de hombros y cerró los ojos, apretándolos.

—No, no. Que da igual. Ya... da igual, ¿no? De veras... O mejor me paro, ¿no?, qué sé yo —dijo, por fin, agarrando el auricular con fuerza.

—No... No sé... Es que da angustia oírte, ¿sabes? Lo siento...

—¿Por qué?

—Nada. Da igual... Pero, si quieres seguir, sigue, porque muy malo debió de ser lo que te hizo Horcajo, ¿no? Para que te pongas así de disparado. ¿Sabes qué? Me gustaría que estuvieras aquí y tener tu cabeza arrebujada, en mi regazo, sobre mí —dijo Paloma con voz ronca.

Como si no la hubiera oído, Carlos siguió hablando.

—Un día, el tiarrón grande de la boina vino de verdad, ¿sabes? Un minuto que bajamos la guardia, me cago en su padre... Eran tres —dijo a borbotones—. Jacinto se había metido en un bar de Azpeitia a llamar a no sé quién coño, y mira que nos lo habíamos dicho veces, nunca hay que esperar sentados en el coche, yo me quedé sentado al volante, esperando como un pajarito. —Puso los ojos en blanco—. Lo vi por el rabillo del ojo. Pero antes lo había visto Horcajo... y antes que Horcajo a los otros dos los habían visto dos guardias civiles que doblaban la esquina, por pura casualidad, cuando estaban desenfundando las pistolas. Iban hacia el bar a por Horcajo. Eh, me parece que gritó uno de los civiles, y el otro dijo ¡alto! Y se puso a disparar sin encomendarse a Dios ni al diablo. No creas, todo fue cosa de un segundo o dos, pero Jacinto ya estaba detrás del tiarrón de la boina y le tenía puesta el arma en la sien y, delante del coche, vi que uno de los etarras caía mientras el otro ya estaba corriendo..., y el tiarrón puso la pistola suya en el techo de nuestro coche, bajó las manos y dijo «me rindo». Me sudaban las manos y el cuello, ¿sabes?, si vieras cómo tenía la camisa de empapada. Y miré a Jacinto que me acababa de salvar la vida y le vi la mirada y le dije ¡no lo mates! Pero ya era tarde... Le metió un tiro en la sien y lo dejó seco. Y todo el rato, me acuerdo todavía como si fuera ahora, todo el rato no dejé de mirar a Horcajo y ni siquiera parpadeó... ¡Dios! Ni siquiera parpadeó, Paloma, ¿te das cuenta? Y luego me dio un par de palmadas en el brazo, por la ventanilla, sin mirarme. En aquellos días, nadie se iba a fijar si el terrorista tenía un tiro a bocajarro o si se lo habían pegado cuando huía... Los jueces acudían a levantar el cadáver y aquí no ha pasado nada. —Carlos quiso tragar, pero se le había secado la saliva y sólo le chasqueó la lengua contra el paladar. Y todo el rato se rebuscaba los bolsillos por ver de encontrar un cigarrillo—. Luego, que me hablen del GAL... Para entonces había dejado de existir, pero las operaciones eran las operaciones. Mira, porque no estaba en ese rollo, pero, oye, en esta historia..., qué quieres que te diga, ojo por ojo y diente por diente, ¿eh? —Resopló—. Aunque..., bueno, bah..., te lo digo por la rabia que me da que anden sueltos esos tíos, secuestrando y matando gente inocente. Ya ves. La rabia y el miedo, la verdad. Hay veces en que, si pillara a un etarra, lo cosería a tiros... ¡Bueno! ¡Qué va, la verdad...! —Se encogió de hombros y miró hacia arriba—. No me hagas caso. No es verdad... Me parece, yo creo..., vamos, no sé..., que, a lo mejor, ése no es el trabajo de la policía. Aj... Me llamas supermán. Ya. Aquella noche mismo pedimos el traslado a Madrid. El jefe nos dijo que, bueno, que nos trasladarían pero al cabo de unos meses, que había mucho follón en el Norte y que no estaba la cosa para prescindir de gente... Fue cuando nos mandaron al *Gera* recién casado. Más bien nos iban a mandar de refuerzo a un novato que se llamaba Epifanio García...

—El *Gera* —dijo Paloma, haciéndole gracia.

—El *Gera* —dijo Carlos—. Como es muy grande y tiene cara de vasco y había hecho un curso en el Cesid, decidimos mandarlo de jamesbón a infiltrarse en los etarras de Biarritz. Como en San Sebastián no lo conocía ni su padre, pues, hale, nosotros así de generosos con la vida del prójimo. No sé ni cómo me habla todavía. Lo mandaron allá los jefes, ¡hale!, de novato, por recomendación nuestra... Somos la pera.

Carlos se cambió de oreja el auricular y sacudió la cabeza. El *Gera* se había encogido de hombros, se había puesto una boina y, después de pasarse dos días estudiando cuanto papel le habían llevado Horcajo y Carlos, había metido cuatro cosas en un saco de viaje y se había ido a cruzar clandestinamente la frontera por el monte. Carlos recordaba bien que, en el quicio de la puerta, el *Gera* se había vuelto y había dicho: «Voy cagado de miedo, colegas.»

—Durante seis semanas no tuvimos noticias de él —dijo Carlos—. Luego, un día, sonó el teléfono, me acuerdo como si fuera ahora, lo cogí yo y el *Gera* dijo: «Me tengo que cargar a un policía.» Bueno, tuvimos que montar una operación quepaqué, como de película de Hollywood, porque al *Gera* lo estaban examinando los etarras a ver si era de ley, ya sabes...

—¿Qué operación?

—Algún día te la contaré. Le pusimos *Gera* entonces. —Y antes de que Paloma pudiera interrumpir, añadió—: Le debe la vida mucha gente. —Ahora Carlos hablaba relajadamente, como si hubiera salido de la pesadilla—. Me imagino que, para entonces, Horcajo ya estaba metido en la droga hasta las cejas..., quiero decir en el tráfico de drogas. Mucho después supimos que, al cabo de los años, llegó a controlar toda la cocaína que llegaba a Bilbao. Y era mucha... Hombre, una red de distribución no se improvisa y eso lo tuvo que montar en nuestro tiempo en el País Vasco. El caso es que, más o menos entonces, la ETA decidió montar una de verdad sonada y, claro, el *Gera* se enteró, porque, para entonces, estaba en el ajo de tod [illegible] lado de la frontera.

«Oíd, colegas [illegible] operación hay que pararla porque e [illegible] como la paréis, el único que os la puede ha [illegible] o soy yo. Y estos tíos son muy brutos, pero hasta [illegible] legan y, como, cuando lleguen a deducir quién los ha delatado, yo esté todavía aquí, no es que me corten los cataplines, es que me los hacen picadillo a martillazos, y yo me he casado hace poco y me apetece disfrutar de la vida. De modo que a mí me sacáis de aquí enterito. Y como, si queréis pescarlos a todos, no me podéis sacar de aquí antes de que haya empezado la operación, porque para eso ya me voy yo solito, me hacéis el favor de montar un operativo, che, mediante el cual yo salve el pellejo.» Detrás del tono de desenfado madrileño, Carlos, que conocía ya al *Gera* de toda la vida, había podido detectar el miedo y la histeria.

Carlos se calló.

—¿Cuál de verdad sonada? —preguntó Paloma.

—Bah, una.

—Venga, ¿cuál? Anda, que me lo vas a decir de todos modos...

—Bueno, una... Se iban a cepillar al Rey en Mallorca...

—¡Anda! Ya me acuerdo... Unos tíos con un rifle desde un apartamento. Pero no pasó nada...

—Ya. Los pillamos a todos.

—¿Y Horcajo?

Carlos se pasó la mano por el estómago. La cicatriz

del tiro le dolía en los cambios de estación y la piel de alrededor estaba aún casi completamente insensible.

—Cuando tuve que estar al quite para que sacáramos al *Gera* de Biarritz, porque al *Gera* lo iban a pillar los etarras, ¿sabes?, no llegó a la cita, el hijo de su madre. Luego nos enteramos de que se había escapado a Madrid a recibir el alijo más grande de coca que había llegado nunca a Barajas hasta entonces. Después se le habían complicado las cosas y había perdido el avión de vuelta a Fuenterrabía. Y, en vez de avisar, diciendo que se le había muerto la madre o qué sé yo, va el tío y se calla. Y desaparece.

Los había dejado solos, a las diez y media de la noche de un 29 de mayo, al lado de la estación de Biarritz. A Carlos, a quien le había dolido el estómago durante todo el día del susto que tenía, lo único que le tranquilizaba, por más que sólo relativamente, era saber que Horcajo sería quien les guardaría las espaldas. Horcajo nunca se andaba con chiquitas y, si había que llevarse a alguien por delante, se llevaba a alguien por delante y santas pascuas. Carlos no se había inquietado nada con su desaparición la noche antes, porque ése era el modo que todos tenían de operar. Lo que le tenía sobre ascuas era pensar en encontrarse de golpe en medio de una ensalada de tiros. Que fue exactamente lo que ocurrió.

Paloma contuvo el aliento.

—¿Qué pasó? —preguntó, por fin.

—Una catástrofe... Unos cuantos salvamos la vida, ¿sabes?

—¿Cuántos, cuántos?

—Bueno, ya te lo contaré...

—Oye, pero... si el *Gera* está vivo... ¿Sabes una cosa? Me gustaría conocer al *Gera*... ¡No me digas nada! Esta noche, no..., no quiero..., no puedo... Además, el *Gera* y tú jugáis al póquer y esso ess cossa de hombress.

—Vale, chica. Vale...

—Que me parece que eres tú más largo que la M-30, anda... Oye, si el *Gera* está vivo, quiere decirse que los de la ETA saben quién es y que, como lo pillen, se lo llevan por delante.

—Bueno, afeitarse la barba hace milagros y, por mucho que quiera ETA, así, una gente que no sea muy sonada fuera del País Vasco no tienen muchas posibilidades de encontrarla, sobre todo si ha cambiado de trabajo... Además, nadie sabe cómo se llama...

—Yo sí.

Carlos se quedó callado. Paloma rió.

—Muy graciosa —dijo Carlos—. Como llegues a...

—Ya —dijo Paloma—, me fileteas. Carnicero.

23.30

Con un poderoso suspiro de sus frenos de aire, el enorme camión Pegaso se detuvo en medio del cementerio de coches del *Chino* como si hubiera topado contra una pared. De hecho no habría podido moverse ni medio metro más allá de adonde había llegado: le cerraban el paso dos sólidas paredes de chatarra, que se habían ido estrechando a medida que el camión se adentraba en el corazón del descampado, un laberinto de hierros y goma, porcelana, suciedad y cables. Maldiciendo en todos los tonos, el conductor lo había llevado hasta ese punto, marcha atrás y muy despacio.

—De aquí no pasa —dijo y cortó el contacto.

José Luis Álvarez se metió las manos en los bolsillos e hinchó los carrillos. Luego exhaló con lentitud y dijo:

—Bueno, *Chino*, me parece que de ahí no pasa. Tú verás cómo traemos el trasto aquel.

—Z'empuja —dijo el *Chino*—. Ezo z'empuja y aluego ze jiza. —Se encogió de hombros como si el asunto no fuera con él.

—¿Sabes por qué a los gitanos no os va mejor? Te lo voy a decir, hombre —sentenció juiciosamente José Luis. El *Chino* se cambió el palillo de lado y esperó, sin dejar de mirar a la parte trasera del camión—. Os falta espíritu de iniciativa.

En las dos grandes puertas traseras y en los costados del Pegaso, sobre el fondo de pintura blanca, enormes letras azules anunciaban que «sobre el mueble de oficina GATO» se sentaba «el mundo entero». «Fábricas en Chiloeches y San Fernando de Henares, depósito franco: Coslada.» En letras más pequeñas daba el *e-mail* y la dirección de Internet.

Mientras hablaban José Luis y el *Chino*, el conductor del camión y sus dos compañeros se bajaron de la cabina. Dando un rodeo por detrás de los montones de chatarra y basura, se dirigieron a la parte trasera.

—Te digo yo lo que te pasa; no tienes un departamento posventa de atención al cliente. —José Luis rió con estrépito—. Eso es lo que te pasa.

El *Chino* volvió a cambiarse el palillo a la comisura izquierda de la boca.

—¡Manolo! —dijo José Luis.

El conductor, que miraba el camión con cara de disgusto como si quisiera medir lo que faltaba para que pudiera pasar por entre los escombros, se volvió y con la barbilla hizo un gesto de interrogación.

—Como no te puedes echar más para atrás, me parece que va a haber que empujar el trasto aquel hasta aquí y luego se carga con la polea eléctrica, ¿no?

Manolo se rascó la coronilla y dijo «bueno».

Los tres hombres se dirigieron hacia donde estaba la desvencijada camioneta blindada de transporte, una veintena de metros más allá. Parecía estar algo vencida sobre el costado izquierdo. La rueda delantera de ese lado estaba pinchada y el faro derecho, reventado detrás de su rejilla protectora. Sobre la pintura amarilla, el símbolo de Transmoney tan distintivo y familiar para cualquier transeúnte madrileño, aparecía sucio y medio despintado.

—E'pera —dijo el *Chino.*

El conductor se volvió a mirarlo. El *Chino* se acercó a la camioneta.

—Empuján —dijo a los tres hombres, haciéndoles gestos de que empujaran hacia atrás.

Los tres se apoyaron contra el motor de la camioneta y con visible esfuerzo se pusieron a empujar.

—Aguantán —dijo el *Chino*, poniéndose en cuclillas

para mirar debajo de la camioneta por entre las piernas de uno de ellos.

Muy despacio la camioneta se movió, primero, unos centímetros y luego, como si se hubiera vencido un tope, medio metro más rodando con mayor facilidad.

—Vale —dijo el *Chino*.

Se puso de pie y dio un paso hacia adelante. Una barra de metal, plantada en el suelo e invisible hasta entonces porque la ocultaba la mole de la camioneta, sobresalía de la tierra unos cincuenta centímetros en un ángulo de cuarenta y cinco grados. La barra había actuado de palanca contra el cárter del motor de la camioneta, impidiendo que ésta rodara hacia delante. El *Chino* la agarró con las dos manos y tiró de ella con todas sus fuerzas. No consiguió moverla.

—Cago en zu padre —dijo jadeando al cabo de unos segundos. Se enderezó y, quitándose el sombrero, con el meñique de la misma mano se rascó la frente. Con gran cuidado volvió a colocarse el fieltro en la cabeza, se dio la vuelta y se adentró por los escombros—. Esperán —dijo.

Manolo el conductor miró a José Luis.

—Y ahora, ¿qué hacemos? —preguntó—. Que esta mierda pesa más que Dios.

—Esperar, hombre —dijo José Luis—; ahora volverá.

El *Chino* volvió. Al hombro traía una pesada maza de hierro. Cuando hubo llegado hasta donde estaba la barra, puso la maza en el suelo dejando que el mango se le apoyara en el muslo. Se escupió cuidadosa y abundantemente en las manos, se las frotó, volvió a coger la maza y con gran precisión asestó uno tras otro cuatro tremendos mazazos a la barra, que casi desapareció clavada en la tierra.

El gitano se volvió hacia donde había quedado José Luis.

—Cervicio po'venta —dijo.

El policía rió de buena gana.

—Sois la leche —dijo—. Anda, ven, vamos a hacer cuentas. ¿Dónde tienes el motor Perkins?

El *Chino* hizo un gesto con la cabeza y los dos hombres se encaminaron hacia la chabola, apenas visible a la luz del cuarto menguante lunar. El rescoldo sobre el que hervía la sopa marrón de siempre iluminaba un poco, muy poco, el sendero. Cuando hubieron recorrido unos metros, el *Chino* puso la mano sobre una carretilla metálica que estaba al lado izquierdo del camino y de cuyas cadenas colgaba un enorme motor diesel. José Luis se detuvo y, volviéndose hacia donde sus hombres se afanaban empujando, gritó:

—¡Manolo! El motor está aquí, sobre la carretilla amarilla.

—Vale —contestó Manolo.

—*Chino* —dijo José Luis—, te voy a hacer un favor. Porque te has portado, hombre. Te voy a hacer un favor. —El *Chino* siguió andando sin decir nada—. ¿Tú has oído hablar de los talleres de la Mercedes, esos que hay al otro lado de la M-30? —El *Chino* se paró—. Al lado de la carretera de la Playa, ¿eh? Ya sabes dónde te digo. A mí no me gustaría que unos chavalillos que andan por ahí fueran de tu familia, *Chino*. No por nada, tú me entiendes, que cada cual hace de su capa un sayo, ya sabes, ¿eh? Pero es que esos chicos, como la Mercedes exige que las reparaciones se paguen en dinerito contante y sonante, esperan entre la entrada a los talleres y la parada del autobús, allí escondidos detrás de una valla, y me parece que andan desvalijando a algún imprudente que, por ahorrarse el taxi, va en autobús. Tú me entiendes, ¿eh, *Chino*? Las cuentas de la Mercedes son la puñeta, ya se sabe. —El *Chino*, sin decir palabra, reanudó la marcha—. Tú me entiendes. Porque, ¿sabes?, he oído que los de la Mercedes y los vecinos van a montar un pequeño servicio de vigilancia, y como lleguen a enganchar a alguno de los gitanillos esos, lo desloman. ¿Eh, *Chino*? Yo quisiera ahorrarte el disgusto si esos chicos tienen algo que ver con tu familia. Te lo digo porque, como tienes un trescientos diesel y te lo arreglan allí, igual has podido comentarlo así a la remanguillé con alguno de los tuyos, ¿eh?

José Luis, encantado con la finura de su propia prosa, no dijo más.

—Hale, hodé, maiami vai —dijo el *Chino* sin inmutarse—. Qué abuchere, colega.

CAPÍTULO VII

SÁBADO 23 DE MAYO

Madrid, 02.30

Carlos dormía profundamente sobre su costado izquierdo, respirando por la nariz.

Durante un rato muy largo, Paloma estuvo mirándolo en la penumbra, quieta, sin hacer un gesto. La luz de la lámpara del vestíbulo, que había encendido al entrar, apenas si llegaba a iluminar de forma difusa el suelo del dormitorio.

Inmóvil a los pies de la cama, Paloma aún llevaba en la mano derecha la llave del piso, sujeta entre el pulgar y el índice, como si fuera una cerilla. Muy despacio, sin pensar, se puso a juguetear con ella, intentando equilibrarla sobre los dedos extendidos. Luego, inclinó la cabeza y, con un gesto distraído, se abrió el cuello de la blusa de seda. En la base de la garganta le latía el pulso muy despacio, haciendo bailar una sombra furtiva a un lado de la clavícula.

Se quitó los zapatos, uno detrás de otro, empujándolos con los pies. Luego se descolgó el bolso del hombro, lo abrió y metió la llave. Se dio la vuelta buscando una silla sobre la cual dejarlo y, después, tiró también sobre ella la chaqueta. Se volvió de nuevo hacia la cama y, por entre los labios, dejó que asomara la punta muy rosa de su lengua, mientras tiraba de la blusa hacia arriba y la sacaba de la falda. Uno a uno, se desabrochó los botones. «Va por ti, bobo», murmuró. No llevaba sujetador. «Nunca lo llevo, carlosquinto —le había dicho a Carlos la noche antes—; para qué, si casi no tengo tetas.» Y había reído su risa provocativa y ronca. «No es verdad; las tienes como manzanas», había dicho Carlos. Y luego había añadido: «Ya, ya, no me lo digas, que ya lo sé. Son el fruto prohibido.»

Acabó de quitarse toda la ropa, dejando que cayera a sus pies, y desnuda, con la carne de gallina, mitad por el frío, mitad por la excitación, se acercó al costado de la cama. Se inclinó, agarró la sábana, la apartó con suavidad y se deslizó con sigilo por la espalda de Carlos.

Durante un momento, no ocurrió nada. Luego Carlos dejó de respirar. Completamente despierto, había abierto los ojos en la semioscuridad y había dejado que la piel de Paloma le recorriera la espalda. Nunca había tenido una sensación de mayor carga erótica. Sintió que se ahogaba y se dio cuenta de que llevaba un rato sin respirar. Despacio, dejó que escapara el aire de sus pulmones.

—Para que veas, santiagoapóstol. He venido —murmuró Paloma sin asomo de ironía.

Madrid, 11.00

—Oye —dijo Paloma—, este café tuyo no está mal, ¿sabes?

—Hombre..., es una mezcla exprés que hago yo con una cafetera italiana. Uno, para estas cosas, es un genio —dijo Carlos—. Lo empaquetan especialmente para mí en Colombia. Como a James Bond los pitillos. ¿Quieres una tostada?

—No, que engorda —rió Paloma, estirándose sobre la silla de la cocina sin que se le apreciara un átomo de grasa sobre la anatomía. Carlos contorneó la mesa y, poniéndose en cuclillas, le dio un beso en la cadera desnuda. Paloma cerró los ojos—. Estáte quieto —dijo—. Ponte allí, anda —añadió señalando la otra silla.

Carlos resopló.

—¿Cuántas hermanas sois?

Se incorporó, rodeó la mesa y se sentó en la otra silla.

—Cuatro. Y vosotros, ¿cuántos?

—¿Estáis todas igual de locas?

—¡Qué va! —Paloma rió de nuevo—. Qué va. ¿Te crees tú, o sea, que podríamos aguantar un manicomio así? —Chasqueó la lengua—. Na. Con una cabra en la familia, basta.

—Oye, y...

—Apuesto a que eres hijo único.

—¿Cómo lo sabes?

—Se os huele a la legua. Todos llenos de caprichitos... —Se inclinó y, con la mano derecha, le agarró la barba. Al hacerlo, la mesa le aprisionó un pecho, que quedó forzadamente apoyado sobre la superficie de madera. Al ver la mirada de Carlos, Paloma bajó la suya y se miró. Meneó la cabeza y, echándose un poco para atrás, se separó de la mesa. Sonrió—. Los hijos únicos sois todos iguales, blandorros. Muchos son maricas, que lo sé yo...

—Ya. Maricas. —Carlos asintió con solemnidad—. Lo que pasa es que no sabes reconocer a un hombre equilibrado, ordenado; déjame la barba si no quieres meterte en un lío.

Paloma le soltó la barba como si quemara.

—Chico —dijo.

Se levantó y, con la taza en la mano, se encaminó hacia el dormitorio. Se metió en la cama y se tapó con la sábana.

—Tengo frío.

—¿Es verdad que trabajáis todas juntas? —preguntó Carlos desde la cocina.

—Sí. ¿Por qué?

Carlos se asomó por el quicio de la puerta del dormitorio.

—Por nada, la verdad. Intentaba imaginaros a todas juntas... Vaya guirigay.

Entró en la habitación y se sentó en la cama.

—Ni hablar. Funcionamos la mar de bien y nos reímos mucho.

—¿Haciendo qué?

—Ropa.

—Ya. Ya, eso ya lo sé. Pero ¿ropa de qué?

—Hacemos ropa para una boutique. Trabajamos como negras.

—¡Hale!

—No te rías, idiota, que es verdad. Le echamos un montón de horas diarias. Estáte quieto.

—Si sólo quiero calentarme la mano. ¿A quién se le ocurren los modelitos y eso...?

—A mí. Qué tontería. A mí se me ocurren a millones, pero no los hacemos. Nosotras copiamos los dibujos de los modistos franceses, de los italianos y tal... La verdad es que, luego, les cambiamos algunos detalles y tan frescas...

—Me está dando la impresión de que he descubierto una bolsa de economía sumergida.

—A ver cómo te crees tú que funcionan las boutiques de Madrid. Es todo una cuestión de monis. En Italia, los modelos de Versace, es un decir, cuestan un pastón. Y encima hay que pagar derechos de importación, IVA, deuda pública, los caprichos del alcalde y las licencias fiscales... De modo que te compras el *Vogue* y a copiar...

—Pero ¿estáis así, ¡hale!, encima de la máquina de coser, como hormiguitas, chas, chas? ¿Todo el puñetero día?

—No, jolines. ¿Tú estás, ¡hale!, así todo el día dirigiendo el tráfico?

—No, hombre. Es distinto.

—Pues eso. Nosotras también somos distintas. Somos industriales. Dos copiamos y hacemos los patrones, dos cortan y luego tenemos cinco chicas que cosen.

—¡Toma! Pero si lo que tenéis ahí es El Corte Inglés.

—Ahí, franciscofranco, lo que tengo es la cadera y me haces cosquillas —dijo Paloma con severidad. Sacó un brazo de debajo de la sábana, rodeó el cuello de Carlos y tiró de él hacia abajo—. Tú, o sea, tú —dijo en voz baja—, te prohíbo que se lo digas a nadie... Ni a mí, ¿eh? Te prohíbo que luego me lo recuerdes... Yo contigo me..., me quedaría así hasta el año dosmildiez. —Lo empujó hacia atrás, riendo—. Pero, luego, me visto y se me pasa.

—Vale. Pues te secuestro y te tengo en bolas en la cama hasta el siglo que viene.

—Ya... ¿Sabes lo que se me ocurrió anoche cuando entré aquí? —Rió su risa desde el fondo de la garganta—. Pensé, hala, como en las películas. Ahora, éste, que es como cero cero siete, duerme con la pistola debajo de la almohada y, al oír ruido, se despierta de un salto y me larga tres tiros.

—¿En serio?

—Sí. De verdad.

—Venga. Me tienes sin dormir desde hace dos noches... No me despertaba ni un elefante...

—Gracias.

—De nada. Oye, tú cuando te ríes, ¿te notas que la risa te sale del estómago o de dónde?

—Me sale de donde me llenas tú... Estáte quieto, te digo.

—Me vas a decir a mí estas cosas impunemente, ¿no?

—Sólo te dejo que te pongas así a mi lado. Pero como en un convento, ¿eh? Nada de tonterías.

—Vale, chica, vale —dijo Carlos y, metiéndose en la cama, se acostó, se apoyó sobre el codo doblado encima de la almohada y colocó una pierna sobre las de Paloma—. ¿Está bien así?

—Mientras no te muevas...

—No me muevo. Y además, las que no se mueven son las inglesas. Que lo sé yo.

—Vas tú a saber... ¿Es verdad que el hermano de un amigo tuyo juega mañana con el Madrid?

—Ss. El hermano del *Gera*...

—¡Hombre!

—Sí. Lo tenemos frito porque le hemos dicho que, como no meta un gol, le sacamos del Bernabéu a patadas. ¿Vas a...?

—Como que le va a meter un gol a Molina.

Carlos la miró boquiabierto.

—Anda. ¿Y esta ciencia? ¿También entiendes de fútbol?

—Mi padre me llevaba al fútbol todos los domingos y, ya ves, me hice forofa. Hasta tengo un balón firmado por todo el Madrid...

—Sí, pero seguro que no te lo dieron por forofa, sino por estar tan buena.

—... El pobre. No le gusta otra cosa. Ahora se pasa los días pegado al televisor. Le hubiera gustado que yo fuera chico para haberme hecho jugar al fútbol... El hermano del *Gera*, ¿eh? A lo mejor voy con vosotros y así lo conozco.

Carlos inclinó la cabeza y, durante unos segundos, miró a Paloma desde muy cerca, bizqueando. Después, la besó.

—¿Vas a venir de verdad? —preguntó.

—No sé... Ya veré —contestó Paloma, rascándole la barba—. Pinchas.

—¿Eres la mayor?

Paloma carraspeó.

—Sí. Por eso quería mi padre que hubiera sido chico. Luego se resignó. Ahora le da igual, la verdad.

—Por eso saliste modistilla.

—Ya. Y a mucha honra... Me voy a comprar un coche..., con mis dineros.

—¿Sí? ¿Cuál?

—Un K4. Es genial.

—Pero ¿sabes conducir?

—¡Anda, éste! Ya lo creo que sé conducir. Me iba a comprar un coche, si no.

—Oye, pues cuesta una pasta, tú.

—Bien que me lo trabajo.

—Pero vosotras, con las cosas que fabricáis, ¿qué hacéis? Quiero decir, ¿vais de tienda en tienda con el muestrario o qué?

—No, hombre, qué bobo eres. Sólo trabajamos para una boutique. Somoss moda essclussiva. —Carlos rió—. No, jo, no te rías. Medio Madrid lleva mis blusas de seda. —Carlos miró la blusa de Paloma que estaba tirada sobre la silla, a los pies de la cama—. Sí, ésa es de las que me coso yo, bobo. Bien bonita que es. Sólo que tú no entiendes. Es un modelo de Merath.

—Me... ¿quién?

—Merath. Es una boutique que está en Claudio Coello. No te creas. Somos de lo más fino. La dueña es Elisa Montero, la mujer del banquero... ¡huy! Verso...

—¿El tío más guapo del mundo? ¿Javier Montero?

—Ése. El presidente del Crecom —dijo Paloma—. Pues es un tío muy normal... Te digo yo que está muy bien... Pero ¿qué haces? —preguntó en voz baja. Carlos no dijo nada—. Ay —murmuró Paloma.

12.00

—Oye, tráeme un poco más de café —dijo Jacinto Horcajo desde la cama.

—Ahora mismo va, jefe —dijo el *Pitri.*

—Coño, *Pitri,* y abre la ventana, que aquí huele a pocilga.

El *Pitri,* que se disponía a recalentar el cazo de café sobre el hornillo, se dio la vuelta, se acercó a la ventana y la abrió de par en par. No le parecía que oliera particularmente mal en su casa, un cuarto y medio en el que el cubículo que albergaba la cama quedaba separado del resto por una vieja cortina de descolorida cretona azul.

Las viviendas que ocupaban las partes traseras de los patios de las viejas casas de vecindad de la calle Huertas no habían sido muy respetuosas con las ordenanzas municipales: caseros de no excesivos escrúpulos con los años habían ido añadiendo compartimentos, construcciones en las azoteas, divisiones en los pisos de los que la autoridad competente había perdido la traza tiempo atrás. Estas infraviviendas estaban generalmente ocupadas por familias enteras de inmigrantes marroquíes, por algún taller ilegal de chinos y por ancianos que llevaban allí desde toda la vida. Hacía apenas dos o tres años que el *Pitri* había conseguido que un fontanero amigo le empalmara una tubería de agua corriente hasta su casa robándosela al vecino que de todas formas había levantado los tabiques que constituían las tres viviendas del piso sin encomendarse a Dios ni al diablo. El *Pitri* había robado un viejo lavabo de un derribo en el barrio de Salamanca y se había montado lo que a él le parecía un coqueto rincón debajo de la ventana. En el descansillo, el dueño había dejado un retrete y un remedo de cuarto de baño en el que campaba una vieja bañera de porcelana y patas de latón; entre todos habían pagado un calentador de agua y se bañaban o duchaban por turnos sin excesivas disputas.

El hogar del *Pitri*.

Se asomó a mirar el cielo.

—Hace un día estupendo, jefe —dijo.

—*Pitri*, déjate de historias y tráeme el café. Y este cuarto de mierda huele a pocilga.

Al *Pitri* le hubiera gustado decirle a Horcajo que, si no le satisfacía, no tenía más que no haber venido a esconderse a su casa, pero no se atrevió. A Horcajo estas cosas no se le decían.

—Oye, y luego te bajas a comprarme *El País*, anda.

Jacinto Horcajo había escogido el cuartucho del *Pitri* porque, aunque, como había ocurrido, alguien llegara a enterarse de que estaba en Madrid, nunca podría sospechar que se rebajaría a esconderse en un sitio tan infecto, teniendo que compartir techo con un gusano semejante. Hacía años, sin embargo, que Horcajo estaba acostumbrado a no pedirle al entorno más de lo que éste pudiera ofrecerle, sobre todo cuando la necesidad aprieta. El lujo quedaba para cuando no hubiera otras consideraciones primordiales, como escapar de Carlos de Juan y del *Gera* o terminar con bien el contrato madrileño. Horcajo era un hombre prudente: su presencia en Madrid obedecía a una necesidad perentoria; de otro modo, nada le habría hecho meterse en la madriguera de sus peores enemigos.

Había llegado a Madrid desde Colombia con un pasaporte chileno extendido a nombre de Zacarías Mouro (un documento perfectamente válido, comprado al jefe de la policía de Iquique, en el norte del país). Para ser más exactos, había llegado, no desde Bogotá, sino, después de una escala en Berlín, desde Lisboa y por carretera. Horcajo se movía por Europa con extremada prudencia y siempre escogía una ciudad diferente como primera escala al llegar desde América. Y más en esta ocasión, en que lo acompañaba Oswaldo Borrero, el colombiano de Medellín que iba a seguir de cerca la operación.

Mientras Oswaldo se instalaba en el Palace, Horcajo había alquilado un apartamento en el Centro Colón, pagando por adelantado dos meses de renta y anunciando que iba a viajar constantemente.

Inmediatamente después, un taxi, tomado en la

puerta del Centro Colón, lo había dejado frente al número 23 de la calle de José Ortega y Gasset, dirección en la que se encontraba la sucursal urbana 14 del Banco Popular. Abrió en ella una cuenta corriente, depositando millón y medio de pesetas; también alquiló una caja de seguridad en esa sucursal y tres más en otros tantos bancos de los alrededores. Como la Embajada de Chile estaba justo enfrente del banco, le pareció a Horcajo que, llegado el caso, la nacionalidad de su pasaporte contribuiría a incrementar la confusión.

Después había entrado en una de las tiendas de telefonía móvil del barrio y, tras comprarse un portátil, había contratado una línea telefónica con el mismo nombre falso, domiciliando el pago de los recibos bimensuales en la cuenta corriente del Banco Popular Español.

Hizo todas estas cosas durante las dos horas siguientes a su llegada a Madrid. A lo largo de tres horas más, mientras Borrero se quedaba en el interior del gran Mercedes alquilado en el que habían llegado desde Lisboa y que ahora estaba estacionado en el interior del aparcamiento de las Cortes, Horcajo hacía un viaje detrás de otro. Alquilando sucesivos taxis, primero había ido a la estación de Chamartín y después, en cuatro viajes separados, a los cuatro bancos.

Luego desapareció por completo. Bueno, casi por completo, porque, tres días más tarde, en lugar de estarse quieto, cometió un error de principiante: ceder a la insistencia de Oswaldo Borrero. Borrero tenía tres manías: las mujeres gordas, el ron con coca-cola y el jazz, del que decía entender más que John Lee Hooker.

Habían ido a tomar una copa al antiguo local de jazz de Diego de León y se encontraron con que hacía tiempo que lo habían cerrado. Pero el bar que lo había sustituido tenía, si no música de Nueva Orleans, un grupo interesante de muchachas de dudosa nota y habían decidido quedarse. Menos mal que, al menos, el Opel Corsa había sido alquilado en Madrid a nombre de Borrero, porque la mala casualidad había querido que lo viera el *Gera*. «Tiene memoria de elefante —pensó Horcajo. Y sonrió—. Claro que si me han hecho a mí la perrería que yo le hice a él, a mí tampoco se me despinta la cara del tío.»

—*Pitri* —dijo Jacinto Horcajo cuando el *Pitri* le trajo el café—, me parece que me debes dinero, ¿eh?

—Sí, sí, claro, jefe. De anoche..., claro.

El *Pitri* se frotó las manos.

—A ver, ¿cuánto vendiste?

—Diez gramos, jefe, que cortados me dieron..., bueno..., ya sabes..., cincuenta gramos..., lo que me diste para vender, jefe.

—A cuatro mil pelas.

—Eso.

—Dos millones, ¿eh? ¿A quién se lo vendiste?

—A *Palo*.

—¡Caramba! ¿Todavía anda ése por ahí?

—Sí.

—Pues yo creí que se lo habrían llevado por delante hace la mar de tiempo, ya ves. Muy malas compañías le recuerdo. Y, ¿sabes, *Pitri*?, cuando se llevan malas compañías, acaba uno fatal, ¿eh?

—Pues anda todavía por ahí, jefe.

Horcajo encendió un pitillo.

—*Pitri*, a veces me pregunto qué es lo que me hace ser tan bueno con ratas como tú.

—¿Yo?

—Me estás engañando. —El *Pitri* palideció—. Te lo veo en la cara, hombre. Y seguro que me estás engañando por una mierda. ¿Cuánto le vendiste a *Palo*?

El *Pitri* carraspeó. Sudaba.

—Bueno..., esto..., jefe... Yo, la verdad, es que creía que tenía derecho a mi cuartelillo...

—¡Pero qué cuartelillo ni qué ocho cuartos! ¿Te crees tú que me chupo el dedo o qué? No sé yo que el cuartelillo se lo robas al que te lo compra. *Pitri* —dijo Horcajo con tono paciente—, te voy a acabar rompiendo en dos. ¿De modo que llego aquí como los reyes magos, te traigo cien gramos de la mierda más pura, un regalo de mi corazón, y tú, ingrato de mierda, lo primero que haces es, o sea, robarme? O sea, no te conformas con cortar los cien gramos, lo normal, sino que lo cortas más...

—... Bueno, espera, jefe, espera, hombre, tío, jopé..., que ha sido una equivocación. Verás, tío, jefe, este..., yo, corté la mierda un poquito más..., ya sabes, dos onzas, me salieron dos onzas, o sea, cincuenta y seis gramos, y se los cobré a cuatro mil, o sea dos kilos doscientos cuarenta papeles, jefe, que yo no te habría engañado nunca...

Horcajo meneó la cabeza varias veces.

—¡Qué tío! —dijo—. Y encima te quedas con una

papelina de cada diez... Los clientes acabarán por comprarse papelinas de bicarbonato y a ti, el día menos pensado, el *Palo* te raja. Me debes un millón ciento veinte mil pesetas, que es la mitad de lo que le cobraste a *Palo* ayer.

—Sí, sí, aquí las tengo...

—Sólo que por mentirme, *Pitri*, te voy a poner una multa...

—¡Hombre, jefe, jopé!

—... Una multa de cincuenta mil por gramo. Poca cosa, chico. Esta vez te va a costar medio millón, ¿eh? O sea, para tener las cuentas claras, me debes un millón seiscientas veinte mil castañas, ¿eh, *Pitri*?, y me vas a pagar ahora mismo. Es bueno para la salud.

—Hombre, jefe, jopé —repitió el *Pitri* más débilmente. Horcajo lo miró sin pestañear—. Bueno, vale, vale. Cómo éstas —se apresuró a añadir, sacándose del bolsillo un fajo de billetes y poniéndose a contarlo con premura.

Horcajo suspiró.

—Dime más cosas, *Pitri*. Me preocupas. ¿Sabes que ayer me enteré de que me había visto el *Gera*? ¿Te ha dado el coñazo a ti?

El *Pitri*, que iba amontonando billetes sobre la cama, dejó de contar, levantó la mirada y la fijó en Horcajo. Sabía que no debía desviarla: si Horcajo pensaba que le estaba mintiendo, sería peor que una sesión con el *Gera* y De Juan juntos.

—Bueno, jefe..., ayer me anduvieron persiguiendo. De Juan me enganchó por la mañana...

—Pero, me cago en la mar, *Pitri.* Te ven y yo aquí... Pero ¿cómo no me lo cuentas antes? —preguntó Horcajo sin dejar de mirarlo—. *Pitri,* si a mí me cazan, el primero que palma eres tú. Te lo juro.

El *Pitri* tragó saliva.

—No, ya. No te preocupes, que no hay peligro. Descuida, jefe.

—¿Que no hay peligro? ¿Que no hay peligro? Este idiota no me dice nada y ahora no hay peligro. Me obliga a cambiar de planes —dijo Horcajo mirando a la pared—, y si no me entero yo solito... Y, además, De Juan es duro. Tiene la mano muy ligera, ¿eh?

—Jo, tío, jefe, bah..., ya sabes. —El *Pitri* bajó la voz—. Me parece que le gusta cascar, sobre todo a mí que no pinto nada y que no voy a andar denunciando a nadie. —Se encogió de hombros—. No soy un chivato...

—Coñe, *Pitri,* ya viste lo que pasó con el *Nani,* ¿no?

—Sí... —El *Pitri* se rascó la cabeza—. Pero hace años de eso... Además, a mí me apetece más seguir viviendo, jefe. Yo denuncio a De Juan por malos tratos y no lo cuento. Y, para que sea mi madre la que tiene que ir al juez a decir que le han matado al hijo, la verdad..., prefiero que el tío me zurre de vez en cuando.

Sorbió, inclinó la cabeza y miró al suelo.

—Claro que si tú, un día, le dices al *Gera* o a De Juan dónde estoy, el que se te lleva por delante soy yo. —Horcajo rió—. Lo tienes crudísimo, *Pitri.*

—Ya... Pero no soy un chivato. De verdad. Por la cuenta que me trae... El caso es que deben de creer que yo sé dónde andas o que me puedo enterar. No sé. Pero alguien te ha tenido que ver porque por la Ballesta es vozpopulís que estás en Madrid.

—Nada es perfecto en la vida, *Pitri.* Tú estáte a lo tuyo y todos saldremos ganando. Ya sabes. En boca cerrada no entran moscas. Dame eso y bájate a por *El País,* anda. Y luego, me parece que te vas a estar quieto hasta mañana, sin moverte de aquí, ¿eh?

—Jopé —dijo *Pitri.*

—Peor para mí, que te voy a tener que aguantar, ¿eh? Y además, aquí huele a pocilga, *Pitri,* coño. No te asustes, anda, que mañana me voy.

14.05

—Creo que no venía al Retiro desde pequeña —dijo Paloma—. Te voy a decir una cosa, caudillo. Nadie me ha hecho volver a casa un sábado por la mañana a ponerme unos vaqueros para pasear por el Retiro. Anda, que eres más estirao que la maroma de un trasatlántico. Colega. Tío.

—No ibas a pasear a la hora del aperitivo con una blusa de seda medio transparente y una minifalda de raso, ¿no? Y además, así, estás para untarte pan.

—¡Quieto! No me toques el trasero, descarado... Pues no eres tú fino ni nada, chico. Al señorito le da vergüenza que se note que su novia ha dormido con él y que no ha vuelto a casa de papá a cambiarse.

—¿Ya somos novios?

—Es un eufemismo por un rollo de una noche.

—No, no. Estas cosas se dicen en serio o no se dicen.

Paloma se detuvo. Miró seriamente a Carlos.

—Estás de broma, ¿eh?

—Estoy de broma —se apresuró a decir Carlos.

—Pues no lo estropees.

A esa hora temprana de la tarde, el paseo que bordea el estanque del Retiro estaba lleno de gente que paseaba, reía, se interpelaba, andaba cogida de la mano, tomaba el aperitivo o estaba a lo suyo.

Había pequeños artilugios que, cubiertos de raso negro, simulaban estrechos escenarios en los que marionetas de Colombina se defendían de guardias de fiero bigote o Pierrots de trapo peleaban a estacazos los favores de sus amadas; decenas de niños seguían las dramáticas incidencias de los títeres sin perder ripio de cuanto allí ocurría, coreando los encantamientos o animando al que más estacazos daba o advirtiendo a gritos del peligro que acechaba al héroe o aplaudiendo con entusiasmo el triunfo de los buenos. Había mimos de cara blanca y jersey negro, que representaban sus melancólicas historias; unos, por ganarse unas pesetas; otros, por aventar el mensaje de alguna secta de amor más o menos intensamente cristiano. Y al público que, con una media sonrisa, seguía en corro sus evoluciones, se le notaba un cierto deseo de anticiparse a adivinar lo que el mimo quería sugerirle.

Sentados en el borde de piedra que rodea el estanque, unos músicos de rasgos indios, vestidos con ponchos de colores, rasgueaban sus guitarrones y soplaban en sus flautas andinas, interpretando cadenciosos valses peruanos. Jóvenes en mangas de camisa, remando con más entusiasmo que habilidad, perseguían por el estanque a modistillas risueñas, mientras que algún padre aburrido regañaba al niño por arrastrar la mano en el agua sucia.

Hacía calor en el Retiro y los enormes castaños y los setos, los parterres de la rosaleda y los dibujos de los jardines de Cecilio Rodríguez estaban restallantes de color y primavera. El sol brillaba, reflejando su luz en las aguas turbias del estanque y saltando de onda en onda con latigazos de fuego, como si repentinos chispazos eléctricos recorrieran la laguna. Dos muchachos vestidos con chándal y zapatillas de deporte hacían *jogging* con parsimonia; iban hablando como si tal cosa.

«¡Barquillos, hay barquillos!», gritaba con poco interés un joven flaco y mal vestido. Llevaba su mercancía en una bandeja de mimbre y no, como solía ocurrir años antes, en un tambor con la tapa convertida en rueda de la fortuna.

—Vaya un día para ir a los toros —dijo Carlos.

—Ya —dijo el *Gera*, dándoles alcance. Paloma se detuvo en seco y se dio la vuelta para mirar a los recién llegados—. Lo que pasa es que se han puesto las entradas por las nubes. Yo soy *Gera* y ésta es Carmen, mi mujer —añadió.

—Hola —dijo Paloma—. Y yo soy Paloma.

—No, ya, si eso ya me lo imagino —dijo el *Gera*—. Pues no se pone éste pesado ni nada contigo... —Paloma se volvió hacia Carlos, arqueando una ceja con curiosidad burlona—. Claro que, si mi novia fuera como tú, yo también me pondría como Mateo con la guitarra.

—Se dice perdonando lo presente —dijo Carmen.

—Perdonando lo presente.

Paloma rió.

—O sea, que tú —le dijo a Carlos—, o sea que vas por ahí discutiendo de nuestras interioridades, como si yo fuera propiedad del Cuerpo Nacional de Policía.

—No, jopé. Con éste que es amigo, nada más. Es que me traes por la calle de la amargura con tanto voy y vengo.

—Es lo que me faltaba a mí: en boca de los maderos de la nación. ¿Y qué te dice de mí?

El *Gera* se puso como un tomate.

—¿A mí? Hombre..., nada. O sea, ya sabes...

—Parece mentira, *Gera*, un tío tan grande como tú —dijo Carmen—. Te dice lo que cualquiera diría: que está colao y que qué hace, ¿no?

—Eso.

—¿Y tú qué le contestas? —preguntaron Paloma y Carmen a coro.

Rieron.

—Quiero decir —añadió Carmen— que ya sabemos lo que te dice Carlos, pero lo importante son los consejos que tú le das a él, ¿no?

—Séneca —dijo Paloma.

El *Gera* puso los ojos en blanco.

—Pues le digo que aguante, que cuando vienen mal dadas vienen mal dadas y que las cosas son como son. —Guardó silencio un momento—. ¿No? Vamos, digo yo.

Paloma dio un silbido. Luego se puso de puntillas y

le dio al *Gera* un sonoro beso en la mejilla. Carlos, desde detrás, la agarró por la cintura con ambas manos.

—Aunque el *Gera* —dijo Paloma— no ha recibido de la providencia las dotes de oratoria que se requieren para dar consejos sobre un monstruo como tú, el tipo sabe, no creas, y, de una forma algo burda, se las compone para transmitir cierto calor humano que me consuela de tus múltiples maldades.

—Vete a hacer puñetas —dijo el *Gera*.

—¿Por qué te llaman, *Gera, Gera*?

Carmen se puso rígida.

—Nada —dijo el *Gera*—, por nada. Por una chorrada...

—Ya te lo decía yo —dijo Carlos.

—Es una contracción de Epifanio —dijo Carmen.

Paloma miró a los tres con curiosidad.

—¿Nos tomamos unas cañas? —preguntó Carlos frotándose las manos.

Paloma se volvió hacia él como si quisiera añadir algo, pero se quedó callada y se limitó a mirarlo. Luego se le acercó con deliberación y, apoyándose contra él, rozó con lentitud un pecho contra su brazo. El *Gera* carraspeó y miró hacia el estanque. Carmen sonrió y dijo «guau» en voz baja. Y Carlos, apartando el pelo de Paloma con la nariz, acercó la boca a su oreja.

—Tú sigue haciendo eso y ya verás. —Paloma sonrió—. ¿Nos vemos esta noche?

—No.

—¿Cuándo entonces?

—Ya veremos.

Carlos miró al *Gera*.

—Oye, Paloma —dijo el *Gera*—. Mañana vamos al Bernabéu, que juega mi hermano pequeño con el Madrid. —Paloma levantó las cejas—. Sí. Por primera vez..., digo yo que porque la liga ya está decidida y no hay peligro de que el chaval haga cualquier idiotez...

—Juega como Dios —dijo Carlos.

—Bien majo que es —dijo Carmen.

—¿Es Pepillo?

—¿Y tú cómo lo sabes? —preguntó el *Gera* mirando a Paloma con curiosidad.

—Oye, ¡bueno! ¿Aquí todos me consideráis idiota o qué? Esta mañana —añadió con tono paciente—, al pasar por casa... —miró a Carlos y sonrió—, al pasar por casa, eché un vistazo al periódico y miré la alineación. Pepillo, ¿eh? Éste jugaba en el Castilla, ¿no? ¿Es ése?

—El mismo... Bueno, pues... ¿te gustaría venir? Tengo unas entradas pistonudas. Viene mi madre también. Y después nos vamos a cenar por ahí con el chico. ¿Eh? ¿Qué os parece?

—A mí me parece bien. —Paloma se volvió hacia Carlos—. ¿Por qué no me lo has dicho antes?

Carlos levantó las manos para protestar, pero, a medio gesto, puso los ojos en blanco y se encogió de hombros.

Madrid-La Haya, 19.00

—¿Ricardo?

—¿Quién es?

La línea telefónica con la Embajada de España en La Haya era inusitadamente clara.

—Soy Carlos de Juan, Ricardo.

—¡Coñe, Carlos! Pero, caramba. Cuánto tiempo... Pero ¿dónde estás?

—No, no, aquí en Madrid.

—Oye, pues parece como si estuvieras en el cuarto de al lado... Dime.

—Oye, te llamo..., ya sé que es un coñazo, pero qué quieres que te diga. Dice el jefe dos cosas. Una, que estemos al loro con el secuestro ese de que nos hablabas en el télex...

—Kees van de Wijn...

—Ése... Bueno, porque a él le huele a cosa de tráfico de drogas. Yo no sé de dónde se saca el olfato ese, pero bueno...

—Sí. Ahora te cuento... —dijo Ricardo.

—... Y otra cosa, que... la extradición de Kleutermans.

—Ah, sí —exclamó Ricardo, levantando el tono con interés.

—Bueno, mira..., esto..., ya sabes. Está previsto que lo saquemos en avión el miércoles, pero, no, ¿sabes?

—Sí.

—Verás —dijo Carlos—, aquí hay cierto miedo a que la banda del tío este monte un pollo.

—No me extraña. Estos tíos no se andan con chiquitas y, con el dinero que tienen, son capaces de organizar una operación de guerrilla y, entre Carabanchel y Barajas, os montan la batalla de El Álamo. Con tal de sacar a Kleutermans, hacen lo que sea.

—No me digas —dijo Carlos.

—Sí te digo, Carlos. Andaros con el bolo colgando y ya veréis en qué se os queda. ¿Tú sabes el dinero que manejan? Mira, para que veas de qué van estos tíos, tardaron tanto en cazarlo, entre otras cosas, porque nadie era capaz de seguirle la pista. ¿Y sabes por qué? Porque para cada operación de contrabando, este tío usaba un avión distinto..., nuevo, ¿me oyes?, que luego abandonaba en cualquier aeropuerto. ¿Tú me entiendes?

—Carajo.

—De modo que ríete tú de Pinochet. Este cachondo saca los tanques a la carretera como si fuera Rommel, Carlos.

—Vale, vale... Pues no sé yo si me gusta tanto el plan alternativo, ¿sabes?

—¿Cuál es el plan alternativo?

—El *Gera* y yo... como cuando Alí Hassan, sólo que hacia arriba.

Ricardo dio un silbido. Luego preguntó:

—¿Con la misma antelación y por el mismo sistema?

—Igual.

—Y quiere el jefe que yo esté, ¿no?

—*Yes.*

—Vale. Comprendido, allí estaré.

—Te lo vamos a agradecer... ¿Cómo lo llevas?

—Bien, bien. Trabajando mucho. Bah, ya sabes, no es fácil. Estos holandeses no te hacen la vida fácil, ¿sabes? En el fondo les apetece poco contarte los secretos que ellos conocen.

—¡Venga! ¿No te echan una mano?

—Qué va. Aquí, cada cual se las compone como puede. Estos tíos, lo que quieren es que les organicemos las operaciones y les ayudemos a resolverlas, pero sin meternos, ¿eh? Hijos de su madre...

—Te veo algo cabreado —dijo Carlos sin sorna.

—Uf, bueno, mira. Qué quieres que te diga. Estoy aquí más solo que la una, haciendo de todo...

—Pues yo llamaba por comprobar cómo se vive de diplomático por ahí, mientras los demás seguimos pateando el patio y deteniendo a quinquis, ¿sabes?

—Es verdad, hombre. Yo aquí, cobrando en dólares... Me cago en la mar. Oye, por cierto, al Van de Wijn este, no sé muy bien cómo va el tema, pero acabo de ver que han circulado la foto de su amante. Ha desaparecido. Bueno, el asunto está cada vez más embrollado, pero te juro que a mí también me huele a drogas. Qué quieres que te diga.

—Ya nos dirás, ¿no?

—Sí, hombre. Oye... Carlos, esto..., fuera coñas. Tú que estás ahí, cerca de los jefes, a ver si hablas con el comisario y le dices que mi nombramiento suena de miedo...

—¿Qué es lo que eres?

—Agregado a la Embajada de España en Holanda para Cuestiones de Tráfico de Estupefacientes y Enlace con las Agencias Nacionales.

Carlos soltó una carcajada.

—Cualquier día te van a hacer ministro. ¿Sabes cómo te llamamos aquí?

Ricardo guardó silencio durante un momento.

—Me has puesto un mote —dijo por fin con algo de sequedad.

—SOPLA. El *Sopla.*

—Carlos, vete a la mierda.

—No, si va en serio. Servidor obsequioso para la lucha antidroga.

—Qué marrano... Menos mal que no es como el *Gera.* ¿Será posible? Bueno, dejémonos de bromas. Dile al jefe, a mi jefe, no al tuyo..., o mejor le dices al tuyo que se lo diga al mío, que esto está muy bien, pero que estaría mucho mejor si, además de tenerme aquí, alguien me pagara el sueldo. Oye, que llevo cuatro meses aquí y todavía no he cobrado ni un céntimo.

—Venga ya.

—Te lo juro.

—Pues debes de ser rico por tu casa, porque si no...

—Quiá. Me estoy gastando los ahorros de mi suegro. Estoy harto de poner oficios pidiendo que alguien me pague algo más que unas miserables dietas. ¿Sabes dónde tengo la oficina? Porque estos de la embajada son buena gente, que si no... Oye, me he instalado en la agregaduría de educación.

Carlos rió de buena gana.

—El *Sopla* educativo. Mira, hombre, así coges a los chicos desde pequeños y les dices que los porros son malos para la salud.

Madrid, 20.00

Una esquina de la enorme nave de Muebles Gato estaba brillantemente iluminada por luces de arco. Aunque fuera, en el poblado industrial de Coslada, aún era de día y mucha de la superficie de la techumbre de la nave estaba hecha de plástico translúcido reforzado (con lo que la luz en el interior era buena), el taller de camiones, que era lo que ocupaba el cuadrante norte, necesitaba iluminación artificial para que los siete hombres que allí trabajaban pudieran ver lo que estaban haciendo.

Cinco se afanaban en torno al camión Ebro que, pintado de amarillo, había sido transporte de Transmoney. La chapa de acero reforzado que normalmente tapaba el motor había sido desmontada y estaba apoyada contra una de las paredes de la nave: había sido pulida con una lija eléctrica y uno de los hombres, rodeado de la neblina amarilla esparcida por el pulverizador, la pintaba de su color original con una pistola de carrocero. Olía fuertemente a pintura. El taller habría hecho palidecer de envidia a más de un garaje especializado.

Otros dos hombres lijaban el resto de la carrocería y pegaban papel de periódico con cinta aislante en las partes que no debían ser pintadas de amarillo.

Dos mecánicos más terminaban de desmontar el viejo motor del camión. El Perkins de segunda mano que el *Chino* había vendido el día antes a José Luis Álvarez colgaba de grandes poleas articuladas desde las vigas de acero que sostenían la techumbre de la nave. Brillaba de grasa y aún estaba caliente de las pruebas a que había sido sometido a lo largo del día.

Al lado del camión Ebro, la mole gigantesca de un Pegaso de veinte toneladas empequeñecía cuanto le rodeaba. Toda la caja de su carrocería estaba desmontada y la cabina del conductor colgaba de unas poleas iguales a las que sostenían el motor Perkins. El tráiler también estaba desmontado: su carrocería pendía de las correspondientes poleas, como si fuera un vagón de ganado volante, y el bastidor aparecía desnudo sobre sus doce enormes neumáticos.

Los dos hombres restantes tomaban café, bebiéndolo de grandes tazones, sin dejar de inspeccionar el Pegaso. Uno de ellos dejó la taza sobre la repisa metálica de uno de los tornos y se agachó para ver mejor unas abrazaderas que habían sido soldadas a la camisa del eje de transmisión del poderoso motor.

—Lo que yo te diga, José Luis —dijo—, bastará con embadurnarlo bien con grasa para que no se note.

Sin incorporarse, alargó la mano y, del suelo, cogió el extremo de una sección de tubo metálico, que parecía una reproducción exacta de la camisa del eje de transmisión. En realidad, no era exactamente igual: aunque su longitud era la misma, el diámetro era casi dos centímetros mayor a todo lo largo del tubo. Con visible esfuerzo, el hombre tomó toda la sección del tubo y, sujetándola con ambas manos, se levantó y se acercó al Pegaso. Se inclinó sobre el chasis desnudo y encajó la sección encima del eje de transmisión.

—Coño, lo que pesa esto —dijo—. Pero, ¿ves?, encaja perfectamente y, una vez atornillado, ni se notará que es postizo.

—No está mal, no —dijo José Luis Álvarez y sorbió ruidosamente de su taza.

En el suelo, dispuestos uno al lado del otro, había dos tubos más y una decena de perfiles de largo diferente.

—Irán de miedo —dijo el hombre.

—¿Habéis probado? —preguntó José Luis.

—Ya lo creo. Lo hemos hecho con saquitos de harina. Va muy bien y ni se nota.

José Luis Álvarez alzó la voz.

—¡Manolo!

—¿Qué hay? —preguntó unos de los dos mecánicos.

Metido en el espacio del camión Ebro hasta entonces ocupado por su viejo motor, preparaba con su compañero la instalación del Perkins del *Chino.* En una mano tenía un martillo y, en la otra, un escoplo. De su alrededor sobresalían tubos y cables sin conectar.

—Anda, que hay que verte. Pareces *King-Kong.*

Todos rieron.

—La mano del hombre que todo lo puede —dijo Manolo, asestando un martillazo a uno de los amortiguadores delanteros del Ebro. Resonó como una campana sorda. El mecánico tenía la cara negra de grasa y sonreía.

—¿Cuánto os falta?

—Nada. Poca cosa, José Luis. Nosotros habremos terminado con el motor en cosa de cuatro o cinco horas. Son éstos, con la carrocería y la pintura, los que van más retrasados.

—Pero ¿cuánto?

—Bah. —Miró a sus restantes compañeros, que habían interrumpido el trabajo por un momento—. Yo diría que tu trasmonis estará listo mañana por la noche. Como nuevo, ¿sabes? Listo para el París-Dakar.

—París-Dakar. Ya verás tú el rally que vamos a montar. Ríete tú de los peces de colores.

En el exterior de la nave, apoyado contra el guardabarro delantero de su Mercedes diesel, el *Chino* se cambió el palillo de lado.

—Vamos a vé si chanamos, Chuchi —le dijo a su cuñado—. El madero me compra un camión blindado dézo pá'trasportá tela, ¿no? A mí me parece un gualtrapa, porque digo yo que zi va a hacé un trasporte legal, no me va a vení a comprá a mí, ¿eh?

—Ezo —dijo su cuñado.

—Digo yo, ¿eh, Chuchi? O zea, que no va a hacé un trasporte legal, zino, en do palabra, i-legá. Luego, ze lleva er camión ar depózito de Julio Pascuá, aver zi m'entiende. Lo que yo te diga, colega. Estos tíos van a dá un gorpe y yo esta pingüi no me la quiero perdé. De modo que tú te va a quedá por aquí a vé qué guipas.

—Ezo.

—Y pa cuando hayan dao er gorpe, les vamos a caer

encima como el pañí, colega y, a lo mejón, er gorpe ze lo damo nosotros.

—Ezo.

21.05

—¿Sabes lo que te digo, Javier? —dijo Elisa Montero, inclinándose hacia su marido—. No me vuelvas a traer a barrera. Prefiero estar en el palco con todos, tomando sándwiches. La verdad. Esto es incomodísimo.

Javier Montero miró a su mujer sonriendo. Impecablemente peinado, vestía un traje de gabardina marrón claro, camisa azul y corbata de seda en tonos rojos, haciendo juego con el clavel que le habían puesto al entrar en la plaza de toros.

—Hoy había que hacerlo —dijo, mirando por detrás de Elisa.

Cinco o seis asientos más allá estaba el Rey, que lo saludó por fin (¡terminando el sexto toro!) con una sonrisa y un movimiento brusco de la barbilla. Montero devolvió el saludo con una inclinación de cabeza.

—¿Un whisky, don Javier? —le preguntó desde el callejón un camarero de chaquetilla blanca. A los pies, cerca del burladero, tenía una fresquera con hielo, vasos de cartón y dos botellas de whisky.

Javier Montero hizo un gesto negativo.

—Ya no —dijo—, gracias.

Levantó la mirada y, con la vista, siguió al joven torero, que se alejaba hacia el centro del ruedo, andando con parsimonia, aunque sin dejar de mirar al toro por el rabillo del ojo. Y el pobre animal, con la cabeza humillada y una única banderilla colgándole del pellejo como mudo testigo de una lidia bastante ramplona, jadeaba poderosamente, quieto en los medios, siguiendo con aire derrotado la lenta progresión del diestro por el albero. Cerca de él, dos peones, con los capotes desplegados, parecían dispuestos, por más que sin excesivo entusiasmo, a defender a su maestro en caso de que el toro decidiera embestir. Nada en la interminable lidia previa justificaba tales temores, pero nunca se sabe.

Un murmullo colectivo de indiferencia ponía ruido de fondo al aburrimiento del final de la corrida. Procedentes de la andanada del tendido del siete se oían algunas imitaciones de ladridos, indicación del respeto que merecía a aquel sector del público el tamaño del astado. Todo el mundo sabía que el torero, intentando salvar lo insalvable, se dirigía al centro del ruedo para brindar, desde allí, la muerte del toro al respetable. Mal negocio iba a hacer.

Javier Montero sacudió la cabeza de derecha a izquierda.

—No, hombre, no —dijo en voz baja.

Detrás de él, tres jóvenes pizpiretas, evidentes entusiastas seguidoras del joven torero, miraban airadamente a su alrededor, desafiando a los que estaban cerca a que manifestaran su descontento si se atrevían. Javier no alteró el semblante y, siempre cuidadoso de ofrecer su mejor perfil a los inevitables fotógrafos, volvió la cara hacia Elisa.

—Bueno. El lunes vamos arriba.

Elisa giró la cabeza y miró hacia arriba, hacia el palco en el que estaba su hermana, Carmen, acompañada por una docena de amigos. Carmen la vio en seguida y, sonriendo, levantó una mano.

—Luego vienen todos a casa, a tomar una copa —dijo Elisa.

—¿Has reservado mesa en algún sitio?

—Huy, sí. En Lucio.

En ese mismo instante, el torero se dispuso a brindar y el murmullo de la plaza se convirtió en un abucheo de desaprobación.

—No, no —gritaban unos.

—Vete a casa —vociferaron otros.

—Anda ya —exclamaban los más.

—Bah —murmuró Javier Montero—, vaya mamarrachada.

No muy seguro de lo que debía hacer ante el evidente disgusto del público, el joven torero bajó la mano en la que llevaba la montera y miró con incertidumbre hacia donde estaban los Montero. Justo delante de ellos, apoyado en el burladero, el apoderado del diestro hizo con la cabeza un brusco gesto negativo. Encogiéndose de hombros, el torero extendió las manos con las palmas hacia arriba, sin por ello soltar la montera, se dio la vuelta y se puso a andar hacia las tablas. Arreció el abucheo. El público ya no iba a contentarse con nada de lo que viera. Un espectador de barrera, claramente borracho, se incorporó y, dándose la vuelta, se dirigió al presidente, apostillándole frases ininteligibles que nadie podía oír, tal era el ensordecedor ruido, y subrayándolas con el dedo índice extendido. Como su indignación era diaria y la manifestaba en cada corrida de la feria de San Isidro, los abonados que lo rodeaban intentaban forzarle a sentarse, tirándole de los faldones de la chaqueta hacia abajo.

—A éste se le van a poné los fardone de la chaqueta como una zotana —dijo un sevillano que se sentaba al lado de los Montero.

Javier sonrió.

En el ruedo, el joven maestro de fina estampa gitana y fieros modales frunció el ceño. De prisa, acabó de acercarse hasta donde estaba su mozo de estoques con la espada de madera preparada. La apartó de un manotazo, diciendo:

—Dame el otro, coño.

El mozo se apresuró a sacar un estoque real de donde lo tenía apoyado contra el burladero y lo entregó al diestro.

—Pobre chico —dijo Elisa.

Sin mayores miramientos, el torero, olvidados, en su mal humor, los gestos y formas que dictan los cánones, se encaró con el agotado animal y, después de darle dos trapazos de mala hechura y peor estilo, se cuadró apresuradamente, levantó el estoque y entró a matar.

—Vaya petardo —le dijo Javier Montero a su mujer.

23.00

—¿Qué? —preguntó desde detrás de la barra el camarero.

El ruido de la clientela amontonada en el bar de la calle de la Ballesta le forzaba a hablar gritando.

—Que si has visto al *Pitri* —repitió Carlos.

El barman levantó la cabeza y paseó la mirada por todo el local, en un gesto lento para que se viera lo que le preocupaba la pregunta. Luego hizo un ademán negativo. Frunciendo los labios, Carlos lo miró y suspiró.

—Un día de éstos —dijo en voz baja—, te voy a dar un susto de campeonato, macho.

Salió del bar.

—Nada —le dijo al *Gera*, que esperaba en la acera—. Este tío se ha esfumado. Me parece que lo vamos a tener que buscar en serio, ¿eh?

—Ya. Es raro que no ande por aquí. En sábado, estos camellos se forran. El *Pitri* debería estar aquí.

—Tendríamos que mirar en su casa.

—¿En la calle Huertas?

—Sí.

—No, hombre. Sabe que lo buscamos. No va a ser tan idiota como para meterse en su pocilga a esperar a que lo cacemos como a una rata, ¿no?

—Si tú lo dices... Soy idiota. ¿Por qué no fuimos a buscarlo ayer, cuando se nos escapó?

—Ya estuve yo esperándolo un rato cerca del paseo del Prado. Pero tampoco es tan tonto. Y ahora no está. Acabo de pasar por allí y no está. Nadie lo ha visto en todo el día, Carlos.

CAPÍTULO VIII

DOMINGO 24 DE MAYO

Madrid, 19.00

—Qué de gente —dijo doña Amparo, madre del *Gera.*

—El fútbol es siempre así —dijo el *Gera*—. Como sardinas en lata, ya ve usted.

—¿Éste es siempre así de respetuoso con su madre? —preguntó Paloma en voz baja.

—¿Respetuoso? —dijo Carlos.

—La trata de usted.

—Bueno, pero eso es porque es de pueblo.

El *Gera,* que llevaba a su madre cogida del brazo, volvió la cabeza y se inclinó hacia atrás.

—Me voy a tener que acordar de la tuya —dijo en voz baja.

En el estadio Bernabéu era día de fiesta. Se jugaba el último partido de la temporada de liga, el Real Madrid había ganado el campeonato y, hoy, de lo que se trataba era de celebrar su triunfo asistiendo a un buen espectáculo. Desde las galerías de acceso a las tribunas y graderíos se veía el césped, verdísimo entre el cemento de columnas y cobertizos. Hacía el efecto de una fotografía en color enmarcada por otra en blanco y negro. De las gradas se levantaba ya una neblina gris-azul producto del humo de tabaco. En el fondo sur del estadio, detrás de la portería, miles de jóvenes enarbolaban banderas blancas y blanquimoradas y españolas con el águila franquista, haciéndolas ondear al ritmo de tracas y petardos. También lanzaban al terreno de juego artificios luminosos que despedían una espesa humareda gris de reflejos anaranjados, rollos de papel higiénico y confetis de colores. Una marea de voces rugía con fenomenal sordina, con más fuerza que la del locutor recomendando por los altavoces la compra de aspirinas y *alka-seltzers.* De vez en cuando, aquí y allá, un sector del público silbaba o abucheaba por algo que se había dicho por los altavoces o porque se sentía molesto con alguna persona que pasaba delante o porque un verso coreado contra alguien requería este tipo de apostilla.

Cuando por los altavoces empezaron a anunciarse las alineaciones de ambos equipos, el nombre de cada jugador fue siendo coreado por un rugido victorioso, ole, ole, seguido cada vez de una ovación.

—Oye —dijo doña Amparo, señalando con el dedo hacia el fondo sur—, creía que las banderas con el águila estaban prohibidas.

—Le llamamos el pajarraco, doña Amparo —gritó Carlos, para hacerse oír.

—¿Sí? Pues a ver cuándo les quitan el pajarraco a las banderas esas, que bastante los vi durante cuarenta años... y está una harta, ¿sabes?, de tanto sindicato vertical y tanta familia y tanto municipio.

Paloma la miraba boquiabierta.

—Cáspita —dijo—. Vaya cómo se las gasta tu mamá, *Gera*.

El *Gera* hizo con las manos un gesto de resignación.

—No te quiero ni contar cuando se juntan ella y mi suegro, que es facha. Ríete tú de la batalla del Ebro... Menos mal que a él no le gusta el fútbol...

—Sí, pero las broncas me las llevo yo —dijo Carmen.

—... Que si le gustara, sería del Atleti seguro y encima tendría que pasarme la vida discutiendo de penaltis.

—Sí, oye —dijo Carlos—, que bastante tienes con no poderle decir que tu coche está hecho en Kioto.

—Pues, a mí, oye —dijo Paloma—, con las banderas, como si se hacen calzoncillos de esparto... Cada cual a lo suyo... Si lo que los erotiza es la gallineja, que se la pongan de sombrero. ¿Qué es eso de Kioto?

—Nada, una chorrada de éste, que se ha comprado un japonés de segunda mano y al suegro le ha tenido que decir que era un Santana.

—Vaya tontería —dijo Paloma—. A mí no me gustan nada los alemanes y, ya ves, haría perrerías por tener un Golf GTI.

—¿De qué color lo quieres? —preguntó Carlos.

—A ver quién tiene los papelitos —dijo el acomodador.

—Como éstos —dijo el *Gera*.

El acomodador abrió los billetes en abanico y, tras mirarlos, los cerró de nuevo dándose con ellos un golpe en la mano.

—Vamos a ver —dijo a la gente que se arremolinaba alrededor del estrecho hueco por el que se accedía a la escalera de bajada a las gradas de tribuna—. Se aparten, por favós, para dejar a estos jóvenes alcanzar sus localidades. Como Dios y los apóstoles no venían hoy al furgol, les han regalao las entradas. Pues no son malas ni nada... Oiga, señora —le dijo a doña Amparo—, hoy está prohibida la entrada a menores de dieciocho años. ¿Está usted segura de que da la edad?

—La tengo que dar. Hoy juega mi hijo pequeño con el Real Madrid.

Varios espectadores se volvieron a mirar a doña Amparo.

—¡No me diga! —dijo el acomodador—. Va a ser Pepillo, como si lo viera. Pues oiga, señora, ese chaval juega como los ángeles, que se lo digo yo.

—Eso dicen éstos —rió—. Porque lo que es yo... La última vez que lo vi jugar..., bueno, la última vez que fui a un partido de fútbol, fue aquella vez en el colegio de Pepillo..., el instituto Lope de Vega.

—... Aunque es más guapa la madre. Pues vamos a ver... Tsst, lo que yo le diga. Que meta por lo menos tres. Ahora le traigo una copa de coñá.

—No, no, si no bebo.

—Una coca, que aquí estamos para todo.

—Bueno. Jesús —añadió—. ¿Habéis visto cuánta gente?

Un rugido poderoso y prolongado se elevó en ese mismo instante de los graderíos. Directamente enfrente de doña Amparo, al otro lado del campo, se apiñaban fotógrafos, cámaras de televisión, empleados del club y policías nacionales. Por la escalera de los vestuarios, entre la nube de gente, aparecieron las figuras inconfundibles de los capitanes de ambos equipos, seguidos del resto de sus compañeros. Pepillo fue el último en salir. Intentaba aparentar tranquilidad y correteaba dando pequeños saltos y doblando las rodillas con exageración. Alguien pegado a la salida del vestuario debió de decirle alguna cosa, porque se volvió y levantó una mano en señal de saludo. Debajo del pantalón deportivo le resaltaban los potentes muslos y las rodillas brillantes de linimento.

Paloma giró la cabeza y miró hacia el palco presidencial, que estaba justo detrás de ellos, unas cuatro o cinco filas más arriba.

—Ese que está allí a la derecha, ¿no es el Javier Montero ese? —preguntó Carlos.

—Sí —dijo Paloma, y carraspeó.

Carlos frunció el ceño.

—Mira para acá, ¿no?

—A ver..., hola... —dijo haciendo un gesto de saludo con la barbilla—. Lo conozco de Merath.

—¿De dónde?

—De la boutique de su mujer —dijo Paloma, alargando la última sílaba con resignación—. Y tú, oye, Otelo, ¿de qué vas por la vida, barba azul?

—Atender al acto —dijo el *Gera.*

—Mira, allí está Pepillo.

—Mírale, hale, sacándole fotos como si fuera Felipe González —dijo doña Amparo. Tenía los ojos brillantes.

—¿Tiene novia?

—No —dijo el *Gera*.

—Pues descuidaros, que está, como dice éste, para untarle pan.

—Siéntate, *Gera*, jopé, que no te va a ver.

—Como nos monte la de Butragueño en la foto aquella con los cataplines al aire —dijo Paloma en voz baja—, os vais a tener que despedir de mí.

—Que sí me va a ver —dijo el *Gera*.

—Siéntate, jopé, que eres muy grande, anda... Y, además, como Pepillo te vea, se va a poner nervioso y va a ser peor.

El *Gera* se sentó.

Algunos jugadores estiraban los músculos, dando falsas carreras o amagando cabezazos sin balón. Otros se pasaban una pelota en triángulo. Dos o tres por cada bando chutaban suavemente contra el portero respectivo. Unos cuantos fotógrafos se fueron acercando al centro del campo, donde el árbitro, acompañado por los jueces de línea, se disponía a sortear los terrenos de juego. Otros se quedaron por las bandas, esperando a que los jugadores se dispusieran a posar juntos en equipo. Paloma se volvió una vez más hacia el palco; Carlos la miró y no dijo nada.

Finalmente, en medio del delirante entusiasmo del público, cada equipo se fue colocando para la foto oficial: cinco de pie más el portero suplente, seis en cuclillas. En el lado del Atlético de Madrid, su capitán, el portero Molina, mascando chicle tranquilamente, miraba al frente con indiferencia. En el del Madrid, Fernando

Hierro, erguido y sonriendo con confianza, tenía un balón entre las manos y lo hacía girar hacia atrás; se lo pasó a Pepillo, que estaba debajo de él y que tenía la vista firmemente puesta en los graderíos, mientras intentaba tragar saliva. Raúl, el otro joven delantero, se inclinó hacia él y le dijo algo. Doña Amparo se llevó la mano a la boca y Carmen apoyó la cabeza contra el bíceps del *Gera*.

—Espero que juegue como un ángel —dijo en voz baja.

—¿Qué?

—Nada, da igual —contestó Carmen, agarrando al *Gera* de una oreja—. No sé para qué la tienes tan grande, chico.

Un niño pequeño, vestido con el uniforme madridista, se acercó al equipo y se colocó a su derecha para salir en la foto.

—Mi padre me puso así un día, cuando tenía diez años —dijo Paloma—. Nunca he pasado más vergüenza... Tenía un complejo horrible de tetas y me parecía que todo el estadio me estaba mirando...

—¿Y ahora tienes complejo? —preguntó Carlos.

—Ss..., de que son pequeñas. Pero, para ti, bastan y sobran, capitán trueno.

De golpe y casi al mismo tiempo, terminada la sesión de fotos, los dos equipos rompieron su inmovilidad como impulsados por muelles y se dispersaron por la hierba en cortas carreras o a saltos. Desde la banda, un locutor de radio con un micrófono en la mano llamó a Pepillo.

—¿Quiere usted oírle? —preguntó a doña Amparo

un hombre gordo que estaba sentado justo delante de ellos. Fumaba puro y, en la mano izquierda, llevaba un transistor del que salía una cacofonía de ruido y música y voces que hablaban a toda velocidad.

Doña Amparo puso cara de sorpresa.

—Hombre —dijo, alargando la mano—, gracias... ¿A ver?

«... te joven jugador que hoy viste por primera vez la camiseta madridista... Buenas tardes, Pepillo, ¿qué se siente en estos momentos en que se viste uno de blanco por primera vez? ¿Eh?»

«Ho-hombre —dijo Pepillo; los nervios le jugaron una mala pasada y de la garganta le salió un gallo horroroso. Carraspeó—. La verdad..., mucha..., o sea mucha r-responsabilidad... No es s-sólo v-vestirse de b-blanco. So-so-sobre t-todo es d-darle al b-balón, ¿n-no?»

«¡Claro que es darle al balón! Y lo vas a hacer de miedo, muchacho. ¿Cuántos goles vas a meter?»

Pepillo rió.

«Hombre, no sé cuántos g-goles se le pueden meter a Mo-molina en un partido. Mi madre me ha dicho que, c-como no meta al menos uno-uno, me da un bastonazo.»

«¿Está aquí tu madre?»

«S-sí.»

«Pues mucha suerte, hombre.»

«Gracias.»

«Han oído ustedes a Pepillo..., a un Pepillo muy nervioso, la verdad, un chico de veinte años recién cumplidos...»

—Sin cumplir —dijo el *Gera.*

«... madrileño de pura cepa, del que se dice que es el nuevo *Buitre* de 1998, bueno, ya del 99 será, porque esta liga se acaba..., un fenómeno con el pie izquierdo, pero, sobre todo, un estratega, un delantero con mucha cabeza. El *míster* lo alinea de extremo derecho, aunque en el Castilla había jugado más bien de líbero. Veremos lo que pasa. Y, señores, vamos a devolver la conexión con...»

—Muchas gracias —dijo doña Amparo devolviendo el transistor.

—De nada, señora. A ver si hay suerte.

19.41

Probablemente, Pepillo iba a recordar toda su vida el minuto treinta y seis de juego del partido Real Madrid-Atlético de Madrid de aquel domingo en el estadio Bernabéu. Desde detrás, Illgner, el portero madridista, sacó el balón con la mano, dirigiéndolo hacia donde estaba Pepillo, en la parte derecha de la línea de medio campo. Con el rabillo del ojo, éste vio al defensa atlético que se le echaba encima a toda velocidad y le pareció imposible que aquel gigante no lo segara en dos. Sin dejar que cayera al suelo el balón, lo tocó con el empeine, dirigiéndolo hacia Roberto Carlos, que llegaba rapidísimo por el centro. Luego giró en redondo y oyó cómo el defensa pasaba como una locomotora. Se lanzó a correr como un loco y vio cómo Raúl, adelantado (le pareció que estaba en fuera de juego), recibía el balón de Roberto Carlos. Levantó la mirada y, al fondo, vio a Molina que daba unos pasos hacia atrás y se inclinaba confiadamente. Le dio la sensación de que entre la portería y él se interponía un armario con jersey amarillo. Por la izquierda venía otro defensa.

Pepillo levantó un brazo para que Raúl lo viera y siguió corriendo en diagonal hacia la portería de Molina. De pronto, el balón estaba dos metros delante de él.

—¡Estoy! —le gritó alguien desde detrás.

Pepillo alcanzó el balón, le pasó por encima y, con el mismo movimiento, le dio con el tacón. ¿Había enmudecido el estadio?

Pepillo se fue hacia el centro. En ese momento, Molina cometió un error poco frecuente en él: se inclinó milimétricamente hacia su izquierda, haciendo caso a su instinto, que le decía que Raúl era más peligroso que el pipiolo que venía suelto por el centro.

Pepillo volvió la cabeza para mirar detrás del defensa que corría a su lado. Vio que Raúl pegaba suavemente al balón y que éste se elevaba lentamente por encima de todos. De pronto, lo tuvo delante y, en un acto reflejo, Pepillo soltó su pierna izquierda, empalmando un obús que se coló por la misma escuadra derecha de la portería. Le pareció que no llegaría nunca a la red y se le hincharon las venas del cuello de tanto empujarlo con todo su cuerpo, mientras Molina se tiraba tarde en su busca.

Cayó rodando con los ojos cerrados. Al instante notó que alguien tiraba de su brazo hacia arriba. Abrió los ojos. Raúl le sonreía.

—Coño —gritaba—, coño.

Y, de golpe, el estadio entero estalló en un «goool» interminable. Hierro, el capitán, abrazó a Pepillo y le dijo «bienvenido al fútbol, chico». Unos metros más allá, Molina lo miraba con gran seriedad; al cabo de un momento, levantó una mano en señal de saludo.

21.30

—No —dijo Jacinto Horcajo—, *Pitri* no me había dicho nada y el día menos pensado me iba yo a encontrar con el *Gera* y Carlos metidos en la cama.

—Oye —dijo don Julio Galán, alias *Gato*—, ese teléfono tuyo suena fatal, ¿eh? Se oye como un eco. No te estará escuchando nadie.

—Qué va. Es esta cosa del móvil. Sólo te pillan si te van siguiendo y estás parado. No, ni hagas caso. Es cómodo. A lo que voy: a *Pitri* lo tienen acorralado el *Gera* y Carlos y eso me preocupa. No porque el *Pitri* me vaya a delatar, que no lo va a hacer porque me tiene más miedo a mí que a ellos, sino por el mero hecho de que ellos puedan pensar que tiene algo que ver conmigo. Se les puede ocurrir que estoy escondido en esta pocilga y adiós...

—Pues tienes que salir de ahí.

—Ya. Pero no me voy a ir al Palace, ¿eh? Tengo que meterme en algún sitio seguro hasta el jueves, ¿no? Pero un sitio del que pueda salir y entrar las pocas veces que tenga que hacerlo sin que nadie me dé la lata.

—Pues ya te dije —repitió Galán—. Te vienes aquí a casa, que está por encima de cualquier sospecha, y listo.

Tumbado encima de la cama, Horcajo frunció los labios y suspiró pensativamente. Se cambió el auricular de oreja.

—Bueno —dijo, por fin, rascándose la barbilla por debajo de la espesa barba—, bueno. No va a haber más remedio, Galán.

Colgó.

Volvió a marcar un número de teléfono.

—Hotel Palace, buenas noches.

—Habitación 516, por favor.

Al instante, alguien descolgó el teléfono al otro extremo de la línea.

—Oigo —dijo una voz con evidente acento latinoamericano.

—Oswaldo —dijo Horcajo.

—¿Sí? —contestó Oswaldo Borrero con prudencia.

—Venga, Oswaldo, que soy yo, Jacinto. ¿Alguna novedad?

—Nada por el momento. Montero empezará a tener noticias de la operación a partir de mañana en la mañana, Jasinto, ¿sí?, y llamará seguro a París en la tarde. Vamos a esperar hasta entonses.

—Bien.

Borrero calló por un momento, como si dudara de si contar o no algún detalle más a Horcajo. Por fin dijo:

—Mañana viene un periodista a verme para haserme un interviú...

—Venga —dijo Horcajo.

—Sí..., pero no te preocupes. No tiene importansia. Quieren saber mi opinión como hijo de famoso sobre el asunto de la droga colombiana.

—No me lo puedo ni creer.

—Sí, sí. No tiene importansia. Vamos, Jasinto, es sólo normal interviuvar al hijo del ministro de Justisia de una nasión amiga, ¿sí?

—Desde luego, a ti te gusta el riesgo más que un lápiz a un tonto. Tú verás lo que haces, majo. Hale, estrella...

—Me disponía a salir a dar una vuelta y a senar. ¿Quieres venir?

Horcajo suspiró.

—Anda, hablamos mañana —dijo.

22.30

—¿Ya está? —preguntó José Luis Álvarez.

—Más no va a estar —dijo Manolo—. Como nuevo, José Luis. Mírale, amarillito, con neumáticos nuevos, el motor como un reloj suizo... Mira, te lo puedes llevar hasta San Sebastián sin que dé un suspiro.

—No me hace falta tanto, Manolo. A mí, con tal de que se mueva por Madrid con soltura y vuelva hasta aquí después... ¿Están los uniformes?

—Sí.

—Muy bien.

—José Luis..., esto... ¿Qué vamos a hacer con este camión? ¿Eh? Porque un servidor lo va a tener que conducir a este hijo de puta y si nos vamos a meter en algún lío prefiero que me lo cuentes ahora.

—Mira, Manolo, para qué te voy a engañar, no te lo puedo contar. Las carga el diablo, ¿sabes? Tú, o sea, confórmate con llevar el bus y cobrar un millón de pesetas del Banco de España por un par de agradables horas de trabajo.

—Oye, no quisiera parecerte marica ni nada de eso, pero yo el kilo me lo quiero disfrutar este verano con la parienta y si vamos a hacer cualquier perrería tipo los intocables y me voy a encontrar metido en un fregao dándole tabaco a un policía de esos colegas tuyos mientras él me apunta con una parabello y me dice quieto macho no te muevas que te vuelo los huevos, para qué te voy a decir, José Luis, prefiero comer mierda en mi casa durante dos o tres meses, la verdad, ¿sabes?

—No. Mira, Manolo, ésta es una operación privada en la que no vamos a tocar la propiedad del prójimo ni nada que se le parezca. Esto es una transacción comercial, a ver si me entiendes, que se va a llevar a cabo, cómo te diría yo, en tránsito. —Rió.

—No me tomes a coña, José Luis.

—No te tomo a coña, Manolo, anda. Tú no te preocupes, que no va a pasar nada. De veras. Te lo digo yo.

—Me lo dices tú. No te joroba. Hale, como si fueras el ministro de Hacienda, hale con la garantía del Estado. Anda, rodrigo ratos, que no me tranquilizas nada.

—Lo que yo te diga, Manolo, lo que yo te diga... Anda, vamos. Vamos a echarle encima la lona al camión para disimular. Luego te invito a un vino.

—No, que me espera la parienta.

—Uno.

—Bueno, venga.

23.00

—Pues nuestro padre —dijo el *Gera*— sólo hizo un negocio en su vida...

—Calla, Epi —dijo doña Amparo—, que no tiene mucha gracia...

—... No, que sí que tiene gracia. —El *Gera* alargó la mano, agarró la botella de vino y rellenó los vasos de todos. En la mesa había una rosca de pan y Pepillo y Carlos se la estaban comiendo con las aceitunas y el jamón—. Era tan inocente que creo que entraban ganas de tomarle el pelo con verle el careto. El caso es que había heredado unos miles de duros, nada especial, bah, ya se sabe, unos miles de duros, pero que entonces eran una fortunilla, y él tenía un compañero de taller que siempre andaba metido en negocios millonarios, ¿no? Y este tío le dijo un día a mi padre, le dice, Epifanio, tengo un asunto con el que nos vamos a forrar. Tú y yo. Yo no tengo mucha pasta, pero como tú acabas de heredar, pues jopé, igual entramos tú de socio capitalista y yo de socio industrial. Mi padre, que era un bendito pero que no era lelo, le dijo mira, macho, Bernardo, no sé si me explico, pero me suena al timo de la estampita. No, no, le dijo el otro. Nada de timos. Esto es legal, un negocio cabal. Y mi padre dice, mira, para negocio cabal, mi familia, ¿sabes?

—No lo quieras arreglar ahora —interrumpió doña Amparo—. No dijo nada de su familia. —Levantó el vaso de vino con la mano muy firme y bebió un sorbo—. Oye, Carlos, pídeme un poco de gaseosa, que este vino está muy fuerte para mí. —Carlos, mirando hacia atrás, levantó una mano para llamar la atención del camarero—. Ni hablar. El pobre Epifanio picó como un tonto...

—¿Qué vamos a traer a esta mesa? —preguntó Lucio, el dueño de la casa, acercándose hasta donde estaban sentados.

El comedor principal de Casa Lucio tiene una escalera en medio, mesas por todos lados, mala ventilación, peor acústica y un griterío continuado por culpa del cual es casi imposible seguir una conversación bien hilvanada. Como todo el mundo fuma, además escuecen los ojos. Pero la comida es buena, los camareros son simpáticos y la gente, los de la buena sociedad, los banqueros, los deportistas de fama, los ministros y los nobles, los actores y los turistas, se pegan por conseguir una mesa, comer y ser visto. A los turistas americanos que han oído de qué va, Lucio los manda al piso superior. Doña Amparo, *Gera*, Pepillo, Carmen, Paloma y Carlos estaban sentados en la mesa de la esquina derecha del comedor principal.

—¿Qué hay? —preguntó Paloma.

Lucio torció la cabeza y se inclinó hacia Paloma, apoyando una mano sobre el mantel.

—Para las niñas bonitas, salmón y ensalada... —miró a Carmen—, escarola buenísima con un poco de ajo y una merluza que no engorda, como la queráis.

—A la romana.

—Yo también.

Lucio levantó la mirada.

—Para las señoras guapas —añadió mirando a doña Amparo—, un revuelto de trigueros y la misma ensalada. Los futbolistas buenos, eh *Gera*, tienen que comerse al menos unos huevos estrellados marca de la casa y un chuletón con patatas. Pepillo. Menudo golazo le has metido a Molina, chaval, yo creí que no se lo ibas a meter...

—G-gracias..., bah —dijo Pepillo.

—... Y para los gandules, como vosotros no hacéis nada...

—... Defender aquí a Maradona del asalto de las guapas, si te parece poco...

—Venga, que no os coméis ni una rosca. El revuelto y un solomillo.

—No —dijo el *Gera*—. A mí me traes unas costillas de cordero, pero muy hechas, ¿eh?

—Muy hechas.

—Como si fueran suelas.

—¿Vino? —Miró a la mesa—. El que hay...

—Oiga, Lucio.

—Dígame, doña Amparo, hable por su boca la madre del héroe.

—Me trae un poco de gaseosa.

—Viene ya mismo. Está un poco fuerte el rioja para por la noche.

—Bueno, pues nuestro padre picó como un tonto. A su colega le preguntó que de qué era este negocio infalible para forrarse. Y el otro le contestó que se trataba de una industria nueva en España, a base de plásticos, que tenía mucha demanda entre el público. ¿Mucha demanda entre el público?, preguntó mi padre. Sí, le contestó el colega. Se trata de profilácticos producidos con una fórmula americana.

—Condones —dijo Carlos en voz baja.

—No me digas, romanones. —Paloma acercó su boca al oído de Carlos—. Los brasileños, que son más románticos que vosotros, que sois más bastos que una lima sorda, los llaman camisas de Venus.

—¿Y tú, cómo sabes estas cosas tan finas, chica?

—Ah. Tengo mis fuentes de información y contacto, chico.

—Va a ser el banquero ese de las narices.

—No seas idiota —dijo Paloma, poniéndose seria.

Carlos la miró frunciendo el ceño.

—Bueno, para haceros la historia breve. Mi padre metió los duros en la empresa americana... Lo gracioso era que nadie intentaba engañar a nadie, metió sus duros, la máquina se compró y hasta encontraron a unas chicas que envolvían el producto en bolsitas de celofán.

—Eran de la sección femenina —dijo doña Amparo, riendo por fin—. Entre Epifanio y Bernardo, que eran la mar de rojos, decidieron dañar al régimen de Franco vendiendo los chismes esos. Decían en España que estaban prohibidos por el congreso eucarístico y esas cosas y las madres católicas y tal. Bobadas. Pero Bernardo, que era muy divertido, no creáis, y se le ocurría una tontería detrás de otra, además decidió corromper a las futuras madres españolas. Por eso fueron a la sección femenina de Pilar Primo de Rivera y pidieron unas chicas que quisieran envolver un nuevo producto que se iba a poner a la venta.

—Ya —dijo Pepillo—, y les preguntaron que qué nuevo producto y papá dijo que era un ch-chupete de plástico rev-volucionario.

A Paloma le había dado un ataque de risa; Carlos sacó un pañuelo del bolsillo y se lo dio, sonriendo.

—Así funcionaban las cosas en España entonces —dijo el *Gera.* Puso una mano en el muslo izquierdo de Carmen y lo acarició con un gesto distraído y cómplice—. Les creyeron y les mandaron tres chicas. Bueno, la verdad es que fue bastante bien. Se vendían a droguerías y a algunas farmacias del extrarradio... Todo fue bien hasta que pasaron tres o cuatro meses y empezaron a aparecer chicas embarazadas.

—Y se acabó el negocio.

—Y la corrupción del régimen...

—Y la libertad de Bernardo.

Paloma se secó las lágrimas.

—Qué de tonterías se os ocurren —dijo doña Amparo.

—Oye, Pepillo —dijo Carlos—, y después del partido, ¿qué te ha dicho el presidente?

—Bueno, estábamos en el vestuario, justo antes de meternos a la piscina, y se acercó, así, como estás tú, ¿no?, y me dijo, Pepillo, y yo le dije, d-diga, don Lorenzo, me da rabia porque siempre t-tartamudeo cuando hablo así con gente así, ¿no?, y me dice el tío, has jugado como Dios. ¿Qué iba yo a decir? Me puse colorado, creo. Gracias, don Lorenzo, le digo yo. Y va el tío y me dice si sigues jugando así, acabarás siendo tan grande como el *Buitre*, y Hierro, que estaba del otro lado, detrás del presi, me miró y me guiñó un ojo. Es un tío estupendo.

—Yo le dije a Carlos ayer que no me creía que fueras a meterle un gol a Molina —dijo Paloma.

—Ya. Y yo se lo había dicho al *Gera* antes —dijo Carlos.

—Pero ¿qué se siente?

Pepillo se encogió de hombros.

—No sé..., como..., cómo diría yo..., como una ola, ¿sabes? Es como... —Miró a Paloma y, de repente, se puso colorado. Todos rieron. Paloma se levantó, se inclinó sobre él y le dio un beso en la mejilla—. No, de veras... P-parece como si el balón no fuera a llegar nunca adentro de la portería. Y luego, de golpe, está dentro y no te lo crees.

Levantó las manos al tiempo y las volvió a dejar caer sobre sus piernas.

—Vamos a ver estas ensaladitas —dijo un camarero, poniendo dos platos sobre la mesa—. ¡Falta jamón! —gritó luego, mirando hacia atrás.

En ese mismo instante, Javier Montero, su mujer y cinco o seis amigos más entraron en el comedor, precedidos por Lucio. Iban evidentemente hacia la mesa grande de detrás de la escalera. Javier Montero no pareció darse cuenta de la presencia de Paloma. Fue su mujer, Elisa, la que se detuvo y, sonriendo, dijo:

—Huy, Paloma, ¿qué tal estás?

—Bien —dijo Paloma, con algo de rigidez, sin moverse. Javier Montero sonrió—. ¿Qué tal?

—A cenar con unos amigos —dijo Elisa—. Aunque mañana hay que madrugar. Tenemos una cita, ¿no?, tú y yo.

—Sí. A las once.

Javier Montero se acercó.

—¿Qué tal, Paloma? ¡Pero si está aquí el héroe del día! Perdón por molestar —añadió, mirando a doña Amparo—, pero es que este fenómeno está hoy en boca de todos. ¿Es su hijo? —Doña Amparo hizo un gesto afirmativo con la cabeza—. Pues enhorabuena, señora. Debe usted de estar orgullosa de él.

—Gracias —dijo doña Amparo.

—G-gracias.

—Faltaría más... Pero estamos molestando. Que aproveche. Buenas noches a todos —añadió sonriendo.

—Gracias. Buenas noches —contestaron a coro Paloma y Carmen.

—Oye —dijo Carmen—, vaya cañón de tío. Está...

—... Ya. Para untarle pan.

Carlos bajó la cabeza, como si se obstinara en algo, y no dijo nada. El *Gera* lo miró a medio sonreír. Sacudió la cabeza.

—Carajo —dijo.

CAPÍTULO IX

LUNES 25 DE MAYO

Madrid, 2.30

—¿Por qué has estado tan serio toda la noche? —preguntó Paloma.

—¿Yo?

—No. Mi abuela Pascuala.

—Ah, bah, por nada.

—Mira, divinas palabras, de vez en cuando te pones de un intenso que parece que te vas a ir a redimir cautivos, anda. A mí no me la das, ¿eh?

Acababan de salir de Casa Patas, en la calle Cañizares, detrás del teatro Calderón. Después de Lucio, habían decidido ir a escuchar un poco de cante jondo en serio, rodeados de la gente de Lavapiés, fumando y bebiendo licor de manzana o fino o whisky. En el local trasero de Casa Patas, que era donde se atendía al cante, había un cartel que decía «se ruega no fumar mucho».

Pero, mientras todos habían reído, contado historias, dado palmas o escuchado en respetuoso silencio, Carlos se había ido poniendo más y más ceñudo. Y el *Gera* había encargado una botella de champaña, mientras a Pepillo los hermanos Maya al completo le habían dedicado una soleá. Rojo como una amapola, Pepillo se había tenido que poner de pie para que lo vieran y lo aplaudieran. Una niña monísima de la mesa de al lado se había levantado para darle dos besos y reír con todos cuando la sala estalló en una ovación cerrada.

Doña Amparo, Carmen, el *Gera* y Pepillo acababan de marcharse. En la calle casi desierta, Paloma se apoyó con sorna contra el quicio de una puerta.

—Chico, estás más rígido que un palo.

—No me pasa nada, anda... Déjame en paz.

Paloma levantó una mano.

—Ahora mismo... Ahí te quedas, mundo amargo. A mí no me das la noche. Me llamas cuando se te pase, ¿eh?

Se puso a andar hacia la calle de Atocha.

—¿Qué tienes tú con Javier Montero? —dijo Carlos.

Paloma se detuvo y se dio la vuelta.

—Acabáramos —dijo—. Lo que tú tienes es un ataque de celos.

—Yo tengo lo que tenga, Paloma, pero, mientras tanto, me vas a contar tu rollo con Montero.

Paloma dio dos pasos hacia Carlos, desandando el camino. Le señaló con un dedo.

—Tú, o sea, tú... Pero ¿de qué vas? ¿De qué te tengo yo que contar a ti si tengo o no tengo un rollo con Javier Montero? Es mi vida y yo hago con ella lo que quiero, ¿eh?

—No. Ni hablar. Eso se acabó —dijo Carlos con rabia—. Tú me debes a mí... lealtad... Eso, lealtad.

—¿Yo te debo a ti lealtad? Dos cosas, Carlos. Primero, ¿eh?, primero, yo decido a quién debo respeto. Anda éste. A mí nadie me dice lo que hago con las cosas de mi corazón, o mejor dicho..., con las cosas de mi sexo..., que es lo que a ti te importa...

—Sí, ¿y qué?

—... y segundo, la forma que tenga esta lealtad también la decido yo..., ¿te enteras? O sea que yo decido quererte ¿y paso a ser propiedad tuya? Pero bueno... ¿Habráse visto machista semejante?

—Oye, oye..., oye. De machismo, nada. Esto no tiene nada que ver con el machismo, ni con los celos, ni con la propiedad privada. Esto, Ana Karenina, que yo también sé poner motes —dijo Carlos haciendo un gesto para que se fastidiara; Paloma rió—, tiene que ver con los sentimientos...

—Eso..., si tú me quieres, a mí me toca irme al convento, hombre..., lo tuyo es demasié, chico.

—No. No. Si tú me quieres, tú, ¿eh?, eres tú la que te tienes que ir al convento, como lo llamas..., pero no si te quiero yo, sino si me quieres tú.

—Estás muy equivocado, Francisco Franco. —Rió nuevamente—. La relación entre dos personas es un va y viene libre, ¿me oyes?, libre. Yo pongo lo que pongo y tú, lo tuyo. Y si nos gusta a cada cual, pues... fenómeno, tenemos un rollo... Y si no nos gusta, mala suerte. —Puso los brazos en jarras—. Pero ¿de cuándo a acá, porque nos queramos, me tengo yo que convertir en un bloque de mármol intocable? Hombre, te entendería si lo que te gustara fueran los bloques de mármol... Pero, a ti, lo que te gusta es una tía de carne y hueso, que se ríe, que dice chorradas, que trabaja y que ama y que folla como los ángeles. ¿O prefieres una viga?

—¡Cómo voy a preferir una viga! Yo te prefiero a ti como eres. Sería idiota. No te cambio por nada...

—Chist, no digas más, que te estás poniendo lírico y luego te arrepientes.

—Aquí nos estamos desviando de la conversación.

—No nos estamos desviando de nada. Como has decidido que a mí no me cambias por nada, te crees que ya hemos resuelto nuestros problemas y, ¡hale!, que la vida nos ha juntado para siempre. Ya está. Tú has decidido... y, por tanto, yo también, ¿no? Pues no. O sea, vamos, que yo no tengo vida anterior, ¿eh? Del convento a la cama...

Carlos hizo un gesto de dolor.

—No digas eso, anda.

—¿Que no diga eso? Oye, pero ¿qué crees? ¿Que en tus brazos ha caído Blancanieves o qué? Mira, majo, bájate del cuento de hadas. A ver si te enteras. Si tú lo que quieres es Blancanieves, busca en otro lado. Si quieres una tía de carne y hueso, príncipe azul, empiezas a ir por buen camino.

Alargó la mano para tocarle la cara, pero Carlos dio un paso hacia atrás.

—¿Y Javier Montero?

Paloma puso los ojos en blanco.

—Y dale —dijo. Y, luego, muy despacio—: Y a ti ¿qué te va?

—Me va, porque no quiero que le veas más...

—Mira, Carlos, tengo veintiocho años, no era virgen cuando te conocí y, para no ser virgen, me tuve que acostar antes con alguien o álguienes, ¿vale? No pongas esa cara de tragedia griega, que me da la risa. Y si yo me acuesto con Javier Montero es cosa mía, ¿me oyes? Y, en el supuesto de que me acostara con él, si te encuentro y te quiero más, me las compondré para dejar que me convenzas... Pero eso de que, ¡hale!, me gustaba un día y veinticuatro horas después ya no me gusta, no hombre, no, que estas cosas no funcionan así.

—Pues yo no quiero ver a nadie que no seas tú.

—Pero ¿te pregunto yo a ti si cuando me dejas vas a caer en brazos de una lagartona o si tienes diez hijos? Ése es asunto tuyo.

—Hale, el amor libre.

—Quieto ahí, Carlos... Nada de amor libre. Mi amor no es libre. A ver si podemos distinguir. El día que yo decida que me voy a comprometer contigo en exclusiva, lo haré. Y lo notarás. Y estaré a tu lado mientras dure. Trabajo tuyo será retenerme. Pero yo..., yo, ¿eh?, decidiré los términos de mi lealtad. No me los va a imponer nadie. Y tú puedes hacer dos cosas: o aceptarlos o no aceptarlos, en cuyo caso... ya sabes.

—Bueno, pues los términos de tu lealtad tienen que pasar por dejar a Montero... —insistió Carlos con terquedad.

—Pero, bueno, chico, no entiendes nada —dijo Paloma, levantando una mano para que se detuviera un taxi—. Me parece que, con esos celos, lo vas a pasar fatal en la vida.

—Pero ¿adónde vas?

—A mi casa, Miguel Fleta.

Paloma cerró la puerta del taxi.

3.30

La calle de la Ballesta estaba en sombras, su estado natural hecho siniestro por lo tardío de la hora y porque quienes quedaban en sus aceras eran ya casi sólo los habituales: las prostitutas, los chulos, los camellos de poca monta, los navajeros, los porteros de los locales, unos cuantos ilegales y algún que otro mísero yonqui o un patético cliente de la carne que abandonaban la casa del número 7.

Carlos de Juan iba secamente iracundo. Se le notaba peligroso por la tensión de los hombros y por el paso decidido. Mejor no enredarse con él.

—Huy, cómo viene éste —dijo María en voz baja, replegándose hacia la oscuridad del portal, que acababa de abandonar con la intención de ofrecerse a este cliente de última hora antes de darse cuenta de quién era.

—¡Eh! —dijo Carlos—. Eh, tú... Venga, María, coño, que no estoy para bromas. Déjate de jugar al escondite. Sal de ahí, que te he visto. —Se volvió hacia dos argelinos que habían torcido la cabeza para ver lo que pasaba—. ¿Y a vosotros qué coño os pasa? Vosotros, a lo vuestro, si no queréis acabar mal, venga. María, me tienes abandonado y esta noche, además, me tienes cabreado...

—Cálmese, vuesa excelencia, cariño, Josús, que una ya se iba para casa y que si necesitas algo, para ti, lo que quieras...

—Mira, tía de mierda, ni con una caña de pescar te tocaba yo a ti. Yo creo que con acercarme a ti a un metro se me caía la pilila y me salían manchas negras en la cara... Déjate de coñas, que un día te vas a encontrar en el arroyo, de donde no debiste salir, pero en horizontal y con un boquete en la frente.

Carlos se acercó a ella. María dio un paso hacia atrás. En condiciones normales se habría reído, pero ahora le pareció más prudente tomárselo en serio.

—Quita —dijo—, que yo no quiero bronca contigo, Carlos, no me jodas...

—Te lo voy a preguntar muy despacio para que te enteres bien y luego no te quejes. ¿Dónde... está... *Pitri*? —Se volvió bruscamente y dio dos pasos hacia los argelinos—. Pero ¿os queréis largar? Moros de mierda. —Levantó un brazo y los dos argelinos, como tristes chacales, dieron un salto hacia atrás y corrieron unos pasos, alejándose del radio de acción más inmediato de Carlos—. Como os lo tenga que volver a decir, os meto un tiro en el culo.

—Oye, Carlos —dijo María en tono conciliador—, estás aquí solo y te vas a meter en un fregao... Anda, que no quiero líos.

Carlos rió.

—Mira, María, a mí me pasa algo y de vosotros no quedan ni las raspas. —La agarró por la solapa de la chaquetilla—. ¿Me estás oyendo? Déjate de coñas, anda.

—Me das miedo, Carlos, te lo juro, anda, cálmate, ¿qué te ha pasado?

—Tú déjate de evasivas y dime dónde está *Pitri* —dijo Carlos en tono seco.

María se asustó.

—Mira —tragó saliva—, lo vi antes por aquí..., andaba vendiendo algo de nieve..., pero no sé...

—Le quiero ahora —dijo Carlos en voz baja. María miró brevemente hacia su izquierda y en seguida volvió a fijar la mirada en Carlos—. ¡*Pitri!* —gritó éste—. ¿Adónde coño crees que vas?

Treinta metros más allá, el *Pitri*, que intentaba salir de un portal sin ser visto y aprovechando la oscuridad, se paró de golpe. Inmóvil, miraba en la dirección contraria a donde estaban María y Carlos. Temblaba y, en voz baja, repetía «mierda, mierda». Jadeaba del miedo.

—*Pitri*, que llevas días escondiéndote y yo te había dicho que no te me escondieras, que iba a querer hablar contigo.

—Jopé, tío —dijo *Pitri* débilmente. Carraspeó—. Jopé, si yo estaba aquí.

—Anda, ven aquí.

—Bueno —dijo María—, yo me abro.

—Harás bien... Te he dicho que vengas aquí, *Pitri*.

—No, si ya voy.

—Oye, Carlos —dijo María—, no vayas a hacer ninguna tontería.

—¿De qué me hablas? —dijo Carlos.

Pitri se había ido acercando lentamente. María se separó de ellos y, desde el bordillo de la acera, se volvió a mirar a Carlos con un gesto de duda. Luego hizo un breve movimiento de cuello para ajustarse el peinado, se dio la vuelta y se fue.

El *Pitri* se había parado en la acera a un metro de Carlos. Le temblaba una rodilla. Sorbió.

Casi sin moverse, Carlos levantó de pronto el brazo derecho y le dio una bofetada tremenda con la mano muy abierta. *Pitri,* cogido por sorpresa, no tuvo tiempo de protegerse la cara y, con la fuerza del golpe, fue a estrellarse contra el muro de la casa. Su cabeza resonó sordamente contra la piedra. Cayó al suelo.

—Ay —dijo débilmente—. No me pegues, jopé, tío.

Durante uno o dos minutos no se movió. Tenía los ojos cerrados. Carlos, temblando como un arco en tensión, le miraba sin decir nada.

La calle de la Ballesta se había quedado desierta.

Por fin, Carlos dijo:

—Venga, para un coscorrón que te doy. Anda, levántate... Anda, ponte de pie, que te llevo a tu casa.

—No..., no —dijo el *Pitri* al cabo de un momento. Moviéndose con lentitud, se incorporó y, quedándose sentado sobre la acera, apoyó la espalda contra el muro de la casa—. Si no hace falta..., de veras.

—*Pitri.* No me lleves la contraria. Y sécate los mocos, que estás sangrando por la nariz... Te voy a llevar a tu casa y te voy a meter en la cama y te voy a remeter las sabanitas.

—Que de verdad..., ya me voy solo.

Apoyándose con las manos se puso en pie. Se pasó la manga de la chaqueta por debajo de la nariz y le quedó un pequeño reguero de mucosidad y sangre pegado a la mejilla.

—No, hombre. Te voy a llevar en taxi. Esta noche los taxis están de moda. Y así vamos charlando, ¿eh?

—¿De qué vamos a querer charlar?

—Mira, *Pitri*. Hace días que quedaste en darme noticias de Horcajo y ésta es la hora en que aún estoy esperando, a ver si me entiendes. Uno se acaba por impacientar.

—No sé dónde está Horcajo, por mi madre que no lo sé, te lo juro, tío, jopé...

—*Pitri*, como me vuelvas a decir eso, te parto en dos.

Carlos agarró al *Pitri* por un codo y lo forzó a andar con él en dirección a la Gran Vía.

—Estoy un poco mareado —dijo *Pitri*.

En uno de los semáforos de la Gran Vía se acercaron a un taxi que se había tenido que parar con la luz en rojo. El taxista, inclinando la cabeza para poder ver por la ventanilla de la derecha, miró a *Pitri* y sin hacer otro gesto metió la primera marcha con la evidente intención de arrancar sin permitir que tan mal encarados clientes se le subieran al coche. Pero, con ademán brusco, Carlos le enseñó la chapa de inspector de policía. El taxista puso el punto muerto y encendió el contador.

—¿Adónde vamos? —preguntó con resignación.

Pitri sorbió y no dijo nada.

—A Huertas hacia abajo. Ya le indicaré —dijo Carlos—. Pero ¿qué llevas aquí? —preguntó luego, metiéndole la mano al *Pitri* en el bolsillo exterior de la sucia chaqueta. Sacó dos papelinas—. Ay, ay, *Pitri,* que no aprendes. Pero, hombre de Dios, ¿no sabes que hacer de camello es un delito?

—Es para mí... Me duele la cabeza.

Carlos echó un rápido vistazo al conductor.

—Te duele la cabeza, te duele la cabeza... ¿Dónde habrás estado metido?

—Nada. —Sorbió. Miró al taxista—. Que me he caído.

En menos de cinco minutos llegaron a la calle Huertas. Carlos pagó la carrera con un billete de mil pesetas.

—Guárdese el cambio —le dijo al taxista, que arrancó sin decir nada—. Es ahí, ¿no? —Señaló el portal frente al que se habían bajado del taxi.

—Ahí ... pero..., de veras, tío..., ya me subo yo solo —dijo *Pitri.*

—Venga, *Pitri,* déjate de historias. ¿O es que tienes algo que esconderme allí arriba?

El *Pitri* tosió.

—No, no, yo no te escondo nada, jopé, tío. Es en el tercero... Pero tú, o sá, tú no tienes derecho a... Me duele la cabeza.

—Mira, yo con alimañas como tú tengo derecho a lo que quiera. Los que no tenéis derecho sois la gente como tú a vivir... Además, no te voy a registrar la casa, sólo te voy a ayudar como amigo y para eso no necesito permiso del juez. Venga, vamos para arriba. Coño, *Pitri,* aquí huele a col... No, espérate, huele a pocilga. Vaya sitio, tío...

—Qué manía tenéis...

Se calló de golpe.

—¿Qué manía tenemos de qué, *Pitri*? ¿Quiénes?

—Nada, jopé, todo el mundo dice que la casa huele mal, o sá, a pocilga y yo no noto nada... Además... es mi casa.

—Tú delante —dijo Carlos en voz baja cuando estuvieron frente a la puerta del cuartucho del *Pitri*.

Pitri respiró profundamente y acercó la llave a la cerradura. Le costó trabajo porque le temblaba el pulso. A la tercera o cuarta intentona consiguió abrir y Carlos desde detrás de él empujó la puerta para que se abriera de par en par. El *Pitri* alargó la mano hacia la izquierda y accionó el interruptor para encender la luz. Con Carlos pisándole los talones, entraron en el cuarto.

Las cortinas que tapaban la alcoba estaban echadas.

Carlos se cambió la pistola a la mano derecha y con la izquierda hizo un gesto para que *Pitri* descorriera la cortina. Éste tragó saliva, dio un paso hacia adelante, agarró la cortina con la mano derecha y se derrumbó pesadamente al suelo, arrastrándola en su caída.

Carlos dio un salto hacia atrás y quedó agachado en posición de tiro apuntando a la cama. No había nadie.

—Coño —dijo. Miró al *Pitri*, caído en el suelo. Sangraba por la nariz y estaba muy pálido—. Joder, *Pitri*, no te andes con coñas. Venga, levántate.

—Ya voy, ya voy —contestó con voz débil—. Es que estoy muy mareado.

Carlos cerró la puerta y se acercó a la figura caída. Se guardó la pistola en el bolsillo posterior del pantalón y con ambas manos agarró a *Pitri* por las solapas. Sin demasiados miramientos lo llevó hasta la cama y lo dejó caer en ella.

—Ay —gimió el *Pitri*.

—¿Dónde está Horcajo, eh?

El *Pitri* eructó con suavidad y se le escurrió un reguero de saliva hasta la barbilla. Un hilo de baba se deslizó sobre la sábana. Tragó para hablar y en el escuálido cuello se le movió la nuez de arriba abajo. Murmuró algo.

—¿Qué dices?

—Que no sé dónde está..., te lo juro por mi madre..., te lo juro. —Estuvo en silencio durante casi un minuto—. Y si lo supiera, a lo mejor tampoco te lo decía, tío...

Carlos lo miraba apretando los labios.

—Ay, *Pitri, Pitri*. ¿Qué voy a hacer contigo?, me cago en tus muertos.... Venga, ven, anda, venga, que te voy a llevar a urgencias, no te me vayas a morir para joderme.

Y llevándolo medio en volandas, lo levantó de la cama, salieron al descansillo y empezaron a bajar la escalera.

—Qué malo estoy, tío —dijo el *Pitri* en voz baja.

10.00

—Qué mala cara tienes —dijo el *Gera*—. Anoche tenías mucha pinta de querer bronca.

—Ya —dijo Carlos.

De la mesa del *Gera* cogió un pitillo, se lo puso en la boca y lo encendió.

—Hombre, hemos vuelto a la nicotina. Poco te ha durado. Oye, ¿y por qué te enfadaste con Paloma? Ella lo estaba pasando bien, ¿no? Vamos, me parece.

—Sí, *Gera*, ya ves. De vez en cuando hay que pelearse para que quede despejado el ambiente. Es muy sano.

—Hombre, mirándote a la cara no se diría que es muy sano sino que más bien estás al borde del infarto. Y por lo poco que la conozco a ella, debió de quedarse tan fresca como una lechuga. Porque me da que a esta chica las cosas le entran por un oído y le salen por otro, ¿no?

—Eso me parece a mí también.

—¿Has visto los periódicos? ¿Has visto cómo ponen al chaval?

—No, hombre, no me digas. ¿Qué dicen?

—Mira —dijo el *Gera* cogiendo un periódico del montón que había encima de su mesa—. Mira: «El ciclón Pepillo», éste es el *ABC*: «Un nuevo viento huracanado ha pasado por el Bernabéu...» Mira, mira, más abajo dice: «y Raúl decidió volar sobre ese viento y entre ambos dieron una gloriosa lección de fútbol...».

—Son más cursis... —dijo Carlos, sonriendo por primera vez.

—Calla, jopé. Atiende, que *El País*, que son más serios que la puñeta, dice: «el joven debutante Pepillo, cuando Capello se decidió a colocarle en su sitio, jugó espléndidamente con tesón e inteligencia. Hasta le metió un soberbio gol a Molina...».

Sonó el teléfono de la mesa del *Gera*. Carlos le quitó el periódico de las manos.

—Sí —dijo el *Gera*—. Hombre, Paloma... —Carlos levantó la cabeza como si hubiera recibido una descarga eléctrica—. Quiero decir, mujer... Sí, señora, estamos encantados, ¿has visto cómo lo ponen...? Ya. Esta mañana el chaval no se lo creía... ¿Quién...? Sí, hombre, aquí está. Tiene cara de haber dormido bastante poco... No te rías. Las ojeras le llegan a los zapatos. Pero ¿qué le hiciste, chica?

Se quitó el auricular de la oreja y lo apuntó hacia Carlos.

Carlos suspiró.

—¿Qué hay? —dijo.

—Chiiico, vaya voz, corazón de león.

—Ya ves...

—¿Ya se te ha pasado la bronca?

—Casi.

—Oye, a ti hay que sacarte las palabras con sacacorchos ¿o qué?

—No, no... Es que no me encuentro muy bien, ¿sabes?

—Eso es del mismo enfado... No te creas que yo lo he pasado mejor, ¿eh? Nunca he dormido más sola en mi vida.

Carlos carraspeó.

—¿Lo dices en serio?

—No. ¿Cuándo os vais?

—Ahora mismo... Si convenzo al *Gera*, hasta volvemos esta noche —dijo con tono de saber que avanzaba por terreno peligroso.

El *Gera* puso los ojos en blanco.

—¿Sabes lo que te digo? Te pones guapísimo cuando te dan los celos.

—Oye, verás... —dijo Carlos, pero la línea ya estaba muda.

—Tanta pamplina —dijo el *Gera*—. ¿Para eso te peleas a muerte y no duermes nada?

—Qué va. Es que me fui a buscar al *Pitri*. Con el cabreo que llevaba estaba seguro de que me contaría dónde anda Jacinto.

—¿Y?

—Nada. Lo único que hice fue llevarme un susto de muerte, porque le metí un sopapo, se cayó al suelo y me dio la sensación de que se le había roto la cabeza y de que se me iba a quedar ahí mismo...

—¡Qué bestia eres!

—No, qué cojones... Un susto de muerte. Me lo llevé a urgencias en La Paz...

—¿Y por qué no me llamaste?

—No le pasaba nada. Tiene un chichón y, sobre todo, llevaba una dosis de mierda medio adulterada o demasiado pura, yo qué sé, y sangraba por la nariz y estaba mareado. Si lo llego a saber, le quito el mareo a tortas.

—¿Y te dijo dónde está Jacinto?

—Qué va. Recuérdame que lo visite y se lo vuelva a preguntar.

10.15

El *Chino* miró a la banda de chavales que tenía delante. Estaban en el centro del cementerio de coches de la calle Maratón. Se empujó el sombrero hacia atrás.

—¿M'habéi entendío?

—Zí, *Shino* —respondió el mayor de todos.

—Es uai —dijo otro.

—¿Cuá va a hacén la primera guipa?

—Yo mismo —dijo el chaval que había hablado primero.

—Le dice a mi cuñao que ze venga para acá y tú te queda enfrente de la puerta de la nave hasta que te vayan a buscá. Y zi ves er camión amarillo de trasmóni que sale, tú te vas detrás. En la esquina ziguiente estará ¿cuál?

—Yo —dijo un chico canijo y renegrido.

Llevaba una camiseta azul y pantalones de chándal. Calzaba unas zapatillas deportivas Nike.

—No va a ser para hoy, pero mientras tengamos a mi cuñao en la camioneta e'perando a zeguir... Vale. ¿Vale?

—Vale —dijeron a coro.

10.30

—A mí, este lugar me da escalofríos —dijo el *Gera*—. Vaya cárcel siniestra. Menos mal que la cierran.

Carlos enarcó las cejas.

—Hombre, tuvo su momento de gloria cuando estaban aquí todos los rojos, ¿te acuerdas?

—No me acuerdo. Bueno, no me acuerdo... Quiero decir que era muy pequeño. ¿Y cómo te vas a acordar tú? No te hagas el viejo, que entonces estábamos en pañales. ¿Sabes que mi padre estuvo aquí?

—Venga —dijo Carlos.

—Palabra. Por eso me parece horrible Carabanchel. Yo era muy chaval... Bueno, bah, diminuto, tendría unos cuatro o cinco años, pero en casa echaba de menos a mi viejo. Al final, mi madre me traía algún domingo a verle. Lo trincaron por una idiotez, una huelga de nada, ya ves, más o menos cuando el proceso 1001 aquel. Mi padre siempre decía después que en el gobierno se pusieron histéricos y veían judeomasones y criptocomunistas, ¿qué serían criptocomunistas?, hasta debajo de las piedras... Y ya con la muerte de Carrero no digamos. Estuvo aquí del 72 al 76..., fíjate, hasta después de la muerte de Franco, por una cosa de agitación sindical. En casa nunca hablamos de eso. Y es que lo pasamos fatal. —Miró a lo lejos, como si no hubiera pared en el despacho en el que estaban y se pudiera ver el campo—. Fue compañero de Grimau. —Sacudió la cabeza—. El día que mataron a Grimau, quiso echarse al monte con unos cuantos y mi madre le paró. Yo casi ni me acuerdo...

—Pues deberías ser ministro.

—¿Cómo?

—Sí, hombre. Todos los que tienen algún mérito así para exhibir han pasado ya la factura. Tú deberías ser ministro.

El *Gera* rió.

—Sí, de Interior.

—No, hombre, de transportes... Transportes de delincuentes. ¿Dónde andará el Kleutermans este? Están tardando demasiado, ¿no te parece? ¿A ti te importa que volvamos hoy mismo? Es una paliza, pero, si salimos ahora, más o menos sin parar son unas cuatro horas y media a San Sebastián. Las cinco. Un par de horas para hacer la entrega del tío y hablar con el *Sopla.* Las siete. ¿Qué más vamos a estar en el País Vasco? No me parece que nos vayan a hacer un homenaje, ¿eh...? Otras cuatro horas de vuelta. Estamos en Madrid, siete y cuatro once, a las once de la noche. ¿Eh? Justo a tiempo para lo que fuere, pero al menos estamos en Madrid, ¿no?

—Jopé, Carlos, vaya ganas de meterse una panadera. ¿Y si tenemos lío con el holandés?

—Contingencias, *Gera.* Si tenemos líos con el holandés, nos tendremos que aguantar y verlas venir.

Se abrió la puerta del despacho y entró el director de Carabanchel.

—Buenos días, caballeros —dijo—. Carlos de Juan, ¿cuál de ustedes es Carlos de Juan?

—Yo —dijo Carlos.

—¿Puede usted identificarse?

—Sí, señor. Tenga.

—... Bien. Kleutermans está en la habitación contigua, dispuesto para emprender el viaje. Está furioso, por lo que se deduce. He examinado todos los papeles de la extradición. Son correctos. Llevan ustedes la documentación firmada, las comisiones rogatorias cumplimentadas... Lo cierto es que el Ministerio del Interior podría haberme explicado las circunstancias de este traslado con la debida antelación, aunque comprendo las razones. En fin... Firmen aquí y aquí. La entrega es conforme. Vamos a pasar a la habitación contigua, por aquí.

Todo lo dijo de un tirón, casi sin respirar.

Kleutermans era un holandés rubicundo y grande, con el estómago distendido por años de beber cerveza. Tenía poco pelo y el que le quedaba se le levantaba en rizos rubios por encima de las grandes orejas.

—¿Y este tío qué ha hecho? —había preguntado Carlos antes de llegar a la cárcel.

—Buf, de todo —había dicho el *Gera*—. Es el primer contrabandista de hachís de Europa, ya sabes. Pero no te estoy diciendo que sea un traficante de chichinabo. No, no. Aquí andamos en la tonelada por envío. Sus propias lanchas rápidas traían la mercancía desde Marruecos y, luego, usaban aviones...

—Sí, ya sé. Me lo contó el *Sopla* cuando hablé con él por teléfono anteayer.

—Ya. Tenía..., bueno, tiene el tío un chalé en Marbella que ríete tú de los peces de colores. Aparte de ser un búnker inexpugnable... Oye, me contaron que, cuando entraron allí, aquello parecía de película, televisión en el jardín, trampas en la entrada, varios nidos de ametralladoras...

—¡Hale!...

—... Te lo juro..., tenían una emisora de radio que para sí la quisiera la SER, tú. ¡Pero si tienen hasta una flotilla de camiones! Lo pillaron por casualidad y porque la avaricia rompe el saco. Un envío de siete toneladas. Siete, macho...

—Desde luego, es que ya no se respeta nada en este mundo.

—Como lo oyes. Ni al hombre como portador de valores eternos, nada. Me dijeron que, cuando lo trincaron, era como si estuvieran deteniendo a un ministro. No le faltó más que llamar al presidente de los Estados Unidos...

Hubo un silencio.

—Oye, *Gera*. Y tú y yo como dos coloritos, ¡hale!, ¿nos lo vamos a llevar así, venga, en el utilitario? ¿Te das cuenta de lo que nos puede pasar como haya habido un soplo?

—Como haya habido un soplo, vamos a ir a partirle directamente el alma al jefe, que es el único que lo sabe y fue él el que decidió que nos lleváramos a este tío hoy en coche.

—Sí, ¿no? Oye, majo: el jefe nos dio la instrucción por escrito y, si alguien la ha copiado en el ordenador, ese alguien puede habérselo contado a los malos.

—¿Quién? ¿Charo, la *secretetaria*?

Carlos rió.

—Es verdad que la llaman la *secretetaria*.

—Pues eso. ¿Charo lo va a contar? Si una vez que le dije que tenía que pasar a máquina algo secreto y que ella no debía comentarlo con nadie, se me ofendió y me dijo: nunca leo lo que escribo. —El *Gera* puso voz de pito para imitar a Charo.

—¿Y en Hendaya, Euskadi norte, quién va a estar esperándonos? Porque si es tan secreto, el jefe no se lo ha contado a los franceses, ¿eh?

—No, hombre, Carlos. El jefe llamará a los franceses y a los holandeses hoy a las dos de la tarde.

Kleutermans, pálido a causa de los meses que había pasado en la cárcel, los miró con evidente mal humor, pero como si estuviera irritado con unos insectos a los que hay que ignorar hasta que actúa el matamoscas.

—¿Por dónde lo van a llevar ustedes a Francia? —preguntó el director de la cárcel.

—Portbou —contestaron al unísono Carlos y el *Gera*.

Carlos se puso al volante del Opel. Para salir de Carabanchel, sentaron a Kleutermans en el asiento delantero, le engancharon las esposas al cinturón de seguridad, inclinaron el respaldo hasta el fondo y así tumbado lo taparon con una manta. Detrás de Carlos, el *Gera* iba inclinado hacia adelante con la mano derecha puesta con firmeza encima de la cabeza del holandés. Sólo cuando hubieron pasado de la autopista de circunvalación M-30 a la carretera de Burgos apartó el *Gera* la manta y volvió a poner el respaldo en posición vertical.

Kleutermans resopló. Después, se puso a mirar a Carlos y luego, girándose pesadamente en el asiento, al *Gera*. El *Gera* se revolvió con cierta incomodidad.

—*¿Cvánto?* —dijo el holandés al cabo de unos minutos.

—¿Cómo? —preguntó Carlos.

Kleutermans levantó las manos esposadas e hizo el gesto universal del dinero, frotando el índice y el pulgar de la mano derecha.

—*¿Cvánto?* —repitió.

—Oye —dijo Carlos—, me parece que este tío nos está intentando sobornar.

—Pues tú calla y déjale que diga chorradas. ¿A ti qué más te da?

—No, hombre. Que me interesa averiguar cuánto valgo.

—Cállese —dijo el *Gera*, poniéndose un dedo contra los labios.

—*¿Cvánto?*

—Nada. Qué cuánto ni cuánto...

Kleutermans se volvió de nuevo hacia el *Gera*.

—*¿Ya? Goed* —sonó a *jut*—. *Ein million?* —Levantó un dedo.

—Oye, tú, que este cachondo nos está ofreciendo un millón de algo.

—Pero ¿a repartir o para cada uno?

—Y yo qué sé. Pregúntale tú, que eres el que sabe idiomas. Me has dicho que una vez ligaste con unas tías en San Petersburgo.

—*Ya. Sankt Peterburg* —dijo Kleutermans, haciendo un gesto de huida con las manos y sonriendo por primera vez.

—Sí, pero éste habla holandés, no ruso.

—Bueno. Da igual.

El *Gera* miró a Kleutermans y, señalándose primero y apuntando luego a Carlos, dijo:

—¿Un millón y un millón?

—*Ya. Ein million een ein million. Ya.*

—Esto va mejorando. Será mejor que no sea de pesetas porque lo coso a tortas.

—A ver, tío, un millón... ¿de qué?

—*Ah..., ya, ya. Gulden, ¿ya?*

—¿Qué coño será eso, *Gera*? ¿Julden?

—Florín —dijo el holandés.

—Dile que ni hablar. O dólares o nada.

—Dólar —dijo el *Gera*.

Kleutermans no lo dudó un instante.

—*Ya* —dijo con firmeza.

—Te voy a explicar, *Gera*, porque tú no entiendes. Este tío nos acaba de ofrecer ciento cincuenta kilos a cada uno. No sé si me sigues.

—Me parece poco. Para lo que nos jugamos...

—Coños con Onassis.

—*Ya*, Onassis —dijo Kleutermans riendo.

—Dile que dos o nada.

—Dos —dijo el *Gera* levantando dos dedos.

—*Nit* —dijo Kleutermans—. *Dri* —levantando tres dedos.

—Con eso le comprabas a Paloma el Golf GTI ese que quiere.

—Eso mismo digo yo. Y nos cortaban los cataplines éste, que tiene una pinta de traidor que no puede con ella, y luego el jefe y luego el superjuez Garzón, que es una fiera. Nada, no podemos hacerlo. ¿Dónde íbamos a disfrutar del botín?

—Bueno, podríamos hablar con Horcajo, a ver si nos diera un trabajito en Colombia.

—*Ya* —dijo Kleutermans—. *Ya*. Horcajo. Colombia...

—Tú ríete con esto de Colombia, pero es el único sitio al que podríamos ir. A la puta selva con los mosquitos y con Horcajo. Vaya un panorama.

—Mierda, Carlos. No disfrutaríamos ni un cuarto de hora.

—Pero ¿tú no estabas a favor de la despenalización de la marihuana?

—Sí. ¿Y?

—Pues que éste es un traficante de marihuana y, si hay que despenalizarla, deja de ser un delincuente. A mis ojos por lo menos.

—Nada. Si fuera a ser una sinvergonzonería y no se notara, todavía. Pero es que para cobrar esa pasta hay que soltar al holandés este. Y se iba a enterar hasta Dios.

Guardaron silencio.

—Dile a éste que sentimos no poder aceptar su interesante proposición.

—Sentimos no poder aceptar su interesante proposición, ¿sabe?

Kleutermans levantó las cejas.

—Silencio —le dijo Carlos y dio un frenazo innecesario que echó al holandés hacia adelante. Se puso muy colorado. Una vena como el dedo de un niño se le hinchó en medio de la frente.

—Es que a mí estas cosas me dejan con mal cuerpo. ¿Sabes lo que te digo, *Gera*? A lo mejor empiezo a entender a Horcajo. Son muchos duros y lo único que hay en el otro platillo de la balanza son muchas horas de vida perra. Vaya pastón. Este tío se ha pasado de mi precio en trescientos o cuatrocientos millones. Digo yo que será por eso que se me ha revuelto el estómago. Pero te digo una cosa: no me gustaría que me hubiera hecho el ofrecimiento a solas.

—Ya. De todos modos no habrías sabido negociar y te hubiera acabado ofreciendo diez kilos en vez de cuatrocientos cincuenta. Ya ves.

—Desde luego, somos un par de chorras. Hablamos como si estuviéramos en una película de esas de Miami. Pues vaya una gilipollez.

Y soltó una carcajada.

11.00

Javier Montero, presidente del consejo de administración del Banco de Crédito Comercial, CRECOM, reclinándose contra el respaldo, hizo que su sillón girara ciento ochenta grados. Quedó así frente al enorme ventanal desde el que podía ver, a sus pies, el paseo de la Castellana y, al fondo, la sierra. Sobre los picos algo chatos de Navacerrada quedaban difuminados en el horizonte incierto de la calima restos de la nieve ya sucia del invierno. Madrid, a diferencia de las otras grandes capitales de Europa, es una ciudad de contornos muy precisos. Como no tiene alturas apreciables, desde cualquier rascacielos pueden alcanzarse con la vista todos sus confines.

Abajo, el tráfico era muy intenso, pero, protegido por el aislamiento especial de los dobles cristales, Montero no oía nada. El silencio en su despacho era completo.

Suspiró. Alargó el brazo izquierdo hacia atrás y de la mesa de despacho cogió un paquete de cigarrillos. Extrajo uno, se lo puso en la boca y lo encendió con un mechero Dunhill de oro que sacó del bolsillo interior de su chaqueta. Mientras sostenía el pitillo en una mano, con la otra tamborileó sobre el brazo de su sillón. Lo hacía con aplicación, intentando repetir, una y otra vez, el mismo ritmo rápido con el mismo compás quebrado; un-dos-tres, uno-dos; un-dos-tres, uno-dos. Pensó «tres veces más sin equivocarme y lo dejo».

Detrás de él, sonó uno de los teléfonos que había encima de la mesa. Hizo girar el sillón, alargó una mano y descolgó el auricular.

—Sí —dijo.

—Don Javier —dijo su secretaria con su voz suave y eficaz—, es don Andrés, que acaba de llegar de Ginebra.

—Que pase en seguida... —Antes de que acabara de hablar, se abrió la puerta del despacho y entró Andrés Martínez-Malo. Montero se puso de pie, rodeó la mesa y extendió la mano—. Andrés. Pasa, hombre, pasa, pasa. ¿Qué tal el viaje? Venga, siéntate aquí y cuéntame. Espera. ¿Quieres un café?

Así, en posición de apretón de manos, Montero llevó a Martínez-Malo hasta un tresillo que estaba a la derecha del despacho. Siguiendo la vieja costumbre de quienes siempre, por instinto, se colocan en posición de ventaja frente a sus interlocutores, Montero se sentó de espaldas al ventanal.

Martínez-Malo sonrió.

—Uf, he tomado tres mil en el avión..., pero, bueno, bah, si tomas tú, sólo si tomas tú, me tomaré uno.

Montero tocó un timbre que había en la mesita de al lado del sofá. Se abrió la puerta.

—Dígame, don Javier.

—Marta, ¿nos quiere traer unos cafés? —Miró a Martínez-Malo y levantó una ceja—. Venga, Andrés, que me tienes sin dormir desde hace una semana.

Andrés se pasó la lengua por el labio superior.

—No sé por dónde empezar... Bueno, el... Crédit et Banque du Canton es un banquito suizo. Hasta la sede social, en vez de estar en Zurich como todos, está en Lausana. ¿Y sabes quién es el socio mayoritario? —Montero hizo un gesto negativo—. El Landowner's Bank. Ya sabes lo que eso quiere decir, ¿no?

—Espérate a ver... Sí —dijo Montero al cabo de un instante—. Sí que lo sé, sí. Landowner's Bank de Londres quiere decir Goldblum & Pierce de Chicago. Y Goldblum de Chicago quiere decir Qatar. ¡Vaya! ¿Para qué va a intentar Qatar meter dinero secretamente en el Crecom? ¿Petrodólares? Es la gente del emir de Qatar.

—Bueno, Qatar..., sí... Pero no me fío. No sé. Me huele fatal. Con franqueza, no veo cómo van a desembarcar ahora los qatarís en España. ¿Ahora? ¿Con todo el follón del dinero árabe en España en plena ebullición? ¿Con lo de KIO por medio? Dime cómo se las van a componer para saltarse los escándalos que han armado aquí los tipos de KIO. Aparte de que no me parece que el Banco de España vaya a facilitar la entrada de capital árabe en bancos españoles.

—Sencillo, Andrés. Si son lo suficientemente fuertes, piden hora con el gobernador, le dicen que quieren meter dinero en el Crecom para sanearlo, que van a poner de presidente a un español que no sea yo *et voilà*. Hijos de su madre. ¿Sabes quién, no?

Martínez-Malo asintió.

—Sí sé quién, sí... Pero, en cuanto a los árabes... —Torció el gesto—. No sé, Javier, la verdad. Mira que si todo esto es una cortina de humo —dijo Andrés con gravedad.

—¿Una cortina de humo?

—Te voy a contar una historia, Javier, y no te la vas a creer. ¿Cuándo empezó el asalto?

—¿Al capital? ¿La compra de acciones del Crecom? El 3 de mayo.

—Me ha costado un montón de dinero, no creas, averiguar todo esto, ¿eh? —Sacó una pequeña libreta del bolsillo interior de su chaqueta, abatió la tapa y consultó unos datos que tenía puestos a lápiz en una de las páginas—. Vamos a ver. El viernes 29 de abril, el director del Crédit et Banque du Canton llamó a Lobatón a Zurich...

—¿Lobatón?

—Sí, hombre, el director del Banco Español Internacional..., y le dijo, textualmente, ¿eh?, como te lo estoy contando, que quería que se compraran unas acciones a nombre del Banco Español Internacional por cuenta y riesgo del Crédit et Banque du Canton. La orden era comprar acciones del Crecom cuidando el cambio a lo largo de dos semanas.

—¿Cuánto? —dijo Javier. Se había puesto pálido.

Andrés tosió.

—Mil millones de dólares —dijo por fin.

Hubo un largo silencio. Luego, Javier Montero se reclinó en su asiento. Se rebuscó en los bolsillos, encontró un cigarrillo, se lo puso en los labios y lo encendió. En ese momento sonaron unos discretos golpes en la puerta y entró la secretaria con una bandeja que dejó encima de la mesita. No levantó la mirada. Se dio la vuelta y salió por donde había venido sin pronunciar palabra.

—Ciento cincuenta mil millones de pesetas —dijo Montero. Cerró los ojos.

—Comprado a un cambio medio del setecientos cincuenta por ciento y descontado el cero seis de comisiones de los *brokers*, eso representa el diez por ciento del nominal del banco.

—¿Cómo es posible que no lo viéramos? ¡Santo cielo! ¡Qué jugada!

—Bueno, tú sí lo viste el 4 de mayo...

—No, ni hablar..., ni me enteré. Pues, vaya un presidente que soy. No lo vi. ¿Por qué, Andrés?

—Sí que te enteraste: te pusiste como una pila de nervios nada más ver el movimiento y me mandaste a husmear. ¿Cómo no lo vas a haber visto?

—Sí, pero no reaccioné como debía, Andrés.

—Te voy a decir por qué. Nos engañaron como a chinos, Javier. Con el truco más viejo de la bolsa. Mientras el BEI se dedicó durante dos semanas a comprar acciones de manera constante y sin grandes pujas a través de De La Rica... —Montero frunció el ceño—. Sí, hombre, el agente de cambio...

—Ah, ya... —dijo Montero.

—... Unibrokers compraba y vendía todos los días, dos pasos adelante, uno atrás, para mantener el valor y no alterar el mercado. Sólo que lo hicieron muy bien porque, además, compraron mucho más que De La Rica. Hasta han comprado de nuestra autocartera como locos.

—Dos millones de acciones, Andrés —dijo Montero en voz baja.

Martínez-Malo se mordió los labios.

—Vamos a ver —dijo Javier Montero, enderezándose bruscamente en su sofá—, ¿qué tenemos en el consejo? ¿Con quién contamos?

—Bueno, tú tienes el uno y cuarto por ciento. De los otros veinticuatro consejeros, Basilio tiene un medio, que con el cuarto de su gente le da cinco consejeros. Tienes a los diecinueve restantes... Dos y cuarto por ciento más..., incluido mi cero veinticinco... Ahí lo tienes: el cuatro y cuarto por ciento del capital del banco, del que sólo el tres y medio te es fiel... Te acaban de fundir, Javier. No puedes resistir a un adversario que se te planta delante con el diez por ciento del capital en el bolsillo.

—Basilio, ¿eh? Mi primo Basilio. Qué tío. No quiere más que una cosa en la vida: esta silla.

—Pues me parece que la acaba de conseguir.

Montero se dio un golpe en el muslo con la mano abierta.

—¿Qué no habrá entregado a los árabes con tal de ser presidente? ¡Aj! —Se puso de pie con violencia—.

Puedo denunciarlo al gobernador del Banco de España... —Respiró despacio. Después se volvió hacia Martínez-Malo—. Ya sabes, una operación desde el extranjero sin su permiso y tal...

—No te sirve —dijo Andrés, pasándose la mano por el pelo—. No te sirve de nada, porque ellos se van a cubrir visitándolo antes que tú. No.

—Espera...

—Espera tú un segundo. Basilio te va a venir a ver para decirte que para la junta de accionistas... ¿Cuándo es por fin...?

—¿Eh?

—La junta.

—El... 30 de junio.

—Te va a venir a ver para decirte que quiere más consejeros suyos. Veinte, por ejemplo...

—Y yo lo voy a mandar a la mierda...

—Ya. Sólo que te va a decir que ahora controla el diez coma setenta y cinco del capital.

—No me lo puede decir porque entonces yo le hago una OPA.

—¿Ah, sí? ¿Con qué dinero?

—Oye, Andrés, ¿tú de quién eres amigo, mío o del tigre?

—No, hombre. Lo que te quiero decir es otra cosa completamente distinta. Escúchame, Javier. Escúchame bien, porque te voy a decir algo importante para que te lo metas en el caletre y te lo pienses. En dos años, hemos revolucionado el mundo de la banca, ¿no? Y hemos más que doblado el capital con el que entramos en el banco.

Pues ¿sabes lo que te digo? Va siendo hora de irnos con la música a otra parte. Aire... Yo que tú, cuando te venga a visitar Basilio, le tiraría tus acciones a la cara.

—¡Hala! ¿Pero estás loco o qué? ¿Vamos a tirar por la borda...?

—No es por la borda. Una retirada a tiempo vale mil victorias, ¿eh? Doce mil kilos, Javier. Y eso sólo del capital, sin contar las fincas, los dos barcos y demás fruslerías. ¿Te acuerdas de lo que nos decía tu padre?

Javier rió y sacudió la cabeza de derecha a izquierda.

—Sí, sí que me acuerdo bien. Los bancos, que trabajen para vosotros...

—Si metéis dinero en un banco, es para sacarlo en cuanto estéis arriba y a otra cosa. Saquemos nuestro dinero del Crecom ahora. Antes de la junta. Mañana..., antes de que te venga a ver Basilio.

—No sé..., vamos a..., no creas que a veces no me tienta, no... Pero tirar la toalla...

—No es cuestión de tirar la toalla, Javier. Es cosa de sensatez financiera. Nos replegamos y a ganar.

—¿Replegarnos? Andrés, Andrés, nos hacen picadillo.

—No, porque nos salimos antes de que nos derroten y habiéndole ganado doce mil kilos a la operación.

Montero apretó los labios y miró a Martínez-Malo durante un momento sin decir nada.

—Vale, me lo voy a pensar —dijo por fin—. Voy a pensármelo y lo hablamos esta noche. ¿Cenamos? —Andrés asintió—. Buen trabajo, Andrés. —Montero se acercó a él y le dio una palmada en el hombro—. Después de comer te llamo... Déjame hasta entonces, anda. —Andrés sonrió y se dirigió hacia la puerta del despacho. Javier le apuntó con el dedo índice—. Después de comer te diré lo que hacemos. Vaya..., no nos hemos tomado los cafés.

Cuando estuvo solo, giró en redondo, se acercó al ventanal y, con las manos en los bolsillos, se sentó en su sillón y se puso a mirar pensativamente hacia la sierra lejana.

—Necesito mil quinientos millones de dólares antes del sábado —dijo en voz alta. Rió. Apretó el botón del intercomunicador—. Marta.

—¿Don Javier?

—Tráigame una coca-cola, ande.

—En seguida.

Se levantó y se dirigió hacia la pared de la izquierda de su despacho. Cerca de la esquina en la que la pared hacía ángulo con el ventanal, había un solitario cuadro de un maestro menor del XIX. Montero alargó la mano hacia la izquierda del cuadro y lo hizo girar sobre unos pequeños goznes atornillados en el lado derecho del marco. Detrás, como hubiera supuesto cualquier ladrón aficionado, había una pequeña caja fuerte empotrada en la pared. Una histeria como otra fruto de la paranoia del anterior presidente, que, a sus más de setenta años, se empeñaba en ver espías por todos lados.

Marcó la combinación, abrió la caja y de ella extrajo una pequeña libreta de cuero verde. Buscando en sus páginas, regresó a su mesa de despacho. Se sentó en el sillón, descolgó uno de los teléfonos y, sujetando con la mano izquierda la libreta, que mantenía abierta por una de las páginas, compuso un número de París.

—*Allô, oui, j'écoute* —contestó al cabo de un momento una voz de hombre.

—Me gustaría hablar con el señor Lambert —dijo Montero en impecable francés.

—¿*Monsieur* Lambert? ¿Padre o hijo?

—Hijo.

—*C'est de la part de qui?*

—Montero. Madrid.

—No está en este momento, pero dejaré dicho que ha llamado usted.

Montero colgó y se quedó sentado, inmóvil, esperando. Su secretaria entró llevando una pequeña bandeja sobre la que había un vaso macizo de cristal de roca, lleno de hielo y coca-cola. La dejó sobre la mesa de despacho, se dio la vuelta y salió sin decir nada.

Un minuto después sonó el mismo teléfono. Lo descolgó.

—Sí —dijo.

—Por una extraordinaria casualidad —dijo la misma persona con la que acababa de hablar en París—, el señor Lambert hijo se encuentra en Madrid, en su hotel preferido, habitación cinco uno seis. Buenos días.

Hotel preferido quería decir Palace. ¿Quién estaría ocupando la habitación 516 esta vez? Decidió esperar un poco antes de averiguarlo. Ahora que sabía dónde estaban y que no se moverían de ese lugar hasta que él llamara, le pareció que era más conveniente no precipitarse y calcular despacio su estrategia.

Poitiers, 12.00

—¿Falta mucho? —preguntó Nick Kalverstat, como si fuera un niño pequeño.

—¿Para la frontera? —dijo Hank.

—Bueno, eso.

—Pues... unas cinco horas, tal vez un poco menos. Depende del atasco en Hendaya. Si hay mucha cola por cualquier razón, podemos esperar mucho tiempo.

—¿Y luego a Madrid?

—Pues... otras cuatro o cinco horas. No son muchos kilómetros.

—¿No podemos dormir en algún sitio antes de...?

—No.

—¿Para qué tanta prisa, si tenemos hasta el jueves?

—Nick, yo decido cuánta prisa tenemos, ¿eh?

Madrid, 12.30

—Oye, tú, rockefeller —dijo Paloma—, tengo un trabajo loco y poco tiempo para andar por ahí de juerga, ¿sabes?

—En realidad, no te pido que nos vayamos por ahí de juerga. Estoy metido en una batalla feroz y me gustaría que nos viéramos un poco, un momento, algo... para charlar, tomar una copa, qué sé yo. Hablar contigo, verte la cara, mirar cómo sonríes. Me encanta... Me..., me relaja.

—El descanso del guerrero, ¿eh? Qué machismo, cielo santo. Sois todos iguales. Llevo una temporada últimamente que no gano para sustos. Tú lo que necesitas es una muñeca de porcelana, desnudita eso sí, que te escuche y no conteste —rió.

—No te rías...

—Vale, no me río más, pero es que llevo unos días que, como tuviera algún problema de personalidad, acababa en un loquero. Todos queréis que sea distinta de lo que soy. Me parece que os gustaría que fuese sumisa, discreta, a disposición de quien lo quiera... Chico, justo lo contrario de lo que soy...

—¿Quiénes somos todos? —preguntó Javier Montero.

—Todos sois tú y un amigo mío, que os empeñáis en hacer de mí un bombón objeto...

—El amigo tuyo es el delgado de barba negra...

—... y ojos azules, ése...

Javier rió.

—Se le nota a la legua que le tienes sorbido el seso.

—Venga ya. Se enfada cada tres minutos, se marcha, vuelve...

—Huy. Está peor de lo que parece. Más colado que un caldo, como dirías tú. ¿Y tú?

—¿Yo, qué?

—¿Tú con él?

—Yo con él, ¿qué?

—Bueno, bueno. Nunca te he notado más guardada —silbó.

—¿Y tú, esta batalla que dices que tienes?

—Vamos al apartamento a comernos un bocado y te lo explico.

—He oído tretas menos burdas que ésa, colega. Yo de ti me tengo que proteger como de las arañas-pitón.

—Las arañas-pitón no existen. Hay viudas negras, hay matacaballos, hay tarántulas...

—Vale, vale..., pero me has entendido. ¿Qué batallas?

—¿Por qué te tienes que proteger de mí ahora?

—Cosas mías...

—Huy..., te veo casada.

—No digas bobadas. Y, además, ¿qué? ¿Qué batallas?

—Basilio.

—El primo. ¡Pues sí que...! Lo de siempre, ¿no?

—No, lo de siempre, no. Qué va. —Rió de buena gana—. Esta vez me parece que se las ha compuesto para quitarme la silla.

—Vaya, chico. Menos mal que hay alguien que te planta cara y te pone las cosas difíciles. ¿Y te va a quitar la silla?

—Hmm. A lo mejor. Como no encuentre una pila de millones de aquí al sábado, me la quita.

—Pues yo, de aquí al sábado, lo más que voy a conseguir es medio millón que me debe tu mujer... Si lo quieres...

—Ah, ¿la has visto?

—Ss. La acabo de...

Montero se cambió el auricular de oreja.

—Cuando hablo contigo, pienso, ¿sabes?

—Ya estamos. La muñeca de porcelana.

—No. Un auditorio sensato y sin prejuicios. Eso es lo

que eres. Como tienes sentido común, siempre dices alguna cosa que me ayuda...

—Ah, ¿no sólo me quieres por mi cuerpo?

—No sólo te quiero por tu cuerpo. Aunque podría.

Hubo un silencio.

—Me parece que eso se está acabando, Javier. —Paloma carraspeó—. Te dije que iba a ser siempre... clara, quiero decir, leal... —sonrió—, contigo...

Javier siguió callado, miró la mesa y tamborileó sobre ella. Cerró los ojos.

—Todas estas bromas, Paloma..., todas estas cosas que nos decimos, nuestras escaramuzas, son, en realidad son... cortinas de humo, ¿sabes?

—No lo digas —dijo Paloma en voz baja—. Por favor.

Uno de los teléfonos de encima de la mesa se puso a sonar.

—Un momento, Paloma... ¿Qué hay?

—Don Basilio Montero para usted, don Javier.

Javier dio un breve silbido.

—Vaya... Dígale que lo llamo en seguida.

—Sí, señor.

—Era Basilio.

—¿Y no te has puesto? Pues estará hecho un basilisco —rió.

—Me da igual. Bastante lata me va a dar esta semana. ¿Sabes lo que ha conseguido? Ha conseguido el suficiente dinero para acabar controlando el suficiente número de acciones que le dé el suficiente número de asientos en el consejo para así poder sacarme a bofetadas de este despacho.

—¿Y eso cómo se hace? El dinero que manejáis... Yo me pierdo al tercer cero, chico. Porque, si no recuerdo mal, Creso, cada vez que vais al cine lleváis un par de millones en el bolsillo por si tenéis algún imprevisto. Un número suficiente de asientos en el consejo requiere, si no me equivoco, tal pastón que no hay kilos en el Banco de España.

—Justo. El tío se ha ido a buscar el dinero fuera.

—¿Y eso, cómo se hace? Porque, si me das la receta, yo también.

—Bueno, es fácil. Verás... cómo se puede hacer. Mira: tú le dices a una persona usted no puede ser presidente porque no le deja la ley, pero yo, que no puedo ser presidente porque no tengo el suficiente dinero, le ofrezco, a cambio del dinero que me hace falta, hacer lo que usted quiera una vez que me siente en la silla.

—¡Hale...!, así de sencillo.

—Bueno, así de sencillo, pero caro. Porque eso es lo que ha hecho Basilio y al señor X le ha costado ciento cincuenta mil millones de pesetas.

—Con eso, seguro que os podéis ir al cine tranquilos.

—Y a cenar.

—¿Y eso cómo se hace?

—¿Cenar?

—No, bobo.

—Mira, para dar una patada en la mesa y que se te pongan todos firmes, pero no sólo en el banco, sino también en el país, basta con tener el diez por ciento de las acciones.

—¿Sólo?

—Sólo.

—¿Y eso qué cuesta?

—Pues eso: más o menos ciento cincuenta mil millones de pesetas.

Paloma rió.

—Qué burros... Espera..., espera. Si tú, con una pasta, tienes el uno por ciento, Basilio, con la del jinete enmascarado, tiene el diez, yo me compro todo el banco por… espera… billón y medio de pelas. Eso es lo que vale un banco, ¿eh? Bueno es saberlo.

—Más o menos, porque para eso está la Bolsa, que lo hace subir y bajar. El banco vale doscientos mil millones de pesetas, repartidos en acciones a diez mil pesetas, y luego la Bolsa, que juega con la vida de la gente que quiere tener acciones del Crecom, y te juro que no sé por qué, sube y baja como un yoyo. Vamos, que hoy una acción de diez mil vale setenta y cinco mil.

—Pues no sé de qué te preocupas, chico. Te has forrado, eres joven y ahora viene otro a disfrutar del trono... No seas egoísta, Shylock.

—No es cuestión de egoísmo, Paloma...

—¿Que no? Lo tienes todo: Ferrari, casa en la Moraleja, un pastón, yate, no…, yates, mujer guapa, niños —tosió desde el fondo de la garganta—, querida...

—No seas bestia. Tú no eres una querida... Eres... otra cosa.

—¿Sí? Chico, qué resistencia a llamar a las cosas por su nombre. Oye, y te juro que no me molesta. Las cosas son como son. Si yo fuera presidenta del Crecom y me tirara a un tío tan bueno como tú, diría que yo, poderosa empresaria, tengo un querido al que me tiro en un apartamento de Padre Damián...

—Paloma, no me parece que te tengas que poner así de desgarrada.

—Te molesta, ¿eh? De verdad que me tenéis frita. No entendéis nada. Yo voy al apartamento de Padre Damián porque me da la gana. A ver si te enteras. Soy yo la que voy, no tú el que me arrastra.

—Sí, pero yo, además, te quiero.

Paloma respiró hondo. Javier se la imaginó, al otro lado del hilo telefónico, cerrando los ojos mientras se le dilataban un poco las ventanas de la nariz.

—Entre otras muchas cosas, caprichoso —dijo Paloma—. Y, encima, te da vergüenza.

—No me da vergüenza —rió—. Un poco de alipori sólo. Esto de aventar los sentimientos por teléfono... Pero ¿me tengo que avergonzar de lo que tengo? Es la vida que me he hecho. Es... mi mundo... Qué quieres que te diga.

—¡Hale! El machismo del..., del... macho ibérico, eso, me tiene fuera de mí en estos días. De verdad, Javier, no entendéis nada... Y además, todo es siempre igual. Para vosotros, todo tiene que ser un juego —añadió con pasión—. El riesgo más grande, el coche más grande, el banco más grande, la fortuna más grande. Nunca os basta, ¿eh? Dime que no.

Javier tardó un buen rato en contestar.

—No —dijo. Y colgó.

Paloma se apartó el auricular de la oreja como si quemara y se lo puso delante de la cara.

—¡Bah! —dijo y colgó el teléfono con rabia.

13.45

—¿Un poco más de rioja, Horcajo? —dijo don Julio Galán.

—Bueno. Medio vaso..., gracias.

—Oye, Jacinto —dijo José Luis Álvarez—, deberíamos explicarte el plan con más detalle...

—Ya sabes —dijo don Julio—, para que no te quepa duda y lo apruebes... Me tranquilizaría bastante.

Miró a José Luis.

—Muy bien. Ahora me lo explicáis..., pero lo que me parece como matar chinches a cañonazos es andar utilizando un camión blindado de los de trasladar dinero.

—Es de Transmoney —como si eso lo explicara todo.

—No lo dudo. Pero ésa no es la cuestión. ¿De dónde lo habéis sacado?

—Se lo compré yo de segunda mano a un gitano que tiene un descampado en Canillejas.

Horcajo se inclinó hacia adelante.

—¿No será el *Chino*?

—Vaya, hombre —dijo José Luis—. Es que los conoces a todos. Sí, es el *Chino*, sí.

—Bueno, no me parece mal, José Luis, siempre y

cuando te andes con mil ojos, que este tío es más traidor que Judas.

—Ni te preocupes. Lo tengo marcado. Él lo sabe y sabe que le vuelo la chabola y los churumbeles y el cementerio de coches, como se le ocurra respirar torcido.

—Bueno, mientras sepa que es el tío más malo del mundo...

—Yo creí que ése eras tú, Jacinto.

—¿Yo?

—Eso dice el *Gera*.

—Ése. —Se quedó pensativo—. Vaya. La verdad es que no me sorprende que lo diga —añadió después—. ¿Los tienes marcados?

—Ni te preocupes. Hoy Carlos y el *Gera* se han ido de viaje. No vuelven hasta mañana. Han cogido un coche potente..., un Opel..., y han dicho que lo devuelven mañana por la noche. Yo creo que se han ido a Francia.

—¿A qué?

José Luis hizo un gesto de incertidumbre con la boca.

—No sé. No estoy muy seguro, la verdad... Pero creo..., vamos, yo juraría que se han llevado en coche a un tío que había que extraditar a Francia o a Holanda. Eso es lo que más o menos se decía esta mañana en la brigada.

—¿Qué tío?

—Ah. No tengo ni idea. Pero tiene que ser alguno gordo. Me entero si quieres.

—Hombre, bueno, por el interés histórico. ¿Qué se ha dicho del secuestro de Marey esta mañana?

—¿En la Audiencia?

—A mí me está interesando —interrumpió don Julio—, porque, la verdad, se diría que éste no es un caso aislado. Y si empezamos así con toda la policía...

—Anda, Galán, no le eches más cara de la necesaria, venga, que pareces un cínico de película. Yo os digo una cosa. A la policía española...

—... ahora que ya no perteneces a ella... —rieron.

—... ahora que ya no pertenezco a ella, a la policía española no le pasa más que tiene el resacón de cuarenta años de mandar sin que nadie se atreviera a toserle. Y, de repente, se muere ese santo, y se encuentran con que llegan unos piernas al poder y les dicen esto se ha acabado, usted me va a hacer el favor de actuar con la ley en la mano. Se acabó. Se acabó matar impunemente a etarras, se acabaron las torturas, se acabaron las denuncias, se acabaron las persecuciones políticas y las delaciones. Se acabó. Todo el sistema que había sido legal, sobre el que se había basado la actuación de la policía durante medio siglo..., de repente dejó de ser legal de la noche a la mañana. Así. —Chasqueó los dedos—. ¿Tú sabes lo que cuesta cambiar de rumbo?

—Ya —dijo José Luis.

—No, José Luis, ya, no. Porque, al mismo tiempo, a esos mismos policías se les dice, todo eso está muy bien y que hay que respetar la ley y tal y, al mismo tiempo, se les organiza el GAL. Oye, ¿en qué quedamos? Mis ex colegas no comprenden nada. Es como..., como si vives toda la vida en una casa de putas y viene un tío y te lleva a vivir a un palacio. Y dices, jolín, me voy a tener que lavar las manos y la cara para no manchar la seda, pero viene tu jefe y te dice, no, hombre, que no hace falta, porque en realidad, aunque vivas en el palacio, por las noches vas a volver a dormir a la casa de putas. De modo que no te cambies.

—Oye, Jacinto, que tampoco hace falta buscar una explicación tan filosófica a que unos cuantos jefes monten una mafia policial. La montan y se acabó. Cualquiera que te oiga diría que Carlos de Juan es hermano gemelo tuyo.

—¿Ah sí? ¿Dice lo mismo, o qué?

—Más o menos.

—Bueno, a lo que íbamos. ¿Has estado en lo de Marey?

—Na. ¿Para qué? Los han pillado, los han pillado. Qué quieres que te diga.

—En fin, lo que yo os diga, a mí me parece que usar un camión blindado son ganas de montar el pollo por Madrid; pero, bueno, es verdad que es más seguro. ¿Y el Pegaso?

—El Pegaso está preparado —dijo José Luis—. Todos los perfiles tienen una doble cámara. Todo tubo que sea susceptible de recibir un tubo similar pero más grande que se le superponga, llevará entre tubo y tubo falso, entre eje y eje falso, entre perfil y perfil falso, un colchón de saquitos de plástico llenos de cocaína, sí, señor —rió.

—Funcionará. —No fue una pregunta.

—Funcionará. Mira, ha ido estupendamente otras dos veces.

Horcajo torció el gesto.

—¿Dos? Ya son muchas.

—Ni te preocupes. Es la última vez que hacemos un transporte de cocaína así.

—Y además —dijo don Julio—, es absolutamente legítimo. —Rió de buena gana, con su solemne risa de conejo—. Mandamos el Pegaso lleno de muebles para la redecoración del Consulado de España en Amsterdam. No hay ni que preocuparse.

—Ciento ochenta kilos de nieve pura —dijo José Luis poniendo los ojos en blanco—. Ya me gustaría a mí ser los holandeses.

—Después de comer, nos acercamos a tu nave para ver los dos camiones, ¿eh? —dijo Horcajo.

16.30

Entre las cuatro y media y las cinco de la tarde del 25 de mayo, Javier Montero hizo, una detrás de otra, tres llamadas de teléfono (la primera de las cuales fue efectuada desde su teléfono móvil). Las tres conversaciones contribuyeron a cambiar la historia de la banca española. Sus consecuencias tardaron meses en percibirse, y para entonces era ya demasiado tarde.

—Hotel Palace, buenas tardes.

—Habitación 516, por favor.

—Oigo.

—¿Señor Lambert?

—Al aparato. ¿Cuál es el número del permiso de condusir de mi padre?

—Un momento. —Javier Montero consultó su pequeña libreta verde—. 22253-09.

—Muy bien. Lo escucho.

—Tengo gran interés en verle.

—Me ha sido dicho. Estoy, naturalmente, a su disposición para cuando quiera.

—Tengo un problema. Mejor dicho, mi empresa tiene un problema de liquidez.

—¿De qué volumen?

—Mil quinientos.

—Eso es una operasión importante. ¿Para cuándo lo necesita?

—La confirmación de que voy a poder disponer de la cantidad, mañana. La cantidad en sí, el sábado próximo, a más tardar.

—Muy bien. Mañana, a las sinco posmeridianas.

—Mañana a las cinco de la tarde. Hasta entonces.

Montero colgó el auricular, se inclinó hacia atrás y se apoyó contra el cristal de la ventana de su despacho.

—¿Alguna llamada? —preguntó Montero a su secretaria.

—Don Basilio, don Javier, pero ha colgado porque le he dicho que estaba usted en la otra línea.

—Huy, póngame con él.

Al momento sonó su teléfono.

—Sí.

—Don Basilio, don Javier.

—Un momento, Marta —contó despacio hasta quince—. Páseme... ¡Basilio! ¿Cómo estás, hombre? Perdona por esta mañana, pero no me podía poner y luego se me complicaron las cosas.

—Javier —contestó secamente su primo—, tengo urgencia de verte.

—Muy bien, ¿de qué me quieres hablar?

—Quiero hablarte de... —dijo con viveza. Luego, más lentamente, terminó la frase— ... la próxima junta general de accionistas del banco.

—Pero, hombre, eso está a más de un mes.

—Pues lo que quiero discutir contigo no admite demora.

—Muy bien. —Javier abrió su agenda de trabajo—. Vamos a ver... No puedo recibirte antes de..., veamos..., mañana, 27, a las siete de la tarde. ¿Te va?

—¿Eso es lo que tú llamas urgente?

—No. Eso es lo que tú llamas urgente. Yo no puedo antes, vamos, me es sencillamente imposible.

Hubo un largo silencio.

—De acuerdo —dijo Basilio y colgó.

—No puedo impedir esta popularidad mía —dijo Javier en voz alta—. Todo el mundo me quiere. —Y soltó una carcajada.

La tercera llamada fue a Martínez-Malo.

—Andrés.

—Javier.

—¿Cenamos esta noche?

—Hombre, claro. Dime más.

—Mira, Andrés. Me lo he pensado mucho y... bueno, la verdad es que creo que debemos quedarnos un poco más. Por lo menos, hasta que le apaguemos el farol a Basilio.

—Ay, ay. Lo debía haber sospechado. ¿Y con qué le vas a apagar los faroles?

—Con un farol más grande.

—Estás loco. ¿Le vas a hacer una OPA? ¡Pero si no tienes dinero! Con que Basilio te mire un poco derecho a los ojos, tu OPA se te derrumba, ¿eh?

—Andrés, Andrés. Basilio es un pusilánime. Lo ha sido toda su vida y no va a cambiar mañana...

—¿Lo ves mañana?

—Sí, y...

—Quiero asistir a esa entrevista.

—¿Por vigilar o por divertirte?

Andrés rió.

—Las dos cosas. No puedes resistir una partida de póquer, Javier. ¿Y nuestro discurso de esta mañana? ¿Los consejos de tu padre?

—Basilio mañana se va a hacer pis en los pantalones.

—Ya, Javier, pero no te quiero contar la cantidad de pañales que puede uno comprarse con ciento cincuenta mil millones de pesetas.

Ahora fue Montero el que rió.

—Se hará pis... y se achantará.

—¿Y si no lo hace?

—Ya veremos. Bueno..., si no lo hace, no habrá más remedio que cederle la silla, ¿eh?

—Pero si, en efecto, se achanta y te dice, bueno, no te pongas así, renuncio a tu silla, a veinte consejeros, al banco y a la madre que te parió, ¿qué demonios le vas a decir en la junta general cuando él tenga sus dos millones de acciones y tú no?

—Ya veremos. Ya se me ocurrirá algo.

—¿Qué estás tramando?

—Ya te lo contaré. No te preocupes, Andrés. Anda. ¿Nos vemos en casa a las diez?

—A las diez. Pero, si te imaginas que voy a dejar de hablar de tu padre, estás muy equivocado.

Hendaya, 17.08

—Ocho minutos de retraso —dijo Carlos—. Somos la pera.

Conduciendo despacio, llevó el coche hacia el edificio de la aduana de frontera. Desde la puerta, un guardia civil los miraba. Tenía una mano metida en el bolsillo del pantalón.

—¿Cuántos años hace que no venimos por aquí, Carlos?

—Buf, la tira. Se me revuelve el estómago, *Gera.*

—A mí no es el estómago. A mí lo que me da es miedo, puritito miedo. —Carlos, al oír la alteración en la voz de *Gera,* se volvió a mirarlo—. ¿Qué pasa? ¿No me puede dar miedo? Mira que si alguien me reconoce...

—No te va a reconocer nadie sin barba. Y además, bueno...

—¿Sabes lo que te digo? Vamos a entregar a este tío y vámonos de aquí, ¿eh? ¿No te importa?

Otra figura se asomó a la puerta del edificio.

—El *Sopla* —dijo Carlos.

—Llámalo Ricardo, que se te va a cabrear —dijo el

Gera. Sacudió la cabeza casi con violencia, como si quisiera arrancarse un miedo pegajoso de encima.

Kleutermans, que no había vuelto a hablar en todo el viaje, ni siquiera cuando se habían parado unos minutos en un área de servicio de la autopista, lo miraba con curiosidad, medio vuelto hacia atrás en su asiento.

Detuvieron el coche frente a la puerta. Dos guardias civiles que acababan de salir del edificio rodearon el automóvil y se colocaron frente a la puerta del pasajero. De sus hombros colgaban sendas metralletas. Ambos tenían el dedo índice de la mano derecha rígido y apoyado contra la guía del gatillo. Tres guardias civiles más se situaron frente al coche, dándole la espalda. Carlos dio un silbido.

—Chico, ha llegado el tercio —dijo—. Su padre.

—¡Eh! —dijo Ricardo desde la puerta de la aduana—. Puntuales como un reloj.

—Oye, chico, *Sopla*, quiero decir Ricardo —dijo Carlos levantando ambas manos a la altura de los hombros para quitar malicia a la sorna—, no puedes imaginar el gusto que nos da verte... Bueno, al holandés, menos. ¿Cómo estás, hombre? Creí que ibas a venir vestido de uniforme diplomático... Ya sabes, la librea con charreteras y dorados.

—Se te ve bien —dijo el *Gera*, mirando a su alrededor.

Ricardo rió.

—Y vosotros, tan coñones como de costumbre. —Dio un firme apretón de manos a cada uno—. ¿Algún problema?

—¿Con Kleutermans? No, qué va. Tranquilo —dijo el *Gera.*

—Pasar adentro, que están aquí los holandeses y tienen ganas de marcharse en seguida.

—Ni la mitad de las que tenemos nosotros de volvernos a Madrid.

Ricardo siguió la mirada de Carlos.

—Déjalo. Los civiles no lo dejarán moverse, no te preocupes.

—Cógete los papeles, *Gera* —dijo Carlos.

Los tres entraron en el edificio.

—Oye, *Sopla,* ¿tú ya te entiendes con estos tíos?

—Sí.

—¿En holandés? Venga ya.

—No, hombre. El holandés no lo habla ni Dios. En inglés. Todos los holandeses hablan inglés, Carlos. Hasta los fontaneros.

—Y luego queremos estar en Europa. ¡Pero si una peseta ni siquiera puede traducirse a euros!

—Ese que está en el automóvil parado ahí enfrente —dijo Hank Kalverstat observando con atención desde la ventanilla del Mercedes— es Kleutermans.

Acababan de pasar la frontera sin incidente alguno y se disponían a seguir rumbo a Madrid.

—¿Kleutermans? —preguntó Nick.

—Ya lo creo —dijo Hank—. El capo, el número uno. El mayor traficante de hachís del mundo. Bueno, a lo mejor de Europa sólo. Porque el número uno del mundo es *Marco Polo,* y a ése me parece que les va a costar trabajo detenerlo.

—¿Qué le ha pasado?

—¿A Kleutermans? Que se confió. Lo detuvieron, Holanda solicitó la extradición, España la concedió y, como si lo viera, lo están entregando a nuestra policía. Yo no me retrasaría más, anda —añadió dirigiéndose al conductor—. Sigue, que las armas las carga el diablo.

En el interior del edificio de la aduana, Ricardo dijo a Carlos:

—Pues tenemos un buen follón en Holanda.

—¿Por?

—El millonetis secuestrado, Van de Wijn. Ayer los secuestradores le tomaron el pelo a la policía en pleno. Montaron una bronca en la playa de moda que no os puedo ni contar. Les sacaron el rescate en diamantes. Dos millones y medio de dólares... ¡en avioneta!

—En avioneta, ¿qué?

—El rescate. Se lo llevaron en ultraligero... Esta mañana temprano nos han distribuido a todos una descripción de los diamantes. Por seguirles el rastro si aparecieran en los respectivos países, ya sabéis. Traigo una copia conmigo y fotos de los pedruscos.

—¿A ver? —dijo Carlos, abriendo el sobre que le entregaba Ricardo—. Su tía. Mira, *Gera.* Aquí hay para hacerle a Paloma un biquini de brillantes. Descuida, Ricardo, le daremos la lista al jefe y que se las pase a quien sea. Pero sólo por ser la lista, que si fueran las piedras de verdad... Por cierto, le comenté al jefe lo de tu sueldo.

—¿Y qué dijo?

—Se rió. Dijo somos la puñeta, vamos a acabar construyendo un satélite espacial propulsado por gasógeno.

Dice: anda, que tener a un funcionario destacado en una embajada y no pagarle, es el colmo del raterío. Que hablaba con tu jefe, vamos...

—Venga —interrumpió el *Gera*—, vamos a ver a tus holandeses. Empaquetamos al Kleutermans, nos tomamos un par de copas y nos volvemos. Hombre, a menos de que te quedes y cenemos juntos...

—Hombre, Carlos, ya me apetecería —dijo Ricardo sin inmutarse—, pero me parece mejor volverme con los holandeses. Ya sabes, relaciones públicas... Me conviene para el futuro.

—No te preocupes, que era una broma. Pero te vas a correr un rollo de campeonato, *Sopla*.

—No mucho porque nos hemos venido en avión y además éstos estarán tan ocupados en vigilar al holandés que no me harán caso y yo podré leer mi novelita.

—Jopé, qué suerte.

TERCERA PARTE

—

EL NEGOCIO

CAPÍTULO X

MARTES 26 DE MAYO

Madrid, 00.30

Carlos se guardó la llave en el bolsillo. Por la puerta entreabierta de su habitación podía verse el resplandor de una lámpara encendida. Se apoyó contra la pared del vestíbulo, inclinó la cabeza hacia atrás hasta que su coronilla tocó el muro y sonrió.

—¿Eres tú, nuvolari? —dijo Paloma desde la cama.

—No. Soy el lobo feroz.

—Es que no me puedo levantar, ¿sabes?, porque estoy en bolas y, si eres un hombre malo, igual me haces cualquier cosa.

Carlos se acercó a la puerta de su habitación y la empujó con suavidad. Paloma estaba tapada hasta el cuello por las sábanas muy blancas. Sólo le asomaba la cabeza oscura, la mata de pelo muy negra apoyada sobre la almohada. Sonreía.

—¿Qué tal os ha ido?

—Sh —dijo Carlos poniéndose un dedo contra los labios.

—Huy, chico —dijo Paloma sacando un brazo para

tirar más de la sábana. Por un instante el movimiento le dejó un pecho al descubierto—. No mires, que éste lo tengo reservado en exclusiva para mi amor. —Levantó una rodilla y la sábana se desplazó, destapando un muslo muy moreno, como de terciopelo—. ¿O eres tú ése, lobo feroz? —preguntó en voz baja—. Creí que ya no venías. —Alargó un brazo—. Ven.

Carlos se sentó en el borde de la cama. Paloma le rodeó el cuello con ambos brazos y tiró de él hacia abajo.

—Te has destapado, caperucita.

—¿Y tú para qué tienes esa boca tan grande? —dijo Paloma con voz ronca—. Eh..., burro —añadió al cabo de un rato—. No, bobo... Sigue... Me encanta, pero me las vas a arrancar... Pinchas...

Carlos levantó la cabeza y la miró a los ojos.

—Si quieres, me afeito la barba... Me afeito lo que tú quieras si me dejas perderme en...

Paloma rió.

—Me has llenado de saliva... —Carlos cogió el embozo para secarle los pechos—. ¡Quieto, bobo! Me encanta... Buf..., hueles a tabacazo. —Lo agarró del pelo de la cabeza—. Mi hombre malo... Hueles a viaje, a coche, a... hombrón. Te vas a ir a dar una ducha y luego vuelves oliendo a jabón y te doy las llaves de oro de la plaza.

—No puedo moverme...

—Sí que puedes, sinvergüenza... Si te vas a bañar, cuando vuelvas, te diré cuánto te quiero.

Carlos se incorporó de un salto y acabó de quitarse la ropa. A toda velocidad, con desorden, tirando las cosas a derecha e izquierda. Desnudo, fue hacia el cuarto de baño.

—Estás indecoroso —le dijo Paloma—. Deberían detenerte por sátiro.

Si algún lujo verdadero tenía el piso de Carlos era la alcachofa de su ducha. El agua salía hirviendo en potentes chorros que pinchaban en el cuello y en la parte alta de los hombros y se deslizaban en cascada por los brazos y por entre las piernas. Durante un buen rato Carlos se quedó quieto debajo del agua.

—¡Eh! —oyó que le decían.

Abrió los ojos. Delante de la ducha estaba Paloma, como una Venus, con los brazos caídos a lo largo de los costados, la cabeza inclinada y sonriendo burlonamente. Sobre el estómago, usando un tubo entero de pasta de dientes, se había escrito en pequeñas letras TE QUIERO.

Carlos se echó a reír hasta que se atragantó con el agua que le caía por la frente y las cejas y la nariz. Alargando una mano, cogió a Paloma de un brazo y la forzó a entrar en la ducha.

Mucho tiempo después, sobre la cama, Paloma dijo:

—Uau, qué bueno.

—Nunca en mi vida —dijo Carlos.

Estuvieron un buen rato en silencio, acariciándose lánguidamente un hombro, una mejilla, la parte interior de un muslo, un pecho.

—Voy a ponerme a ronronear, como los gatos —dijo por fin Paloma.

—Sé que te va a parecer una salvajada, pero, en este

momento, daría tres años de mi vida por fumarme un cigarrillo.

Paloma sonrió.

—Pero si dicen que el mejor es el de después del café por la mañana.

—Mienten. El mejor es éste, ahora. Probablemente, va a ser el mejor de mi vida.

—Huy, pues no debemos reprimirte...

Carlos cogió un cigarrillo de un paquete de Winston que tenía en el cajón de la mesilla de noche, se lo puso en la boca y lo encendió.

—Ahora te quiero ya.

—¿Para siempre?

—Humm..., para mucho rato. ¿Sabes? Quiero tomarme aperitivos contigo, irme al cine contigo, irme... Oye, ¿tú sabes esquiar?

—¿Yo? Qué va...

—Ah, pues me apetece que vayamos juntos a aprender. Dice una hermana mía que es maravilloso. Que se liga muchísimo... por las noches, con la nieve y el calorcito de las chimeneas...

—Dice un amigo mío que lo único en que piensas es en meterte en un baño de sales y en la cama.

—Justo lo que yo quiero hacer, ¿qué te has creído?

—No, boba..., para dormir...

—Ya... Tú date el baño de sales y métete en la cama, que ya me las compondré yo... Quiero poder pasear al aire libre contigo, que me vean sin que me importe, como me vieron Carmen y el *Gera* la primera vez en el Retiro el otro día..., recién amada, ¿sabes? Huy, ¿qué te pasa? —Carlos se había puesto serio—. No te pongas así de mustio. Es verdad que quiero que no me importe ser vista... Por una vez que ninguno de los dos tiene nada que esconder... Oye, Otelo —añadió con dulzura—, escúchame bien, que te estoy diciendo que te doy mi lealtad. ¿Sabes lo que eso quiere decir?

Carlos sonrió con algo de tristeza.

—Sí que lo sé, sí.

—Lo de Javier Montero no lo vamos a poder borrar, amor. Está ahí... Ha pasado, qué quieres que te diga. A ver si te enteras, Gary Cooper, que lo estoy dejando por ti. ¿Qué dejas tú por mí?

—Nada, que no tengo nada que dejar.

—Debe de ser casualidad.

Carlos rió de buena gana.

—También es verdad. ¿Cuántos aperitivos quieres tomar conmigo?

—Unos diez mil.

—Se te va a poner el hígado como una trufa.

—¿Habéis comido en Hendaya? ¿En qué estaría yo pensando? Trufas.

—Qué va. Un bocata en Burgos a la vuelta... El *Gera* me decía que qué prisa tenía yo en volver a Madrid. —Soltó una carcajada—. En realidad —apretó los labios—, a los dos nos dio miedo estar ahí y no veíamos la hora de marcharnos... Así, como te lo digo.

—Me haces cosquillas. Son gozosas. —Se encogió de hombros—. Lo vuestro de allá arriba es algún recuerdillo malo que tenéis, ¿no? Bah, no lo pienses más ahora. ¿Sabes lo que te digo? —Paloma se incorporó bruscamente, apoyándose en un codo—. Tengo un hambre que me muero.

—No se hable más. Vístete, que nos vamos a tomar algo y a bailar.

Se bajó de la cama de un salto.

Paloma se tapó con las sábanas.

—¿Estás majara? No puedo ni mover las piernas. Quiero decir que me traigas un yogur de la nevera o unas galletas o algo así.

—¿No decías que con el esquí se liga mucho y que no importa el cansancio?

—Huelo a... ti y..., y...

—¿No quieres que te vean recién amada? —Carlos se puso de rodillas y apoyó su frente en la cadera de Paloma—. No sé cómo te sientes ahora, pero si sales ahora conmigo, la gente te verá amada. Me acabo de llevar el Oscar a la cursilada del año.

—Pero ¿adónde vamos a ir a estas horas? Si son más de las tres.

—Así de sitios hay en Madrid.

Paloma lo miró, cerrando un ojo.

—Déjeme usted pasar, que me voy a poner mona para ir a tomarme una hamburguesa y a bailar a las tres de la madrugada, a quién se le ocurre... ¡Oye! —gritó desde el cuarto de baño—. Huy, no había visto que me siguieras. Oye, ¿no será que vamos a buscar al ex amigo ese tuyo que es tan malo?

—¿A Jacinto Horcajo?

—Ése.

—Qué va. No hay quien lo encuentre. Igual se ha ido

ya. Qué sé yo. No hay quien lo encuentre, no. Y, lo que es peor, estoy seguro de que trama algo..., algo de drogas o así, ¿has visto cómo he vuelto de vasco...?, o así..., y no tenemos ni idea. Me da una espina fatal.

—Voy a ir hecha un adefesio... ¿Sabes lo que te digo? Me parece que me voy a traer unas cuantas cosas para tenerlas aquí. ¿Te importa?

—¿Cómo me va a importar? Tengo un plan mejor: tráete todas tus cosas aquí. Todo, tus sábanas, tus blusas, tus muebles, tu álbum de fotos, tu balón firmado por el Madrid... Haré que te lo firme Pepillo también... —Ella miraba en silencio, sin parpadear—. Tengo un plan aún mejor: cásate conmigo.

Paloma le acarició la cara y dejó que sus dedos se le enroscaran en la barba.

—Que te crees tú que me vas a liar. Ni hablar —dijo—, aún te falta mucho, míster Hyde.

—Bueno, pues, entonces, si te es más cómodo, me llevo yo todas mis cosas a tu casa...

9.30

A las nueve y media en punto de la mañana, como previamente acordado, Hank Kalverstat llamó a casa de don Julio Galán. Hablando con extrema lentitud para hacerse entender en francés, un idioma que, como sospechaba, su interlocutor no hablaba demasiado bien, dijo:

—Julio Galán.

—Al aparato.

—Hemos llegado a Madrid. Hemos dormido mal, pero estamos preparados.

—¿Cuántos han venido?

A don Julio le encantaba este melodrama conspiratorio de hablar con frases preparadas de antemano. Y más, siendo en francés, lo que se le antojaba como el colmo del refinamiento.

—Somos tres hermanos.

—Muy bien.

Levantó la vista. Delante de él, Jacinto Horcajo seguía atentamente toda la escena. Tenía un papel en la mano y, cuando oyó que don Julio decía «muy bien», se lo pasó para que lo leyera a Hank Kalverstat.

—Dentro de dos horas, debe ir a la siguiente dirección: Banco Popular Español, calle de Ortega y Gasset, 23. Alquilará una caja de seguridad y depositará en ella su mercancía. Pasado mañana, día 28 de mayo, a las diez de la mañana, deberá usted encontrarse en la puerta de este mismo banco. Nuestro corresponsal en América se les unirá para completar la operación. Podrá usted llevar a dos ayudantes, no más.

—Repítame la dirección..., quiero decir, deletréemela. —Don Julio lo hizo—. ¿Los demás preparativos están dispuestos?

—Desde luego.

—Hasta pasado mañana, entonces.

—Adiós.

Hank Kalverstat colgó el teléfono pensativamente.

—¿Todo en orden? —preguntó Christiaan.

—Hmm. Regular. Quieren que depositemos los diamantes en una caja de seguridad de un banco de por aquí. No me fío.

—En realidad, Hank, encuentro que esta gente ha sido bastante clara y honrada. No dan la impresión de querer tendernos una trampa: ni siquiera han querido saber el nombre del hotel en el que nos hemos alojado.

—Bueno, pero prefiero cubrirme las espaldas hasta donde pueda. Sí, ya sé que en algún momento nos vamos a tener que fiar de ellos, pero cuanto más tarde sea, mejor. Un poquito de desconcierto les vendrá bien. De modo que vamos a empezar por desobedecer sus instrucciones de alquilar la caja de seguridad. Pasado mañana llegaremos puntuales a la cita. —Miró a sus dos hermanos—. Pero primero vamos a ir a examinar el sitio muy cuidadosamente, ¿eh?

—Muy bien. Me parece muy bien. Pero, Hank, esta gente es el cártel de Medellín. Son gente seria.

—Ya, ya. Pero, mientras tanto, yo, con mis manías y mis desconfianzas, sigo vivo y libre. ¿Has comprado el plano de Madrid?

—Sí. En el vestíbulo. Aquí lo tengo. —Lo abrió sobre la mesa de la habitación del hotel. Buscando el índice, dijo—: Estamos... Castellana Hilton..., vamos a ver, paseo de la Castellana y... ¡aquí está!

—Bueno —dijo Hank, consultando el papel en el que había tomado nota de las instrucciones de don Julio—, y ahora busca... José Ortega y Gasset. Aquí. El 23 debe de estar en esta manzana, ¿eh?

—Ah, pues qué suerte. Nos hemos venido a un hotel que está bien cerca, ¿verdad?

Nick dio un graznido y se frotó las manos.

—Nick, con todo este dinero que vamos a ganar, te voy a pagar un profesor que te dé clases de reír. Vas a acabar con mis tímpanos —dijo Hank.

—Vámonos —dijo Christiaan—. Si quieres, Hank, cogemos un taxi y yo os sigo en el coche. Así nos vamos aprendiendo las rutas.

—Vamos —dijo Hank.

El taxi los llevó por el lateral de la Castellana, pero, en vez de torcer a la izquierda para subir por Ortega y Gasset, siguió hasta la calle siguiente, cruzó al otro lateral y, desandando el camino, llegó de nuevo a la calle que los Kalverstat habían pedido. Torció a la derecha.

—Dirección prohibida —dijo el taxista, dando gritos para hacerse comprender por los extranjeros—, prohibida, ¿me entiende?

—Ya. Ya —dijo Hank.

—Eso —dijo el taxista—. Aquí es.

—Cratsias —dijo Hank—. ¿Cvánto?

El taxista señaló al contador.

—Quinientas. Fifjundre —gritó.

Hank le dio un billete de mil pesetas y le indicó que se guardara el cambio.

—Cratsias —gritó el taxista—. ¿No te jode estos tíos? Coño, tienen que venir aquí a enseñar lo que es dar una propina. Adiós.

—Me parece que le has dado demasiado —dijo Nick.

—Bueno, por una vez...

El Mercedes, conducido por Christiaan, se detuvo en segunda fila. Hank apoyó un codo en el techo, para poder hablar con el conductor.

—Bueno, ahí está el banco. Y aquí hay un tráfico imposible. Esto es peor que Amsterdam, ¿habéis visto? Nick, fíjate en todo, ¿eh?

Nick tenía tres virtudes fundamentales: mataba siempre sin el menor titubeo, sabía hacer volar un ultraligero y tenía una memoria fotográfica. Horas después de haber observado un lugar, era capaz de dibujar su plano detallado.

Hank y Nick dieron unos pasos hasta el portal de la gran casa en la que está instalada la Organización Nacional de Ciegos, en la esquina con la calle Velázquez. Desde allí se volvieron para examinar cuidadosamente el tramo de la calle y el pequeño banco, que ahora se encontraba en diagonal a ellos en la acera de enfrente. Al lado del banco, en la esquina, a unos cincuenta metros de donde estaban los Kalverstat, había una peluquería de señoras, desde cuyo costado bajaban unas escaleras hacia un bar que estaba en el sótano de la casa. A esa hora de la mañana, el tráfico rodado era ya intensísimo. A cada lado de la calle, los coches estaban aparcados en doble fila y los vehículos que circulaban, automóviles, camiones de reparto, autobuses urbanos, lo hacían con extrema lentitud y dando bocinazos impacientes. Sólo las motocicletas y esa especial e irritante institución madrileña, los ciclomotores de reparto de pequeños paquetes y cartas, se escurrían por entre los viandantes, haciendo mil contorsiones y cabriolas, subiéndose a las aceras, saltando como si fueran estrellas de circo.

Hank dio un largo silbido de consternación.

—No quiero ni pensar en que tengamos un problema aquí —dijo cuando hubieron regresado al Mercedes.

—¿Con la policía? —preguntó Nick.

—No, no. Con nuestros amigos de Medellín.

—Bueno —dijo Christiaan—, piensa que ellos también tendrían el mismo problema. Los atascos y aglomeraciones rigen para ellos igual que para nosotros, ¿eh? Me parece, más bien, que nos traen aquí con la misma intención de evitarse ellos problemas con nosotros.

—Ya. Sólo que nosotros, Chris, vamos a curarnos en salud. Tú, Nick, estarás desde las nueve más o menos en aquella esquina. —Señalaba el lugar en el que se encontraba la peluquería—. Mañana a las ocho vendremos a ver si el tráfico está mejor que ahora y si se puede aparcar cerca. Si es así, pasado mañana vendrás en coche por la mañana temprano, y no te moverás de ahí hasta que Chris y yo hayamos completado con los de Medellín la operación que se supone que hacemos aquí... Y que yo no sé lo que es. Desde luego, no será el intercambio de diamantes por cocaína, porque ciento ochenta kilos son varias maletas —rió— y ¿os imagináis a todos cargando bultos por aquí como si esto fuera una estación?

—Además —dijo Christiaan—, la nieve va en camión, desde alguna nave. No —añadió con firmeza—, la cocaína no estará aquí.

—Con una salvedad: antes de que yo me embarque con nuestros amigos y les pague, tengo que poder comprobar la calidad de la mercancía.

—Es verdad.

—No. No sé por qué nos han citado aquí. ¿Comprendéis ahora por qué quiero tomar todas las precauciones posibles? Bueno, a lo que voy. Si no se puede aparcar, te traerá Chris y entonces será él quien se quede en el coche y tú el que no se despegue de mí. Por lo demás, ya veremos. Habrá que tocar de oído.

10.30

—¿Estás solo? —preguntó Paloma—. ¿Puedo hablarte un segundo?

—No en este momento —dijo Montero—. Mi nivel de follón es total.

—¿Compramos o vendemos?

—Tú, agárrate a esas acciones del Crecom que tienes, que te vas a forrar.

—Ya, seguro. Para diez acciones que tengo, me voy a forrar... Me voy a comprar tu banco, ¿no?

—Eso mismo. Paloma..., te juro que ahora no puedo hablar contigo ni un minuto.

—Si no quiero... Pero quiero que nos veamos hoy. Tenemos que resolver algo.

—Ay. ¿Qué...? Bueno, bueno, no pregunto más. En el apartamento a las...

—No.

—¿No?

—No.

Javier respiró hondo.

—¿El bar del Palace te parece suficientemente solemne?

—Sí —dijo Paloma en voz baja.

—¿A las seis?

—A las seis.

14.00

—Hoy invito yo —dijo Carlos.

El *Gera* lo miró con cara de sorpresa.

—¿Qué te ha pasado? ¿Te ha caído una maceta en la cabeza?

—Nada. Lo que yo os diga. Aprovechar, que hoy mi generosidad no conoce límites.

—Andrés —dijo José Luis, con gran seriedad—, ponme un poco de fugrás con unas tostadas.

—José Luis —dijo Andrés—, déjate de coñas. ¿Quieres una caña?

—No, anda, por ser hoy e invitar éste, ponme un cubata de ginebra... A mí, esto me huele a un lío de señoras.

—¿No decías que no me como una rosca?

—Alguna vez tenía que sonar la flauta. ¿Qué tal el transporte a Francia?

—Como la seda —dijo el *Gera*—. El tío fue durmiendo casi todo el camino...

—Sí, casi todo el camino... —Carlos soltó una carcajada.

—Hombre, al principio nos quiso convencer de que entregarle a la policía holandesa era una tontería. Estábamos equivocados y él era inocente. Luego, como quería pararse a mear, así de repente, Carlos, que es un cagueta, dijo que seguro que nos sigue toda la banda de mafiosos y que como nos lleguemos a parar, nos trucidan. Justo antes de llegar a Bilbao, Kleutermans se hizo pis en los pantalones.

—Venga —dijo Andrés.

—Palabra.

—No le hagáis caso, que está de broma.

—Oye, ¿y qué hay de Jacinto Horcajo? —preguntó José Luis.

Carlos lo miró con detenimiento.

—Y yo qué sé qué hay de Horcajo —dijo—. Ya me gustaría encontrarlo, ya. Mira, estaba en Madrid. Igual se ha ido ya. Ha acabado su negocio y se ha ido ya. Y nosotros sin enterarnos... En el fondo —dijo bebiendo un largo trago de cerveza—, deberían disolver a la policía. La cantidad de cosas que ocurren y nosotros sin enterarnos y sin poder hacer nada. O sea, que si no da la casualidad de que vemos a Horcajo el otro día, ni nos enteramos de que se va a cometer un delito, pero de los gordos. Lo que me mata es saber que está, saber que va a hacer una perrería y no saber ni de qué va, José Luis, a ver si me entiendes.

—Te entiendo muy bien. Mira, a ti qué más te da. Unas veces se acierta y otras no. Oye, y si Horcajo está en Madrid y te cuela una y tú no te enteras, mala pata.

—No, si a mí, que cometa un crimen o que lo deje de cometer, me trae sin cuidado. Será uno más de los ocho mil que se cometen a diario sin que se entere nadie. A mí lo que me revienta, coño, es que tengo una cuenta pendiente con él y que me la quiero cobrar y no puedo. Jopé, Pepillo, hombre, chaval —dijo, viendo entrar al hermano del *Gera* en el bar—, vente para acá, que te voy a invitar a una caña.

—Coño —dijo José Luis—, si es el fino estilista.

—Eso se decía de los boxeadores, José Luis —dijo el *Gera* dando una palmada en el hombro de su hermano—. Hola, muchacho. Tómate algo.

—D-dame una caña, Andrés, que nos ha pegado el m-míster una paliza de campeonato.

—Venga, que invita la casa.

—Oye, ¿invita la casa o invito yo?

—Qué más da...

—Espera, déjame un par de duros, *Gera*, que voy a llamar por teléfono... Oye —dijo, al cabo de un momento, tapándose el auricular con la mano para que no lo oyeran—, te invito a comer.

—Si es Dick Turpin. Hola, tío bueno, ¿qué tal has dormido?

—Poco. Te invito a comer.

—No, gracias. Oiga, yo trabajo, ¿sabe? Además, no te pongas nervioso, que me vas a tener hasta en la sopa.

15.15

—Nada —dijo José Luis—, no tienen ni idea de dónde estás, ni de si estás ya en Madrid, ni de qué has venido a hacer, nada.

—Bueno, eso está bien —contestó Horcajo.

—Ahora, eso sí, te tienen los dos una manía que es sólo comparable a la que te tiene el jefe.

Horcajo se encogió de hombros.

—Gajes del oficio. Bueno, José Luis. Está todo organizado, ¿no? —José Luis asintió—. Pues el jueves empezamos a las ocho, para que nos dé tiempo a hacer toda la ronda de recogida antes de llegar a Ortega y Gasset a las diez.

—¿Tú has pensado en el carajal de tráfico que hay en Ortega y Gasset a esa hora de la mañana?

—Justo por eso. Las cosas van a tener que hacerse despacio, sin precipitaciones y con un follón de gente alrededor. Una buena receta para que nadie pierda los nervios y haga una tontería.

—¿El *Pitri*? ¿Lo tienes controlado?

—Sí, hombre. Cuando me fui de su casa anteanoche, te aseguro que no le dejé una dirección para que me hiciera seguir la correspondencia, ¿sabes? No, hombre. No tiene ni idea de dónde estoy, no sabe a lo que he venido y me tiene más miedo que a un nublado. El mejor sistema que conozco para impedirle hacer idioteces. Tú tranquilo. Mientras yo lo esté, tú tranquilo, ¿vale?

17.00

Cuando entró en la habitación 516 del hotel Palace, Javier Montero no reconoció a ninguna de las dos personas que allí lo esperaban. El que le había abierto la puerta era un hombre grande, de cara redonda y algo grasienta en la que resaltaban unos ojos achinados y la boca, de labios extraordinariamente gruesos. Iba vestido con una chaqueta gris clara, los bordes de cuyas solapas estaban pespunteados de blanco y cuyos bolsillos exteriores eran de tapa y se cerraban con botón.

El otro hombre, que estaba apoyado contra la pared junto a la ventana, era de estatura media y muy moreno. Una barba negra y crecida, aunque no desordenada, le cubría la cara casi desde media mejilla. Tenía la piel picada de viruela y los ojos muy oscuros.

—Buenas tardes —le dijo el que había abierto—. Usted es Javier Montero, no hase falta que lo jure, porque su cara es muy conosida. Yo soy Lambert hijo. En realidad, me llamo Oswaldo Borrero. Pase por favor y siéntese donde apetezca. ¿Un *drink*?

Señaló un carrito sobre el que había media docena de vasos, una hilera de pequeñas bandejas con aperitivos, un cubo de hielo y varias botellas de los más variados licores y bebidas.

Montero miró con curiosidad al otro hombre, que seguía inmóvil y sin pronunciar palabra.

—Nada, gracias..., bueno, si acaso una coca-cola... con hielo, sí.

Se sentó en una de las butacas tapizadas de *chinz* de flores, al lado de una mesa redonda. La mesa estaba cubierta por un grueso cristal. No había un solo papel a la vista.

Borrero puso un vaso lleno de hielo y coca-cola sobre la mesa, cerca de Montero, y luego se sentó en la otra butaca.

—Bueno, señor Montero, le voy a introducir a mi colega. Don Jasinto Horcajo representa los intereses —Jacinto lo saludó con una inclinación de cabeza— de nuestros capitalistas principales en Colombia. Él deberá aprobar la operación que usted nos proponga aquí esta tarde y será quien determine las modalidades que deberá adoptar la misma.

Borrero hablaba con parsimonia, gran precisión y extremada cursilería.

—Muy bien —dijo Javier—. Como le anticipé por teléfono, necesito una cierta cantidad de dinero...

—¿Cuánto? —preguntó Horcajo.

—Mil quinientos millones de dólares —ninguno de sus dos interlocutores movió un músculo—, que, al cambio de hoy, son doscientos veinticinco mil millones de pesetas.

—¿Nos puede usted detallar la operación? —dijo Jacinto.

Javier cruzó las piernas. Después, alargó la mano, cogió el vaso y bebió un sorbo de coca-cola. De un bolsillo interior de la chaqueta sacó una pequeña calculadora electrónica. Se sentía perfectamente tranquilo.

—Naturalmente. Ustedes saben, claro está, que presido el Crecom. Dentro de cinco semanas se celebrará en Madrid la junta general de accionistas, la primera desde que, habiendo adquirido el uno coma veinticinco por ciento del capital, fui nombrado para el cargo con la ayuda de mi socio, Andrés Martínez-Malo. Martínez-Malo adquirió un cuarto de un uno por ciento en la misma operación. Nuestras acciones, sumadas al dos por ciento de nuestros aliados en el consejo, nos daban el control del banco, por encima de las familias tradicionales, que, a lo largo de los pasados años, han ido vendiendo papel hasta controlar solamente el cero setenta y cinco por ciento. —Miró a Borrero y a Horcajo. Ambos asintieron—. Bien, ayer acabé de comprobar que, desde el banco Goldblum & Pierce, se había completado una compra masiva de acciones del Crecom, dos millones de acciones, con una inversión de mil millones de dólares..., lo que da a los compradores el diez por ciento del capital del banco.

—¿No pudo usted hacer frente al asalto desde el principio?

—No... No, porque ni teníamos esa clase de dinero ni pensamos que la compra llegaría a adquirir las proporciones que acabó teniendo.

Bebió un poco más.

—¿Otra coca-cola? —preguntó Borrero.

—Gracias..., quiero decir, gracias sí... La casualidad, cuya coincidencia no se les ocultará a ustedes, quiso que ayer por la tarde, mi primo Basilio Montero, que es el cabecilla de las viejas familias, me llamara exigiendo una reunión conmigo. Lo recibo esta tarde.

—Un momento. ¿Sabemos quién está detrás de los mil millones de dólares?

—Todavía no. Pero me enteraré... Imagino que los árabes del emirato de Qatar, que son los dueños de Goldblum & Pierce, pero no estoy seguro. De lo que sí estoy seguro es de que Basilio es su testaferro y que, durante nuestra reunión, me va a exigir que yo le ceda la presidencia. Bueno, pues, con la ayuda de ustedes, no tengo intención alguna de hacerlo.

—¿Qué piensa hacer?

—Amenazarlo con una OPA, una oferta de compra hostil.

—¿A cuánto?

—Verá usted. Basilio dispone de dos millones de acciones que ha comprado a 75 000 pesetas. Ésta ha sido, con altibajos, la cotización de las dos semanas pasadas. Me propongo hacer una oferta de compra a 76 000 pesetas... Esto quiere decir —añadió, empezando a manejar la pequeña calculadora— que de los doscientos veinticinco mil millones de pesetas que ustedes me den, hay que deducir el 0,6 por ciento de corretaje de los agentes de cambio y bolsa... exactamente mil trescientos cincuenta millones. Quedarán doscientos veintitrés mil seiscientos cincuenta millones de pesetas que nos permitirán comprar... —hizo los cálculos y levantó la mirada— dos millones novecientas cuarenta y dos mil setecientas sesenta y tres acciones, que representan un… 14,71 por ciento del nominal. Es decir, el control absoluto del banco. —Cruzó las piernas para ocultar su erección.

—Y si nosotros le damos el dinero, ¿cómo va usted a obviar las dificultades que le oponga el gobernador del Banco de España a una inversión que viene del extranjero? —preguntó Oswaldo.

—Yéndole a ver y explicándole que me quedo de presidente. Aceptará.

—¿Está usted seguro?

—Absolutamente. ¿Una inyección de mil quinientos millones de dólares? ¿Están de broma? Aceptará seguro... Es más. Fíjense si estoy seguro de lo que les digo, que estoy dispuesto a ir a verlo antes de que ustedes me entreguen materialmente el dinero. Le propondré la operación y, si la rechaza, ustedes podrán retener su dinero.

Borrero miró a Horcajo. Guardaron silencio durante casi medio minuto.

—Muy bien —dijo finalmente Horcajo—. Comprometemos nuestro dinero. —Javier Montero respiró profundamente y tuvo que hacer un esfuerzo considerable para reprimir una sonrisa—. Nuestros representados exigen, claro está, un contrato escrito. Nuestras condiciones son muy sencillas. Aunque las acciones que usted compre sean puestas a su nombre, usted estará actuando por cuenta de Oswaldo Borrero, aquí presente, que será el dueño.

—De acuerdo. En ese mismo contrato quedará estipulado, supongo, que yo seguiré siendo presidente de Crecom.

Horcajo sonrió.

—Por supuesto. ¿Sabe alguien más que nos estamos reuniendo?

—No.

—¿Cuándo quiere el dinero?

—Lo necesito el sábado.

—Muy bien. ¿Qué le parece si nos vemos el próximo viernes a las tres de la tarde en el hotel Ritz de París? Tendremos el contrato preparado y usted nos podrá traer la aquiescencia del gobernador del Banco de España. Al día siguiente quedarán ingresados los fondos a su nombre en la sucursal del Crecom en Miami.

—Perfecto. De acuerdo. Me parece una solución perfecta. —Javier se quedó callado. Sus interlocutores lo miraron en silencio, esperando—. Tengo una pregunta más —dijo por fin.

—Adelante —dijo Horcajo.

—Ese dinero que ustedes me van a depositar en Miami será investigado sin duda alguna por la autoridades monetarias americanas y españolas. No puede ser un dinero que sea blanqueado por primera vez al serme ingresado en cuenta.

Horcajo rió.

—Naturalmente que no. Naturalmente que no. No, no. Ese dinero sufre algunas operaciones intermedias antes de ser canalizado, ya limpio.

—Explíquese.

—Muy fácil. Suponga que es usted dueño de un banco de Chicago. Usted, mi buen amigo y socio. Entonces, yo le pido a usted un préstamo de cincuenta millones de dólares para comprarme un edificio de oficinas al borde del lago. Usted me lo da. Yo compro el edificio. Al cabo de unos meses, le devuelvo a usted los cincuenta millones con dinero que me saco del bolsillo. Ya tengo blanqueados cincuenta. Inmediatamente a continuación, vendo el edificio a un primo mío por cien millones de dólares. Él ha obtenido un préstamo de usted por esos cien millones (que son, en realidad, los cincuenta míos de antes y otros cincuenta de otra operación similar anterior). Sólo que, en esta ocasión, él no devuelve la hipoteca y usted le embarga el edificio. El banco ha recuperado los créditos y, encima, tiene un edificio de oficinas en el frente del lago en Chicago. Dígame, ¿quién se acuerda de los coca-dólares? —rió—. No se preocupe. En París le detallaremos al céntimo el origen de las cantidades que le entreguemos.

17.45

En realidad, Carlos se había puesto a seguir a Paloma casi sin querer. Cuando pretendió hacerle señas desde el otro lado de la calle General Díez Porlier, en cuyo número 26 ella y sus hermanas tenían el taller de costura, Paloma ya se había subido a un taxi y éste había arrancado.

—Siga ese taxi —dijo, subiéndose a otro que se había parado en la esquina. Luego le dio risa—. Venga, que parece que estamos en una película de Humphrey Bogart.

En el interior del vehículo olía poderosamente a tabaco farias. El taxista tenía en la boca un puro maloliente casi enteramente consumido. Sin embargo, llevaba su ventanilla solamente a medio abrir. Carlos bajó la suya.

—Coño —dijo el taxista, mirándolo por el espejo del retrovisor—, pues se iban a divertir con el tráfico como está hoy. ¡Hay que joderse! ¿Ha visto usted cómo, en los teleflís, siempre dan la vuelta en redondo en la avenida principal y aquí no viene nadie?, ¡hale!

—Ya —dijo Carlos—, y además encuentran aparcamiento a la primera.

—Les iba yo a hacer rodar un episodio en Madrid, para que se fueran enterando de lo que vale un peine. Y es que, además, no hay disciplina, señor. Esto es un cachondeo. Tanta derecha y tanto PP y tanta libertad, ¿para qué? Para que no funcione nada. —Esquivó a una anciana que pretendía cambiar de acera, impidió que saliera de la calle transversal otro coche que bloqueaba todo el tráfico que subía por ella—. ¿Adónde vas, hombre? —Y dio un bocinazo impaciente a una chica a la que se había calado el motor del propio automóvil—, si no sabes conducir, quédate en casa, anda. ¿Vio usted el debú del Pepillo ese con el Madrid el domingo? Bueno, bueno, ese chaval. Va a ser mejor que el *Buitre.*

—Juega como Dios —dijo Carlos lacónicamente.

—¿Como Dios? Mejor que Dios, oiga, porque Dios, con tanta ropa y tal, no puede regatear en corto como hace el chaval este. Vaya golazo le metió a Molina..., de los que recuerda uno siempre. Como el cuarto toro de la reaparición de Antonio Ordóñez en la feria de San Isidro del 65. Vaya toro, oiga, que después de un pase de pecho, plegó el tío la muleta, se dio la vuelta... y le estaba haciendo la faena en el 5, y la plaza se cuajó de pañuelos. —Se habían detenido en un semáforo. El taxista se había vuelto para enseñar a Carlos cómo había plegado la muleta Antonio Ordóñez. Vio que Carlos miraba hacia adelante—. No se preocupe, hombre, que no vamos a perder de vista a su chavala. Ahí delante van. —Arrancaron—. Es lo que yo digo siempre, oiga. La gente siempre dice, que lo he oído yo en la radio y en la tele, que se acuerda de dónde estaba y de lo que estaba haciendo el día que mataron al Kennedy ese en Dallas..., pues eso es de otra generación que no es la mía, sino la siguiente. Porque nosotros, de lo que nos acordamos es de lo que estábamos haciendo el día en que el toro de Miura mató a Manolete... 29 de agosto del 47, sí, señor. Me acuerdo como si fuera ahora, porque yo me estaba tirando a una modistilla al sol, sobre una piedra en un descampado en Alpedrete. Ya lo creo que me acuerdo. —Rió con estrépito y le cayó ceniza sobre la camisa. Se la sacudió con la mano, entre gargarismo y gargarismo bronquial—. Luego lo oí por la radio, que habían matado a Manolete... y pensé, hombre echaste tú el último polvo antes que yo. Te lo brindo, hombre... Aquí estamos. Hotel Palace. ¿Para qué coño le pondrán palace si se dice palas? Son 775.

Carlos pagó y se bajó del taxi.

—Adiós —dijo.

Entró en el vestíbulo del hotel. Carlos frunció el ceño. No conseguía ver a Paloma, que se había bajado antes que él de su taxi y había desaparecido en el interior del edificio. Se dirigió hacia la escalinata que hay al fondo del vestíbulo y subió los ocho o diez peldaños. Miró a lo lejos hacia la gran rotonda brillantemente iluminada en la que está el bar. A su derecha, un empleado del hotel, solemnemente vestido de librea azul, rearreglaba con parsimonia los cojines de los sofás.

Divisó a Paloma, a lo lejos. Estaba de pie, quieta en la entrada de la rotonda, buscando a alguien con la mirada. Carlos tuvo un instante de remordimiento: por un momento pensó que no tenía derecho a inmiscuirse en lo que estaba haciendo Paloma y supo que, como ella llegara a enterarse de que, recomido por la curiosidad y un rebrote de celos, la había seguido sin decirle nada, con toda probabilidad lo dejaría sin más. O se reiría de él.

Titubeó y, después, sacudiendo la cabeza, se dio la vuelta y se quedó helado.

A diez metros de él, Jacinto Horcajo acababa de salir del ascensor y se dirigía rápidamente hacia la salida.

En la escalinata de la calle, se detuvo.

—¿Taxi, señor? —le preguntó el portero.

—Gracias.

—Dame la oportunidad de pegarte un tiro, por favor —le dijo Carlos al oído.

Como inicio de diálogo le pareció horriblemente melodramático, pero bastante eficaz. Se sentía tenso como un arco y notaba que le temblaban los pectorales.

Horcajo se sobresaltó. Luego hizo un positivo esfuerzo de relajación. Exhaló lentamente. Por fin, se volvió hacia Carlos y le sonrió.

—Qué forma de expresarse, coño, Carlos —dijo—. ¿Vamos en taxi o qué hacemos?

—En taxi. —Carlos bajó la voz—. ¿Llevas arma?

—No. Soy idiota.

—Sube. —Carlos miró brevemente al portero que mantenía la portezuela del taxi abierta y le dio una moneda de veinte duros.

—Gracias, señor —dijo el portero sin excesivo entusiasmo.

En las películas son frecuentes las escenas en las que una persona, encañonada e introducida por la fuerza en un vehículo, se revuelve y propina una patada definitiva a su adversario, por lo general en la zona de los testículos. Estas cosas no ocurren en la realidad. En la realidad, el secuestrado, sobre todo si es un experto, se está muy quieto, no se le vaya a disparar al secuestrador la pistola, que la pistola es un instrumento muy volátil de convencimiento. Y Jacinto Horcajo, que era hombre pragmático, nunca arriesgaba más de lo necesario.

El taxista miró a Carlos por el retrovisor.

—Almirante 22.

Horcajo respiró: no estaba siendo llevado a una comisaría sino al piso de Carlos. Iban a negociar.

—También es mala casualidad que me veas dos veces en... en menos de una semana, ¿eh?

—Cosas de la vida, Jacinto.

El taxista, sintiendo que la tensión del asiento trasero le pegaba en el cogote como un manotazo, los miró por el retrovisor.

Todos guardaron silencio.

—Jacinto —dijo Carlos cuando entraron en su piso—, no quiero dejar de verte la cara ni un instante. Y lo mismo te digo con las manos. Tú estáte ahí, sentado, con las manos en las rodillas, y mírame siempre.

Le señaló un pequeño sofá que había en una esquina del salón-comedor. Horcajo se sentó en él y permaneció callado y absolutamente inmóvil. Carlos se sentó frente a él al lado del teléfono. Sosteniendo la pistola en la mano derecha, con la izquierda descolgó el auricular, se lo puso encima de las rodillas y marcó el número de la brigada.

—Pásame con el *Gera* —dijo cuando le contestaron.

—Qué hay.

—*Gera,* deja lo que estés haciendo y vente a mi casa. Ahora mismo.

19.00

Javier Montero miró a Andrés Martínez-Malo y sonrió.

—Me parece que les vamos a ganar la partida, Andrés.

—Mucho cuentas tú sobre el poder de echarte un farol y sobre lo cobarde que es Basilio, Javier. Esta vez viene con una pila de millones detrás.

Con las manos en los bolsillos fue andando despacio hasta el ventanal del despacho de Montero. En el atardecer de la primavera tardía el ambiente estaba claro y limpio y, desde el vigesimoquinto piso del rascacielos, la Castellana, iluminada en el sol poniente como con un filtro amarillo, se veía diáfana, casi vacía de coches, brillantemente cercana en una atmósfera en la que las frecuentes lluvias de este mes de mayo tenían a Madrid despejado de polución y humos.

Sonó el timbre del intercomunicador.

—Sí, Marta —dijo Javier sin moverse.

—Está aquí don Basilio, don Javier.

—Que pase. —Interrumpió la comunicación y, volviéndose hacia Andrés, dijo—: Muy fuerte se siente. Viene solo.

La puerta del despacho se abrió y Basilio, pequeño, elegantemente vestido de azul, con gafas de concha nuevas y el pelo, cada vez más escaso, cuidadosa y pulcramente peinado hacia atrás, hizo su entrada. Se veía que la había ensayado y, sin embargo, le salió mal: entró demasiado de prisa y tuvo que detenerse en medio del despacho para buscar a Javier con la mirada. Titubeó y, por fin, cambiando nerviosamente de dirección, se acercó a la mesa detrás de la cual Javier esperaba sin levantarse.

—Hola, Basilio —dijo.

—Javier —saludó con sequedad—. Andrés. Imaginaba que estarías aquí.

Antes de que pudiera sentarse, Javier le dijo:

—Siéntate, hombre. —Basilio no se sentó.

—Lo que me trae es breve y puede ser dicho en unas cuantas palabras.

—Pues venga. —Y nuevamente antes de que pudiera hablar, le dijo—: ¿No quieres beber algo? ¿Un café? ¿Una coca-cola, tal vez?

Basilio tardó unos segundos en contestar.

—No —dijo por fin—, no quiero nada. —Siguió sin sentarse en la silla que le ofrecían; cruzó las manos sobre la mesa del despacho. Eran manos pequeñas y bien cuidadas, no débiles, pero sí frágiles, de dedos cortos y uñas redondas—. Dentro de cinco semanas se celebra la junta general de accionistas del Crecom. —Miró a Javier, esperando un comentario. Como no decía nada, continuó—: Quiero más consejeros.

Hubo un silencio.

—¿Quieres más consejeros? —preguntó Montero.

—Sí.

—¿Con qué apoyo?

—Pues... con más capital.

—¿Cuánto es eso?

—Ya te lo diré cuando sea necesario.

Montero se inclinó hacia adelante y también cruzó las manos sobre la mesa. Eran grandes y fuertes, de dedos largos y nudosos. Las cruzaban venas azules muy hinchadas; las manos de un ave de presa.

—Vamos a ver —dijo Montero—. Tienes cinco consejeros... ¿Tienes suficiente capital? Sé bien que tu representación ahora es pequeña. Estoy de acuerdo... Muy bien. Te voy a dar tres consejeros más.

Repentinamente, Basilio se echó hacia atrás y rió nerviosamente.

—¿Ocho? ¿Estás de broma? Quiero trece.

—¿La mayoría? El que está de broma eres tú, muchacho...

—¡Dispongo del cuatro por ciento del capital y eso me da derecho a la mayoría de los puestos en el consejo!

—interrumpió Basilio con vehemencia—. Lo tengo, ya lo creo que lo tengo.

—Lo vas a tener que demostrar, Basilio. Cuatro por ciento es mucho por ciento en este banco.

—Y en cualquiera —dijo Andrés.

—Demostraré que lo tengo. Lo verás cuando empiecen a llegar las delegaciones de voto.

—Tú demuestra eso y yo te meto una OPA que te acuerdas —dijo Javier, que se estaba divirtiendo como pocas veces.

Notó que, a su espalda, Andrés se ponía rígido. Basilio había palidecido.

—No puedes —dijo.

—¿Que no puedo?

—No tienes el dinero para hacer una OPA.

—Me lo vas a decir pasado mañana cuando lo haga.

La sombra de una duda se asomó a la cara de Basilio. Frunció el ceño. Luego, recordando el diez por ciento del Crédit et Banque du Canton, se relajó. Siempre había sido mal jugador de póquer.

—No puedes con mi capital.

—¿Ah sí? Voy a hacer una oferta de compra del cinco por ciento a un precio que te vas a hacer pipí en los pantalones.

Basilio se incorporó con brusquedad.

—Hazla, hazla. Ya veremos. Te lo advierto ahora, Javier. Ya veremos lo que te pasa cuando hayan entrado las *proxies*. ¡Aj!, bah —concluyó con disgusto.

Se dio la vuelta, se dirigió hacia la puerta, la abrió y salió del despacho sin cerrarla.

—Me parece que tenemos un pequeño desacuerdo —dijo Javier con suavidad. Se inclinó en su asiento y agarró el borde de la mesa con ambas manos—. Un pequeño desacuerdo, sí, señor.

Andrés se había apartado de la ventana. Fue a la puerta y la cerró. Luego se volvió hacia Montero.

—¿Te has vuelto loco? No has podido con él, ¿eh?

—Sí, hombre, sí. ¿Has visto cómo se ha puesto de histérico?

—Pero qué histérico ni qué niño muerto. El tío ni ha tenido que sacar su diez por ciento. Con decir que tenía un cuatro te ha derrotado. Ya puedes hacer las maletas, majo... ¿OPA? Pero ¿de qué hablas? Para dar una OPA tienes que ofrecer por lo menos setenta y seis mil por acción. Y, con el dinero que tienes en este momento, compras más o menos diez.

—Estás equivocado, Andrés. Siéntate, hombre, que me canso sólo de verte. Tú..., vamos a ver, tú crees que el mundo es tan impoluto como el Kempis...

Martínez-Malo se puso muy serio.

—Eso me enseñó tu padre.

—Pues mira a Basilio, que me está diciendo que tiene el cuatro por ciento y, cuando pueda, me enseñará el diez y luego, en la junta, me querrá destronar y ponerse él de presidente. ¿Eso no es mentir? No sé cómo lo llamarás tú, pero me parece que, en el mundo de la banca, este tema del Kempis sale algo mal parado. Y, además, yo no lo hago por mí. —Miró a Andrés y, corrigiéndose, dijo—: ... Bueno, no sólo por mí. Como a Basilio le dejen ser presidente, el banco dura lo que un pastel a la puerta de un colegio. ¿Estamos de acuerdo? Bueno, pues desde que mi padre nos hablaba del Kempis ha corrido mucha agua debajo de los puentes. —Lo miró con aire especulativo, haciendo un mohín con la boca—. Venga, Andrés, que te voy a contar una historia, anda. Te vas a divertir.

—No estoy seguro —dijo Andrés.

19.15

—Aquí Lambert hijo —dijo Oswaldo Borrero desde la habitación 516 del hotel Palace.

—Adelante —le contestaron desde París.

—La operación ha sido un éxito. Mi colega la ha aprobado. Firmamos el viernes allí en las condisiones previstas y por la cantidad que pensábamos.

—¿Conocen algo de la procedencia del repentino aumento de capital que ha tenido el primo Basilio?

—No. Lo achacan a Qatar. Pero no hay que desdeñar a la parte contraria. No me parese ningún subnormal y lo veo bastante capás de realisar con éxito una investigación que lo condusca a la verdad, ¿sí?, por poco que tenga alguna sospecha... llegará hasta nosotros, ¿sí?

—Bien. A la hora de la verdad, aunque lo descubra, no tendrá mucha importancia. Tú te vienes ya mañana, ¿no?

—Sí, en el primer vuelo.

—¿Y la operación subsidiaria que lleva tu colega con Holanda?

—Eso va bien, tranquilamente. Concluyen pasado mañana.

—Recuérdale que nada puede estropear el contrato que firmáis aquí el viernes. Si ve que se estropea la operación holandesa, que recuerde que es muy secundaria; que lo suelte y se venga para acá, ¿eh?

—Se lo diré. A él le divierte, porque, aunque sea cosa de poca monta, le da gusto poder reírse de sus antiguos compañeros de trabajo. Pero le recordaré las prioridades.

—Muy bien. Hasta mañana.

19.30

Impasible, casi indiferente, Jacinto Horcajo seguía sentado en el sofá del salón-comedor del piso de Carlos. Tenía un pequeño corte justo debajo del ojo izquierdo y de vez en cuando se llevaba el pañuelo a él. Le escocía y, al apretarlo con la tela, salía un poco de líquido. Pero había dejado de sangrar.

Cuando sin dejar de apuntar a Jacinto, Carlos había abierto la puerta, el *Gera* se había quedado mudo de asombro. Durante unos segundos no había comprendido lo que pasaba.

—¿Qué...? —había dicho.

Y después, siguiendo con la mirada la trayectoria de la pistola, había visto a Horcajo sentado frente a la puerta abierta que daba al vestíbulo.

Se había abalanzado sobre él de dos zancadas y, agarrándole por las solapas con la mano izquierda, le había propinado una fuerte bofetada. Jacinto ni siquiera había levantado los brazos para protegerse. Apenas un gesto reflejo, como queriendo apartar la cara. Nada más. Aguantó estoicamente el golpe.

Por un momento, Carlos pensó que el *Gera* mataría a Jacinto allí mismo, sencillamente a tortas. Cuando vio que retenía el segundo golpe, dijo:

—Jolín, *Gera*, tus castañas suenan como un trueno.

El *Gera* respiró profundamente y se apartó. Dio la espalda a los otros dos y, durante uno o dos minutos, permaneció inmóvil, vuelto hacia la pared. En todo ese tiempo, nadie dijo nada. Por fin, el *Gera* giró lentamente en redondo y se apoyó contra el muro.

—¿Puedo sacar el pañuelo? —preguntó Horcajo—. Me escuece un poco el ojo.

—Te sangra —dijo Carlos—. No hagas chorradas, ¿eh?

—¿Dónde lo has pescado? —preguntó el *Gera.*

Los tres hablaban con una lentitud forzada, de una densidad hostil. En realidad, a ninguno le apetecía verdaderamente hablar. Los tres hubieran querido no estar allí. Parecía que el contacto mutuo los avergonzaba. Tal vez habían compartido demasiadas cosas, demasiada risa, demasiado compañerismo y, finalmente, demasiado odio.

—Todos estos días buscándole por la Ballesta, *Gera.* Don Jacinto estaba en el hotel Palace... todos estos días. Por pura casualidad, lo he pillado en el momento en que salía del ascensor.

—Carajo —dijo el *Gera.*

Horcajo se encogió de hombros.

—Bueno, Jacinto —dijo Carlos—, te van a meter seis mil años por lo que hiciste en Biarritz, seis mil años por tráfico de drogas y por lo menos seis mil años por imbécil. ¿A qué coño se te ocurre a ti volver a España? Tú eres memo.

—Hombre —dijo Horcajo con voz ronca—, te juro que no he venido por el gusto de pasar San Isidro en Madrid.

—¿Por qué? —preguntó el *Gera.*

—¿Por qué he venido? —Se encogió de hombros—. Negocios.

—¿Por qué? —repitió el *Gera,* sin cambiar el tono de voz.

Antes de contestar de nuevo, Horcajo dudó. Giró la cabeza hacia la izquierda y miró directamente al *Gera.*

—Porque no podía quedarme allí por más tiempo, *Gera.*

—¿No? Por lo menos podías haber retrasado tu perrería un par de horas y éste se habría ahorrado el tiro en la tripa y yo, el fuego cruzado con media ETA queriéndome cortar los huevos.

—No te das cuenta... No podía volver. Sabían quién era. No habría podido llegar vivo a la estación de Biarritz. Yo creo que ni siquiera podría haber llegado a la frontera.

—Tienes más cuento que Calleja —dijo Carlos lentamente—. Nadie te esperaba en ningún sitio más que nosotros para que nos cubrieras las espaldas. No, no, colega. Lo que te pasó fue que te llegó un alijo de cocaína a Barajas y nos dejaste por otra. Que lo sé yo.

—¿Para qué iba a mentir, si ahora me tenéis aquí, cocido?

Carlos rió con desagrado.

—Para que te creamos y así te libras de lo que te va a pasar.

—Aquella noche estuve en San Sebastián.

—¡Mientes!

Carlos se incorporó de un salto. Por un momento pareció que iba a darle en la cara con el cañón de la pistola. Horcajo entrecerró los ojos y ahuecó las mejillas. *Gera* levantó una mano y Carlos se detuvo.

—Aquella noche —dijo el *Gera* con voz tranquila—, estuviste en Barajas. Sacaste el alijo de la terminal de carga, se lo entregaste a tus clientes y, sin pensártelo dos veces, te subiste al vuelo de Avianca, rumbo a Bogotá...

—... la caliente tierra del Caribe —dijo Carlos, todavía de pie junto a Jacinto, escupiendo las palabras.

—... Que lo sé yo. Porque luego trincamos a tus clientes...

—Y aquí, mi compañero, metido en una fosa de la vía férrea Madrid-París, aguantando la lluvia de un inolvidable 29 de diciembre, con unos cien mil chicarrones del Norte buscándolo para hacerlo picadillo. No había que preocuparse, claro, porque estábamos tú y yo para salvarle la vida: tú en Madrid y yo tirado en el andén de la estación de Biarritz con dos balas en el estómago.

—Pero no te creas que te tenemos manía, no.

Horcajo volvió a levantar los hombros.

—¿Qué queréis que os diga? Me tenéis aquí... Nada de lo que diga... Bah, qué más da...

—Sí, Jacinto... Cualquier cosa que digas te será tenida en cuenta, a ver si me explico. Porque después de nosotros, te las vas a tener que ver con el jefe... Y si nosotros estamos cabreados contigo, no te quiero contar él.

—Bueno, pero a él —dijo Jacinto con prudencia— eso le pasa por tonto. ¿O sea, se viene a Colombia como Hércules Poirot a poner patas arriba el mundo del crimen? Hace falta estar grillado... ¿Aquel mundo del crimen? Venga, *Gera*, allí esos tíos mandan más que el presidente de la República, no te quiero ni contar que un juez de mierda... Pretender llegar a Bogotá, hacer que me detengan y pedir la extradición... es del género idiota. Enfadarse porque los barones de la droga le ponen un kilo de nieve en la maleta... mira, Carlos, es como una broma de despedida, por decirle, venga, tío, no te quedes conmigo, chico... pero es del género macheras cabrearse... Pero, tío, conseguir trincar a Ochoa en España y vengarse dándole una patada en los cataplines, es del género suicida. Porque os juro que Ochoa se la tiene guardada...

Carlos rió con ganas.

—Sí que hace falta ser retrasado mental, sí...

—Y, cuando Ochoa se la guarda a alguien, ese alguien tiene la costumbre de aparecer fiambre en una alcantarilla al poco tiempo... Sólo que el fiambre esta vez fue él.

—... Bueno, porque lo traicionaron.

—No, si hay un ambientillo allá...

—No, hombre, lo traicionaron desde el gobierno...

Hubo un silencio.

—Oye —dijo el *Gera* después—, tú no habrás venido aquí a cepillarte al jefe, ¿eh?

—No, *Gera*. No he venido a cepillarme al jefe.

—Entonces, Jacinto, ¿a qué has venido?

Un ruido, que provenía del vestíbulo, los sobresaltó. Alguien estaba metiendo un llavín en la cerradura de la puerta de entrada del piso. Carlos, el *Gera* y Jacinto se callaron de golpe. Pero, sorprendido y todo, el *Gera* no dejó de vigilar a Horcajo.

—Paloma —dijo Carlos volviéndose hacia el vestíbulo.

La puerta se abrió y entró Paloma. Iba vestida con vaqueros y una camiseta de algodón. En la mano traía una bolsa de viaje. Entonces vio a Carlos que salía del salón-comedor. Esbozó una sonrisa y, luego, bajó la mirada. Al ver que Carlos llevaba una pistola en la mano derecha, abrió mucho los ojos y detuvo su gesto risueño. Soltó el bolsón de viaje y se llevó una mano a la garganta.

—Carlos —susurró. Se acercó a él y le miró de nuevo a los ojos—. ¿Qué pasa? —Carlos hizo un gesto negativo—. No se puede respirar bien aquí —añadió Paloma en voz baja—. Tienes mala cara.

Le pasó los dedos por la barba. Miró por encima de su hombro y, sentado en el sofá, vio a Horcajo. Tragó saliva.

—Ése es Horcajo —dijo por fin.

—Es Horcajo, sí —dijo Carlos.

—Me da miedo.

Carlos se encogió de hombros.

—Qué quieres —dijo—. Así es.

—¿Me llamarás a casa?

—No, no —dijo Carlos en voz baja—, duerme aquí. Por favor.

—Me da miedo. Me da miedo, Carlos. Aquí..., aquí huele a... miedo. —Sacudió la cabeza—. No, no. Llámame a casa. —Respiró hondo—. ¿Eh? ¿Quieres? ¿Me llamas luego?

Carlos bajó la cabeza.

—Pondré esto —dijo, señalando el bolsón— en la..., en... nuestro cuarto.

—Vale.

Paloma dio dos o tres pasos hacia atrás, salió al descansillo de la escalera y tiró la puerta hacia sí. Estaba muy pálida.

Pero el cerco de violencia se había roto.

—Entonces, Jacinto, ¿a qué has venido? —repitió el *Gera* como si no hubiera ocurrido nada.

—Si te dijera que a visitar mi patria chica —dijo Horcajo, un poco, muy poco, más relajado—, no te lo creerías.

—Sobre todo porque ya hemos quedado en que no —dijo Carlos desde la puerta—. Mira, *Gera*, conocemos a Jacinto como si lo hubiéramos parido. No nos va a contar nada, a menos de que le partamos el alma. Y, si nos cuenta algo, nos va a engañar. De modo que vamos a llamar al jefe y que se lo lleven.

—¿Así? —dijo el *Gera*.

—Así.

Horcajo estaba callado. Carlos se sentó una vez más en la butaca al lado del teléfono. Descolgó y marcó el número de la brigada, muy despacio para que Jacinto viera que llamaba de verdad a la policía, a un número que su antiguo compañero tenía que recordar perfectamente.

—Oye, soy De Juan. ¿Está mi jefe...? Llama a ver.

Al cabo de pocos segundos, por el auricular se oyó muy nítidamente la voz del subcomisario, que decía:

—¿Qué le pasa, De Juan?

—Tenemos a Horcajo... —dijo Carlos.

En ese momento, Horcajo levantó una mano.

—... Quiero decir que me parece que *Gera* y yo lo hemos localizado, jefe.

—¿Dónde?

—Cerca del Palace... quiero decir que me parece que debe de estar alojado en el hotel Palace. Veníamos siguiendo una pista que nos ha dado uno de los camellos de la Ballesta, ya sabe, jefe, el *Pitri*, y nos parece que Horcajo va a hacer una recogida de un paquete en el mismo bar del hotel.

—¿Está García con usted?

—¿El *Gera*? Sí.

—Me consuela bastante. Así nos ahorraremos todos tonterías. Téngame informado.

—Sí, señor. —Colgó—. Dice que le consuela que estés conmigo porque, así, no haremos tonterías.

—Un día de éstos, habrá que tener una conversación seria con el subcomisario —dijo el *Gera* suspirando—. No hacemos tonterías, no hacemos tonterías. Está bueno ése. No hacemos más que tonterías.

—Desde luego, Carlos —dijo Horcajo—, tienes una inventiva que para mí la quisiera yo ahora.

—Tú, ahórrate la saliva para cuando tengas que contarnos todo eso que nos tienes que contar.

Carlos se puso de pie y estuvo unos segundos mirando, primero a uno y luego al otro, como si quisiera decidirse por algo.

—¡Bah! —dijo por fin—. Me cago en la mar. ¿Queréis una copa?

—Creí que no lo preguntarías nunca —dijo Horcajo—. ¿Tienes ron?

—No. Ginebra.

—¿Coca?

—Cola, querrás decir, ¿no? No estoy para bromas macabras.

—Sí, hombre, jopé. ¿Tienes?

—Sí.

—Pues yo quiero un cubata de ginebra.

—Yo también —dijo el *Gera.*

Carlos preparó las bebidas en la cocina y volvió al salón con los tres vasos sujetos en su base por la mano izquierda, como un camarero.

—Venga. Tomar. Y tú, Jacinto, empieza a contar.

—No quisiera pareceros ingrato —empezó Jacinto—, pero yo os cuento una historia abracadabrante y a mí me dejáis que me vaya.

—No hay trato —dijo el *Gera.*

—Pues ya podéis ir llamando al subcomisario, que no nos vamos a entender.

—Ya diré yo cuándo llamo o no llamo al jefe. ¿Qué tienes para darnos? —preguntó Carlos.

—Doscientos kilos de cocaína, una banda aquí, otra fuera y un regalo-guinda que no os lo vais a creer.

—Desde luego —dijo Carlos—, tu lealtad para con

tus compañeros me apabulla. Eres una roca de fidelidad, Jacinto.

—Mira, majo, en este mundo sólo se sobrevive defendiendo el interés propio. Entre los dieciocho mil años de trena que dices tú que me van a meter o todo el lote de regalos que te ofrezco, yo, particularmente, no lo dudo.

—No hace falta que lo jures —dijo el *Gera*.

—No, mira. Aquí se aplica el mismo principio con el que operan los etarras. ¿Os acordáis? Si los pillaban y no podían escapar..., la vida ante todo. Se rendían, cantaban lo que había que cantar y a la cárcel, que ya llegará la reinserción...

—Eso, si tenían suerte y no se te rendían a ti.

—Coño, Carlos, si no recuerdo mal, uno de los que se me rindió te tenía puesta una pistola en la nuca cuando se me rindió.

Hubo un silencio incómodo.

—No, hombre —añadió Jacinto sin alterar la expresión—. Lo de la estación de Biarritz fue una mala casualidad y lo siento. Coño, *Gera*, lo digo de verdad. Mi guerra no iba con vosotros. Pasamos demasiado miedo juntos... Pero entonces se trataba de mi vida. Oye, y no lo dudo... A mí me debes una, Carlos, pero yo no la cobro, porque tú habrías hecho lo mismo.

—Con la única diferencia de que yo lo hubiera hecho como amigo tuyo y tú...

—... Y yo, también. Eres un cachondo. O sea que salvarte la vida no vale si, en vez de ser virgen y mártir, soy un traficante. Vaya baremos, chico. Que yo recuerde, no me has tirado tu vida, la vida que yo te salvé, a la cara,

¿eh? Además, tampoco pido tanto: salir corriendo, a cambio de un operativo por el que os acabarán dando la laureada de San Fernando. No sé de qué dudáis...

—Jopé..., y nos entregas a tus cómplices enganchados como longanizas...

—Pero vaya longanizas, amigo. Otrosí digo, como solías tú decir cuando querías demostrarnos que eras abogado, aquí, sálvese quien pueda, ¿no?, que la vida está llena de riesgos. ¿Qué dices, *Gera*?

El *Gera* hizo una mueca. Frunció el ceño.

—Cuéntanos algo más.

—Coño, ¿te parece poco doscientos kilos de harina de la mejor?

—No está mal, pero dinos algo más... Danos, por ejemplo, el nombre del representante del cártel de Medellín en España.

—No hay, *Gera*. El negocio es demasiado sencillo y se hace demasiado dinero con él como para que sea necesaria una organización. ¡Si salen bandas y mafias como churros! Vienen, nos compran, distribuyen, se forran, se hacen ambiciosos y se la pegan. Y cuando se la pegan ellos, ya hay otras tres bandas haciendo cola. Y nosotros, sentaditos en Medellín o en Miami..., que eso es más complicado. Pero ¿Europa? Europa se lo monta sola. Bueno, ¿qué decís?

—¿Cómo sabremos que no son trescientos kilos ¿que has traído..., porque los has traído tú, no? ¿Cómo lo sabemos?

—No lo sabéis, Carlos. Os vais a tener que fiar, ¿qué quieres que te diga? ¿Cómo sé yo que, si os lo cuento todo, me vais a dejar que me escape?

—No lo sabes, Jacinto.

—Pues, al final, la letra pequeña, Carlos, es que nos vamos a tener que fiar todos de todos. Yo entrego a unos tíos que ni me van ni me vienen a cambio de mi vida. Vosotros pegáis un golpe del carajo a cambio de mi vida... Oye, ahora que lo pienso, aquí, el único que se juega la existencia soy yo. —Hizo una pausa y miró a Carlos y al *Gera*—. ¿Vale?

—Vale —dijo Carlos, por fin—, pero nosotros ponemos las condiciones en que se hace la operación.

—¿Eso qué quiere decir?

—Quiere decir, Jacinto, que aquí no estamos jugando un partido de golf con reglas inmutables de caballerosidad, sino que estamos al loro, viendo de qué va en cada momento. Vamos..., que aquí no hay árbitro.

—... Y que me sigo cagando en tu madre —dijo el *Gera* con gran seriedad.

Horcajo suspiró. Bebió un gran sorbo de su cuba-libre. Luego, con extremo cuidado, como si le fuera a estallar entre las manos, colocó el vaso en el suelo.

—Vine a Madrid con doscientos kilos de cocaína al ochenta por ciento... a hacer un negociete discreto, sin que me viera nadie. Monto la operación y me escondo... Mecachis la mar. Debe de haber aproximadamente una posibilidad entre un millón de que me tope con vosotros... y me encontráis dos veces por casualidad en menos de una semana. Es para pegarse un tiro. Qué le vamos a hacer. Ciento ochenta kilos son para una banda holandesa. Nos pagarán por ellos tres millones doscientos mil dólares, de los cuales dos y medio... en diamantes. —Carlos frunció el ceño y el *Gera* se enderezó—. El intermediario, que es un español, recibirá los veinte kilos restantes por su trabajo, que incluye organizar el intercambio, garantizar la operación y facilitar el transporte de la nieve hasta Holanda.

—Oye —dijo Carlos—, el intermediario se mete en el bolsillo, sin que le cueste un duro, ¿eh?, de bóbilis, mil y pico millones de pelas, que es lo que cuesta esta mercancía debidamente tratada y puesta en la calle de la Ballesta y en los cenáculos de la alta sociedad madrileña... ¡Carajo!

—Diamantes —dijo el *Gera*—. Espérate un momento, que tú y yo sabemos seguro de dónde salen estos pedruscos. La lista y las fotos que nos dio el *Sopla* ayer...

—Los holandeses que se van a llevar la nieve son los que secuestraron al tío ese de Amsterdam...

—No, si te digo yo que dais un golpe de campeonato... y encima me escatimáis la libertad... —dijo Horcajo. Rió.

—Carambas, tío, ésta sí que es gorda.

—Oye, tres millones doscientos mil dólares son...

—Unos... quinientos millones de pelas —dijo Horcajo—, no te molestes en calcularlo, que me lo sé de memoria. Eso, dividido entre ciento ochenta kilos —recitó de carrerilla—, son más o menos dos millones seiscientas mil pesetas por kilo, un precio intermedio entre lo que se paga en Miami y lo que se paga en Madrid. Y luego, puesto en la calle, ¿cómo se calculaba? ¿Por mil, por cinco y por diez? Una provechosa operación para todos.

—Oye, *Gera,* ¿tú qué tal vas de matemáticas?

—Más o menos igual que tú; pero, por lo menos, llego a darme cuenta de que el holandés no es que haya cobrado dos millones y medio de dólares por su rescate, sino, una vez de regreso a Amsterdam, agárrate, diez o doce mil kilos de pesetas, que es lo que valdrá la droga cuando la comercialice. ¡Vaya negocio, tío!

—Oye, si quieres, también lo calculamos en liras italianas, que da mucho más.

—Jacinto, y toda esta maravilla, ¿cuándo ocurre?

—Pasado mañana.

—¿Dónde?

—En Madrid.

—No me digas, buhigas, que se me caen las ligas. Quiero decir dónde en Madrid.

—Se supone —interrumpió el *Gera*— que tú tienes la cocaína, los holandeses han llegado con los diamantes y un poco más de pasta, y todos os juntáis a contar los diamantes y analizar nieve en casa del intermediario español.

—Sí.

—Pero, como no llevas la nieve encima, la vas a tener que recoger en algún sitio.

—Sí. No vais a tener más remedio que seguirme paso a paso. Mira, hombre, no imaginaba yo que iba a llevar guardaespaldas de lujo... Una cosa sí quiero deciros: los holandeses son mala gente y son más ligeros con las armas que *Billy el Niño.*

—Ya nos cuidaremos —dijo Carlos—. Oye, ¿y el intermediario quién es?

—El regalo-guinda.

—La tarta de la casa. Ya me lo imagino. Pero ¿quién es?

—Es ahora uno de los grandes traficantes de España. Te va a gustar. Don Julio Galán Torrent, alias *Gato.*

—¿Y qué? —preguntó el *Gera.*

—Espera un momento —dijo Carlos—. Julio Galán es el de los muebles de oficina. ¡Claro! Los camiones *Gato.* Como si lo viera: trasladan muebles y nieve, sí, señor. Pero, *Gera,* ¿no te suena?

—Debo de ser muy bruto.

—Es el suegro de José Luis Álvarez, el inspector José L...

—¡Ahí va diez! Me ca... Anda con la mosca muerta. Hijo de puta..., siempre mezquino, ¿eh, Carlos?, siempre ratilla, José Luis. Con la de cosas que te ha debido de contar de nosotros, siempre husmeando el tío, no sé cómo te hemos pillado. Mírale. Hombre, va a ser una de las satisfacciones de esta operación...

—Regular, *Gera,* porque eso quiere decir que no la vamos a poder montar con efectivos de la brigada, no vaya a haber un soplo, se entere José Luis y adiós Madrid. Nada... Fatal.

—Mira, tiramos a José Luis al Manzanares esta noche.

—No te sirve, porque, así, faltará de casa de su suegro, se olerán la tostada y adiós Madrid...

—Os voy a decir lo que hacemos. —El *Gera* se echó hacia adelante para explicarles su plan, pero se calló de golpe. Miró a Jacinto—. Me cago en tu padre, Jacinto.

—Ya —dijo Carlos—. Como hace una pila de años.

El *Gera* sacudió la cabeza.

—¡Aj! —dijo—. Lo primero que vas a hacer, Jacinto, es llamar a tu gente y decirles que no se preocupen por ti, que estás bien, que estás con una tía, que siempre lo haces antes de una operación, que te calma los nervios, que crees en los reyes magos, lo que quieras..., pero que no se nos asusten hasta su debido tiempo... ¿Cuándo empieza el lío?

—A las ocho de la mañana de pasado mañana.

—Di que estarás ahí a menos cinco. ¿Tienes algo más que decir a alguien más? —Horcajo hizo un gesto negativo con la cabeza—. No te lo voy a repetir, Jacinto, porque... no te lo voy a repetir, ¿eh? Pero voy a estar detrás de ti como si fueras mi novio y, como muevas un dedo de donde deba estar, te meto todo el cargador en el cuerpo, ¿vale?

Horcajo se puso pálido.

—Es que no te queremos como antes —dijo Carlos.

—Y tú, llama a Paloma, que debe de estar al borde del infarto.

—Sí, bwana. ¿Has pensado que hagamos esto tú y yo solos?

—Ya lo hablaremos. —El *Gera* miró nuevamente a Horcajo—. Lo siento, Jacinto, pero te vas a pasar un par de días esposado a un radiador. Bueno, la verdad es que no lo siento nada. Voy a llamar a Carmen para decirle que me quedo aquí un par de días.

—Dile que venga. Sitio hay —dijo Carlos.

—Como le diga que venga y luego viene y ve a Jacinto, le saca los ojos. Mejor, no.

22.15

—¿Estás bien? —preguntó Paloma por el teléfono. Su voz sonaba bronca y tensa.

—Estoy bien, no te preocupes. Siento lo de antes. De veras... Nos pusimos tan histéricos que ya ni... Tuvo suerte Jacinto de que llegaras cuando llegaste...

Hubo un largo silencio. Tanto, que Carlos dijo:

—¿Estás ahí?

—Oye, ayatola, me asustaste. No te había visto así...

—Lo siento, de verdad que lo siento. Es cuando me pongo el disfraz...

—No es un disfraz, Carlos, que lo sé yo. Eres así. —Había asombro en la voz de Paloma—. Tan tierno a ratos..., tan brutal a ratos, qué sé yo... Oye, Drácula, como me mires así una sola vez, una sola vez, ¿eh?, en tu vida, te lo digo ahora, pego una carrera tal que no me alcanzas ni en coche.

Carlos suspiró.

—¿Cómo están las cosas? —dijo Paloma.

—Ya, bien. Bien... Eso, bien. ¿Vas a venir? —Paloma volvió a estar callada durante un rato—. Ésta es tu casa... Bueno, habíamos hablado de eso... Ya, ya lo sé, a ratos y vaya momento de ofrecértelo. Pero no se me han quitado las ganas de ponerte mi cabeza en el regazo.

Por fin, Paloma soltó una carcajada.

—Ya sabía yo dónde me metía... Bueno —rió de nuevo—, así conozco a Horcajo, el que me faltaba del trío. No lo habréis sacudido.

—No.

CAPÍTULO XI

MIÉRCOLES 27 DE MAYO

Y al séptimo día, todos los guerreros descansaron.

CAPÍTULO XII

JUEVES 28 DE MAYO

5.45

—Tengo la impresión de no haber dormido nada —dijo Paloma—. ¿Qué hora es?

—Cualquier disparate. —Carlos bostezó largamente y, con los ojos apenas entreabiertos para que no le molestara la luz, encendió la lámpara de la mesilla de noche—. Las seis... o algo así... A estas horas, yo no sé cómo se dice la hora esa que pone el despertador... Me da la impresión de que hemos apagado hace media hora.

—Es que hemos apagado hace media hora —dijo Paloma, mordisqueándole la oreja—. Y esto es lo que tú llamas una historia de amor, sexo y lujo.

—Dos de tres, no está mal... Tengo el paladar como una jaula de grillos.

Paloma bostezó, sacó los brazos de debajo de las sábanas y se estiró.

—Aaaaah... Tú sigue teniéndome a este ritmo y pronto será uno de tres, porque también se nos acabará el sexo por agotamiento... Oye, tú... —añadió al cabo de un momento—, nadie te da derecho a hacerme esas cosas cuando hago mis ejercicios matinales... ¿Adónde vas?

—A ducharme... Tengo un par de cosillas que resolver antes de almorzar, ya sabes...

Paloma se puso seria. Se destapó bruscamente, se levantó de un salto y lo siguió al cuarto de baño.

—Oye, tú...

—... Mover un poco de capital aquí y allá. Ya sabes, como los banqueros —dijo Carlos cogiendo la máquina eléctrica de afeitar.

—No tienes gracia... Como enciendas ese aparato, rompo... rompo... algo... Grito.

Carlos empezaba a acostumbrarse a estos bruscos cambios de talante y pensó que, a estas horas de la mañana, era preferible contemporizar.

—Vale, vale.

—Si tú te crees que me trago toda esa demencia que me explicasteis tú y el *Gera* anoche, vas de cráneo. ¡Y yo aquí como una idiota, con el morbo puesto...! ¿Será posible? La esposa del guerrero. Nada, como está chupado... Esto no tiene problema alguno, no, no. Ningún problema. Os vais a meter en la guarida del lobo, que sois un par de tarados mentales, y os van a coser a tortas. —Lo agarró por los costados y lo forzó a volverse hacia ella—. ¿Tú, o sea, tú has visto los ojos de Horcajo? ¿Los has mirado bien? Ése es como Jomeini..., una fiera. —A Paloma se le escapó un sollozo de angustia y rabia—. ¡Aj! Pero, por Dios, Carlos, ¿no te acuerdas de lo que os hizo en Francia...? Que te pusiste enfermo sólo de contármelo.

—Espera, espera, eh, eh, no te pongas así, anda —dijo Carlos; le puso las manos a ambos lados de la cabeza y, con los pulgares, le acarició las cejas—. Calla, boba. No te pongas así, anda.

—¿Que no me ponga así? Y pensar que hace una semana iba yo por libre en la vida..., tan tranquila... Que no me ponga así, dice. Anoche lo miraba mientras contabais vuestras batallitas y os reíais... ¿Sabes lo que te digo? Los únicos que os reíais erais el *Gera* y tú. Jacinto no se reía; él hacía ruidos con la garganta. Pero yo le miraba los ojos, ¿sabes?

Carlos movió la cabeza para hacerla callar, como queriendo decirle que entendía bien su preocupación pero que no tenía importancia.

—Ya, ya lo sé. Qué te crees. ¿Que nos chupamos el dedo? Paloma. Al *Gera* y a mí no se nos olvida que sigue siendo el tío más malo del mundo y que, a poco que pueda, nos manda al otro barrio... Ésa es la ventaja que le llevamos, porque lo que él no sabe es que su vida pende de un hilo finísimo porque él cree, vamos, que a pesar de nuestros ladridos nos ha engañado...

—No me convence... No me convence nada. ¿O sea que yo me enamoro como una tonta hace un minuto y medio de un tío al que dentro de dos van a poner como un colador? —Sorbió—. Pues vaya bacarrá he hecho...

—Tú tranquila, que no nos va a pasar nada.

—Sí. Eso mismo le dijo Julio César a su nena cuando salía para el senado a charlar con Bruto. ¿Has visto qué culta...? Y encima, me enamoro de este tío que me da una vida de perros y no me deja dormir. —Carlos rió—.

¿Pues sabes lo que te digo? —dijo Paloma—. Voy a ir a hablar con el *Gera*.

—Espero que no vayas así... Aunque, la verdad, no habrá visto el tío un trasero así en su vida.

Paloma se puso colorada.

—Huy —dijo. Volvió al cuarto y se puso los vaqueros y la camiseta de algodón—. Os voy a hacer café. —Se volvió hacia Carlos y, con gesto desafiante, se subió la cremallera de los vaqueros—. Idiota... Y, además, Carmen lo tiene bien bonito.

—Menos respingón que el tuyo.

7.45

Como cada jueves, la actividad en el polígono industrial de Coslada era ya intensa para tan temprana hora. En la calle de Los Llanos de Jerez circulaban muchos camiones y coches de gente que llegaba al trabajo, pero se veían muy pocos peatones. Sola en la agitación de aquella mañana, la gran nave de Muebles de Oficina Gato permanecía vacía y silenciosa. Desde muchos años antes, los 28 de mayo eran día feriado en la industria Gato: se celebraba así el cumpleaños de don Julio Galán. En esta ocasión, se trataba nada menos que del sesenta y cinco aniversario del industrial toledano, edad más que respetable, al llegar a la cual muchos hombres de empresa, cansados de luchar, escogen el retiro y un bien merecido descanso. A media tarde, don Julio reuniría a sus empleados en el espléndido y habitual ágape que celebraba en un restaurante de San Fernando de Henares. Generalmente, se trataba de un almuerzo; pero, en esta ocasión, se había dado preferencia a la idea de una merendola, único modo que tenía don Julio de atender unos asuntos particulares que le urgía resolver. Buen pájaro estaba hecho.

Contrariamente a lo que hubiera cabido esperar, a las ocho menos cuarto de la mañana, don Julio, acompañado por su yerno, el inspector José Luis Álvarez, por Manolo, el fiel conductor, y por dos jóvenes de no muy recomendable catadura, se encontraba en el interior de la nave. Habían quitado la lona que cubría el camión blindado.

—Venga —dijo don Julio—, cambiaros, que Horcajo debe de estar a punto de llegar y tenéis que salir en seguida. No os va a dar tiempo si no.

Manolo y los otros dos jóvenes se quitaron la ropa que llevaban y se endosaron uniformes de guardas jurados de Transmoney. Los dos guardaespaldas tenían, además del uniforme y la gorra, sendas cartucheras y los correspondientes revólveres del calibre 38.

—Venga, Manolo, a ver cómo arrancas este trasto.

—En seguida va, don Julio. Esto debe de funcionar como un reloj, ya lo verá usted, que para eso le hemos metido mano y le hemos cambiado hasta las entretelas. ¿Ha visto usted cómo reluce, don Julio?

—Está muy requetebién, Manolo.

Para hacer honor a quien lo había arreglado, el motor Perkins arrancó a la primera con una explosión de espeso y maloliente gas gris y un tremendo estrépito, taca-taca-taca-rooon, de diesel.

Don Julio sufrió un ataque de tos.

7.55

El gitanillo, sentado en la esquina fumándose un pitillo, había visto entrar a don Julio y a su gente. Se había puesto de pie para hacer una señal a un hermano suyo que estaba apostado en la avenida de la Cañada, en la entrada del primer puente del ferrocarril.

Unos minutos más tarde, el *Gera*, al volante de su Suzuki, pasaba por debajo del puente. En el asiento del pasajero iba Horcajo y detrás, por si las moscas, Carlos. *Gera* conducía despacio pero, en vez de detenerse en la calle de Los Llanos, continuó hasta la esquina siguiente, en la avenida de la Industria. Paró el coche.

—Atento al parche —dijo—, que te veo, Jacinto, ¿eh? La nave de Gato no tiene más salidas que por delante, Carlos. No tiene calles interiores que rodeen el edificio, no tiene cancelas posteriores. Sólo el portalón de delante.

—Ya me parecía a mí que ayer, cuando fuiste a por tu coche, tardaste mucho. Te viniste a echar un vistazo, ¿eh?

—Hay que estar en todo.

—¿Y cómo se te ocurrió?

—Lo dijiste tú mismo, Carlos: camiones para transportar muebles y nieve. ¿Dónde van a preparar un camión así?

—Coño con el *Gera* —dijo Horcajo, que no había dejado de frotarse las muñecas desde que le habían quitado las esposas—. Siempre el mismo. —Se bajó del Suzuki y, apoyando las manos sobre el techo, se agachó a la altura de las ventanillas—. Hasta luego, camaradas. Que seáis buenos.

—Acuérdate de Biarritz. Camarada.

—Carlos, tú, por las mañanas, eres de una cordialidad que apabulla. Cuídate.

—Queo —dijo el gitanillo para sí, viendo avanzar a Horcajo.

Antes de moverse, sin embargo, esperó a que Jacinto traspasara el portalón de entrada a la nave. Luego, con total indiferencia, volvió la cabeza y dio un vistazo al coche del *Gera,* que estaba aparcado a unos cien metros.

—Oye, Carlos, ¿te has fijado? Para ser un día laboral no hay nadie en la nave aquella. Y todos los demás, alrededor, industriosos como abejitas.

—Hombre, *Gera,* no van a cargar un camión con ciento ochenta kilos de cocaína, rodeados de una plantilla compuesta por honrados padres de familia. Habrán dado asueto. Mira, prefiero, porque si luego hay que entrar a tiros como en el Oeste, mejor que sean menos que más.

—Oye, Carlos.

—Qué.

—¿Cuándo vamos a llamar a la caballería?

—Luego, *Gera,* jopé, cuando sepamos de qué va esto, ¿no?

8.00

Acompañado por Bernhardt, que iba a actuar de tirador si era necesario apoyar cualquier acción, Nick Kalverstat aparcó el Mercedes casi en la esquina de la calle Lagasca con la de José Ortega y Gasset, donde estaba la peluquería de señoras.

—Tú quédate en el coche —le dijo a Bernhardt.

Desde donde estaban aparcados, subiendo por Ortega y Gasset, Nick recorrió despacio la manzana hasta la calle siguiente, a su izquierda. Justo antes de llegar a Velázquez, en la puerta de un gran edificio de apartamentos de lujo, había dos policías armados con metralletas. Nick los había visto el día antes desde la acera de enfrente. Habían estado dentro del portal, sólo visibles desde muy cerca o desde la sede de la Organización Nacional de Ciegos. Era evidente que protegían una embajada o una oficina pública o algo así.

Los miraron con indiferencia. Nick ya había decidido que serían los primeros en morir si había dificultades. A las diez menos cinco, cuando ya hubieran llegado Hank y Christiaan, mandaría a Bernhardt a la esquina de Velázquez precisamente con esa misión, que requería un buen tirador porque los guardias civiles llevaban chaleco antibalas.

No había aún excesivo tráfico. Tenía mucho tiempo. Decidió desandar un par de calles para ir a un bar que había visto y tomarse un café.

A Nick le parecía que en Madrid el café era fuerte pero bueno.

8.03

—¿Vamos? —dijo Horcajo.

—Pues, hale —dijo don Julio—, buena suerte.

—Si hubiera que fiarse de la buena suerte, estos temas no saldrían nunca bien, Galán. Te recomiendo que medites el conocido axioma americano que dice: si algo puede salir mal, saldrá mal.

Sonrió y se subió al camión por la entrada lateral. Dentro ya estaban José Luis y uno de los guardaespaldas. El otro se había instalado delante con Manolo.

—Ya me gustaría ir con vosotros —dijo don Julio.

Horcajo chasqueó la lengua y cerró la puerta. En el interior del camión quedaron casi por completo a oscuras. Horcajo alargó la mano y encendió la luz del techo. Una estrecha mesa de metal separaba los dos bancos. El habitáculo era exiguo, pero suficiente para el máximo de cinco personas que lo acabarían ocupando.

Horcajo miró al guardaespaldas que, sobre las rodillas, llevaba un rifle. Estaba cargándolo con cartuchos de postas. El arma había estado apoyada contra una esquina de la cabina.

—Mejor dejas el rifle en el suelo —le dijo Jacinto—, porque el único sitio en donde, a lo mejor, tienes que usar un arma es aquí dentro y un disparo de postas aquí dentro arma el dos de mayo.

El guardaespaldas lo miró, no dijo nada y, con mucho cuidado, puso el rifle en el suelo.

—¿Adónde vamos? —dijo Manolo desde la cabina.

—A la estación de Chamartín —dijo Horcajo.

Don Julio accionó la apertura eléctrica de la gran puerta de la nave. Manolo apretó el botón de arranque. Con la acostumbrada parafernalia de gases y estruendo, el motor Perkins se puso en marcha. A los pocos segundos hacía su triunfal aparición en la explanada delantera de la nave.

El gitanillo se puso de pie y tiró el pitillo que estaba fumando. Doscientos metros más allá, su hermano también se incorporó alertando así al *Chino*, que esperaba junto al segundo puente del ferrocarril. El *Chino*, su cuñado y dos colegas se subieron al Mercedes diesel.

El camión blindado amarillo giró a la izquierda por la avenida de la Cañada y, seguido a cien metros por el Suzuki Santana del *Gera*, pasó por debajo de los dos puentes del ferrocarril y tomó por la calle de Rejas. El Mercedes del *Chino* se sumó con discreción a la caravana que se encaminó así hacia la autopista de Barajas.

8.30

—Es don Basilio al teléfono, señor —dijo la doncella filipina, con la mesura y el despacio que es típico de su habla.

Javier bajó el periódico y dijo:

—¿Eh? Bueno. —Tomó un sorbo de café y descolgó el auricular—. Basilio —dijo.

—Javier. He pensado que, tal vez, podríamos estudiar un poco más tu idea de plantear una OPA.

Javier sonrió y, con una mano, dobló el periódico y lo tiró al suelo.

Elisa, que leía la correspondencia llegada esa mañana en el correo, levantó la mirada con sorpresa.

—Ay, Basilio, Basilio. ¿Qué quieres hablar más? Ayer me pareciste muy seguro de tu capital. Tan seguro que, como llegara a dejarte hacer, me quitabas el sitio. Y, de ti para mí, no tengo ninguna gana de permitírtelo.

—¡Pero, hombre, Javier! No seas terco. Ésa no es la cuestión.

—¿Cuál es la cuestión, entonces?

—Que una OPA tuya..., y no digo que tengas dinero para hacer una OPA en serio, Javier... no lo digo, ¿eh?..., pero una OPA tuya dispararía el precio de las acciones y armaríamos un buen lío. —Titubeó y luego preguntó con cautela—: ¿A cuánto la vas a hacer?

Javier soltó una carcajada.

—Mira el telediario de las tres, Basilio. Hasta el locutor estará sacándose las acciones del Crecom del bolsillo para salir corriendo a vendérmelas.

—¡No puedes!

—Siempre te dije que no te sentaras a la mesa con los mayores porque ibas a acabar cobrando. Te voy a decir lo que te pasa, Basilio, ahora que no nos oye nadie. A ti te apoyan unos inversores extranjeros, ¿eh?, y con ellos me quieres quitar el control del banco. Pero te aterra pensar que, como yo les meta una OPA, se vengan todos a mi bando y a ti te dejen con tres palmos de narices. ¿Qué te parece?

Al otro lado de la línea hubo un largo silencio.

—Ya nos veremos —dijo Basilio por fin y colgó.

—Un día de éstos —dijo Elisa, con su voz pausada, alzando los ojos cuando su marido dejó de reír—, Basilio va a venir con la espada del abuelo y te va a abrir en canal. De verdad, es que lo tienes maltratado... No me sorprende que te tenga la manía que te tiene.

—Es un blando.

En la habitación de desayuno entró Martita, la hija menor de los Montero.

—Hola, papá, adiós, me voy al cole.

—Venga usted aquí, señorita. —Martita se refugió en brazos de su padre—. ¿Por qué es usted tan fea, eh?

—Yo no soy fea.

—Huy, que no —dijo Javier y le dio un beso en la punta de la nariz—. ¿Dónde está Borja?

—Se ha ido ya. Dice que él es independiente. ¿Qué quiere decir que es independiente?

—Que puede hacer las cosas que quiera, cuando quiera.

Martita rió.

—Pues entonces no es independiente.

—Eso me parece a mí —dijo Elisa, levantándose—. Anda, ven, que te espera Pepe con el coche, anda, y no se debe hacer esperar a los mayores.

—Pero si es el mecánico, mamá.

—Aunque lo sea.

8.34

—Me voy a poner muy malo, Pepeluis, me lo noto, que me viene el mono, Pepeluis, ¿qué hacemos...? O yo me agencio un pico o me muero.

—No te preocupes, Mario, que nos vamos a arreglar... Anda, procura levantarte, que nos vamos a buscar un poco de pasta, tío, chaval.

Los dos muchachos y la chica habían pasado la noche en el parque del Retiro, sin planes muy concretos, haciendo tiempo para que abrieran los bancos. Habían dormido a ratos, fumado a veces, bebido tres o cuatro litronas conseguidas la noche anterior. De vez en cuando, uno se levantaba a orinar, alejándose apenas unos pasos. Metidos en la maleza cercana a la plaza de la Independencia, habían oído los ruidos madrileños de la noche, el tráfico, alguna risotada, frenazos y, en dos ocasiones, accidentes de automóvil. Los tres habían reído al oír cómo estallaban los cristales o sonaba el golpe sordo de las carrocerías chocando. «¡Pum!», habían dicho a coro.

Pili seguía apoyada contra el árbol a cuya vera había pasado las horas de la noche.

—¿Vas a venir o nos esperas aquí, Pili?

—¿Eh? No, no, voy con vosotros, que me quiero reír.

Soltó una risotada desgarrada e incongruente.

Iban vestidos casi igual los tres. Pantalones vaqueros negros, camisetas de algodón negro que, ciertamente, habían conocido mejores tiempos y botines, también negros. Sólo Pepeluis tenía además una gabardina. En la gabardina escondía una escopeta de cañones recortados que había sido un arma de caza de su padre.

—Sé de un banco que está chupado de atracar —les dijo Pili—. Tienen poca seguridad... Vamos, no hay guardias dentro... y si gritas mucho se dejan robar todo lo que tengan. Y, además, no hay maderos por ahí...

—¿Cuál dices?

—Uno que hay en Ortega y Gasset.

—Daos prisa —dijo Mario.

8.37

El camión blindado de Transmoney se detuvo frente a la entrada principal de la estación de Chamartín, en el carril de los taxis, es decir, en la calzada más cercana al vestíbulo.

El guardaespaldas que iba en el asiento delantero se bajó del camión, no sin darse cierta importancia, y se apostó al costado de la portezuela lateral. Ésta se abrió a continuación y se bajó su compañero, seguido de Horcajo.

—¿Voy? —dijo el *Gera.*

Había detenido el coche en la calzada paralela.

—No —dijo Carlos—. No van a usar un blindado para traer a Jacinto a coger el tren, ¿eh? —Rieron—. Ha ido a buscar la droga.

Doscientos metros más atrás, el *Chino* dijo:

—¿Tú zabe quién é éze? Horcajo, me cago en zu

puta madre. E más manguis... Le tengo más gana que a una gachí.

—Ezo —dijo su cuñado.

Con gran tranquilidad, Jacinto entró en el vestíbulo de la estación, se dirigió hacia donde estaban los carritos de equipaje (abundantes a esta hora en la que aún no salían los grandes expresos), separó uno y siguió andando hacia la zona de armarios de la consigna automática. Se detuvo frente a dos de los armarios más grandes. Sacó dos llaves del bolsillo derecho de su chaqueta, las introdujo en las respectivas cerraduras y esperó a que cada uno de los contadores digitales le indicaran la cantidad a pagar. Puso las monedas requeridas y las puertas se abrieron con un chasquido. De cada armario, Horcajo sacó una voluminosa maleta (cuyo contenido pesaba cuarenta y cinco kilos con toda exactitud) y la colocó sobre el carrito.

Empujando sin prisa el carro, regresó al camión y, como si fuera la cosa más normal del mundo, aupó las dos maletas. Con la ayuda de los guardaespaldas las empujó al interior del vehículo de Transmoney. Nadie ajeno a la maniobra y su significado se fijó en lo que estaba ocurriendo. Nadie en absoluto se sorprendió del inusitado espectáculo. «Si hacéis las cosas despacio y con normalidad, ni siquiera nos van a mirar», había dicho Horcajo.

—¿Tú has visto lo que pesan esas maletas, Carlos? —dijo el *Gera*.

—Madre del amor hermoso, *Gera*. Ahí hay nieve para abrir una estación de esquí.

—Oye, Carlos. Como vengan mal dadas, sabes que no podemos contar con Jacinto, ¿verdad?

—Ya. Más bien al contrario... Podemos contar con que se sume activamente a la oposición. Es un chaquetero. No le pienso ni preguntar. Tú no hagas nada. Ya me encargo yo.

Horcajo, empujando el carrito, regresó al interior de la estación y se dirigió de nuevo a la zona de la consigna automática. Abrió un tercer armario y extrajo una maleta más de idénticas proporciones que las anteriores.

—Vamos —dijo por fin.

—¿Hacia dónde, jefe? —preguntó Manolo.

—Vete a la plaza de Castilla y luego bájate por la Castellana hasta Colón. Te pasas al lateral de Castellana después de los Nuevos Ministerios porque en Colón tienes que torcer a la izquierda y subirte por Jorge Juan.

—Vale.

Cuando después de subir por Jorge Juan torcieron a la izquierda para tomar Velázquez, Horcajo dijo:

—Pégate a la derecha, Manolo, que nos tenemos que parar tres veces en este lado. Cuando yo me baje, seguís para no llamar la atención. Dais la vuelta a la manzana despacio y me recogéis en la esquina siguiente.

Y así se detuvieron en tres ocasiones en otras tantas entidades bancarias. Cada vez, sin embargo, Horcajo se apeó en el semáforo anterior a la manzana en la que estaba la sucursal correspondiente y se volvió a subir al blindado un poco más allá de su entrada para evitar de este modo llamar la atención de los guardias de seguridad que protegían la oficina con su presencia.

En cada uno de los tres bancos, después de firmar su acceso a la zona de las cajas de seguridad, Horcajo bajó a ella y abrió con su propia llave el cajón que tenía alquilado por un año, mientras el empleado bancario lo hacía con la llave maestra y después lo dejaba solo. Entonces Jacinto terminaba de abrir la caja, extraía de ella una bolsa de viaje (las tres veces de quince kilos de peso), cerraba con cuidado y salía del banco con la bolsa al hombro. Unos metros más allá, se montaba en el camión, que arrancaba sin demora.

En cada una de las paradas, aunque sabía que le hubiera sido muy difícil escapar de Carlos y del *Gera*, se reprochó con amargura no haber previsto una salida extra de emergencia. Por muchas precauciones que se le pongan a una operación, y ésta las tenía a raudales, siempre se pasa por alto alguna última que acaba resultando indispensable.

Tras subirse al camión por tercera vez, Jacinto dijo:

—Espera, Manolo, no arranques todavía. Me voy a bajar ahora y voy a ir andando hasta el siguiente banco, que es el Popular de Ortega y Gasset 23. Ya sabes..., sigues por aquí hasta Ortega y Gasset. Al llegar a la calle tuerces por ella a la izquierda y, antes de llegar a la siguiente bocacalle, lo tienes a la derecha. ¿Vale?

—Vale —dijo Manolo.

—Bueno. Yo tengo toda la operación que montar, ¿eh?, con los holandeses y tal. Son ahora las... diez menos trece. No lleguéis antes de las diez y cinco. Y, oye, ni un segundo más tarde, ¿eh?

Abrió la puerta y se bajó del camión.

—¡Coño! —dijo Carlos—. Ésta es nueva. Aparca cerca del banco donde puedas salir rápido luego. Yo voy a seguir a Jacinto.

Comprobó de forma mecánica que llevaba la pistola en el cinturón, abrió la portezuela del Suzuki y se apeó.

—Báhate tú der coche que vamo a vé lo que va a pazá aquí —le dijo el *Chino* a su cuñado.

—Ezo.

9.59

El tráfico por la calle de Ortega y Gasset era ya intenso, aunque bastante fluido y todavía se podía circular con relativa facilidad. Aún no había automóviles aparcados en segunda fila. Sólo ahora empezarían a abrir las tiendas de moda y los joyeros de la calle. La situación, que aún era razonable, sería caótica al cabo de media hora.

Habiendo terminado de dar una vuelta a la manzana para no llamar la atención permaneciendo siempre quieto en un mismo sitio, Bernhardt se acercó a paso lento a la esquina que le había asignado Nick. Si había problemas, los dos policías saldrían mirando hacia el banco, es decir, dándole la espalda, con lo que podría abatirlos con facilidad.

Casi en la esquina siguiente, de tal modo que el banco quedaba entre ambos, Nick, que llevaba un cuarto de hora sentado en un banco de madera, dobló cuidadosamente el periódico español que había simulado leer, lo dejó sobre el asiento y se levantó. Muy despacio, dio unos pasos hacia el bordillo que redondeaba el ángulo de la acera. Al llegar a él, se dio la vuelta y divisó a Bernhardt cincuenta metros más arriba. Todo iba bien.

En ese mismo momento, Hank y Christiaan se disponían a cruzar la calle para acercarse al banco. Hank llevaba una voluminosa cartera en la mano derecha. Los dos hermanos se aproximaron a la oficina bancaria y, casi en su puerta, se detuvieron charlando amigablemente.

El *Gera* aparcó en el paso de cebra de Velázquez y se bajó del coche. Por la acera de enfrente, vio llegar a Jacinto, al que seguía, unos metros más atrás, Carlos. Y, aún más atrás, a una decena de metros, venía un gitano con sombrero de fieltro marrón y traje a rayas. ¡Venía un gitano! Al *Gera* le dio un vuelco el corazón y supo, sin lugar a dudas, que aquel gitano era de la familia del *Chino*. Se puso a buscar al *Chino* con la mirada moviendo los ojos casi con violencia, agresivamente.

Dentro de su Mercedes diesel, el *Chino* se quitó el sombrero y se agachó un poco.

—Cagoen zu padre... el *Hera* ya ha visto al Chuchi. No le perdái de vista, que éze es mala gente.

Subiendo por la acera contraria, a corta distancia de los hermanos Kalverstat, Pepeluis, Mario y Pili apretaron el paso. Mario empezaba a temblar.

—Daros prisa, por Dios —dijo con un sollozo. Pili le rodeó el hombro con el brazo para darle calor.

—Tranquilo, Mario, tranquilo, que ya estamos... Anda.

Frente al banco, Jacinto se acercó a Hank Kalverstat y, en francés, le dijo:

—Buenos días. ¿Es usted de Amsterdam?

—Sí, y usted de Bogotá.

—No tenemos mucho tiempo. Si quiere, vamos ahora mismo a nuestras cajas de seguridad y sacamos nuestros respectivos bienes.

—¿Cómo funcionará esta operación?

—Muy sencillo. Dentro de cinco minutos llegará un camión blindado de transporte de dinero. Es amarillo y lleva un gran letrero en el que pone Transmoney. Lleva ya la mayor parte de la mercancía que le tengo que entregar; sólo falta por recoger lo que está en este banco. En fin, nos subimos al camión, usted con sus dos guardaespaldas...

—Son mis hermanos.

—... Muy bien... Usted con sus hermanos y yo. Mi gente está dentro del camión. Una vez en marcha, hacemos las comprobaciones de rigor, mientras nos conducen a la nave donde está el veinte toneladas que ha de llevar la mercancía a Holanda. En la nave podrán ustedes asegurarse de lo que les parezca necesario, pesar la mercancía y ultimar los detalles. Después quedamos todos libres de hacer lo que queramos. ¿Satisfactorio?

—Eminentemente satisfactorio.

Jacinto no pudo resistirlo.

—Somos muy serios en Medellín —dijo.

—Ya lo veo —dijo Hank—. Tengo un pequeño problema sin importancia. No he abierto caja de seguridad. —Jacinto lo miró con brusca sorpresa—. No se alarme. Eran precauciones normales. Pero tengo mi mercancía conmigo. Si le parece bien, lo espero aquí fuera.

—No era eso lo acordado —dijo Jacinto secamente—. Pero, en fin, no tiene importancia. De todos modos, espéreme aquí y no se suba al camión cuando éste llegue... No le dejarían.

Dándose la vuelta, se acercó al banco, empujó la puerta, una puerta muy sencilla de madera y cristal corriente seguida de dos escalones y otra segunda, muy similar a la primera, y se dispuso a entrar. En ese momento, Pepeluis lo empujó violentamente, forzándolo a entrar a trompicones en el banco. Detrás de ellos lo hicieron Pili y Mario.

—¡Qué...! —exclamó Jacinto, rehaciéndose y dándose la vuelta para ver lo que ocurría.

—Quieto, abuelo —dijo Pili.

En una mano llevaba una navaja. Con la otra corrió el pestillo de la puerta. Las pocas personas que había en la sucursal se apartaron hacia la derecha.

Pepeluis había sacado la escopeta y apuntaba hacia el interior del banco, moviendo el arma en semicírculo, mientras Mario, histérico ya, gritaba:

—¡Venga! ¡Dinero, dinero..., todo el dinero! ¡Al que se mueva lo jodo vivo! Tú... —gritó al cajero—, venga, saca la pasta. ¡Venga, venga, venga!

Le dolían el cuello y el estómago. Con un ruido gutural, se llevó el brazo izquierdo a la cintura y se dobló en dos, pero se enderezó en seguida.

—¿Estás bien? —le gritó Pepeluis.

Mario se apoyó un momento contra una de las columnas de la zona de público.

—Sí, sí, estoy bien... —Se dirigió nuevamente al cajero—. ¡Venga, tío, venga!

Con muy buen acuerdo y prudencia, el cajero abrió su pequeño cajón y sacó los billetes que tenía.

—¿Cuánto hay? ¡Venga!

El cajero miró los billetes por encima.

—Unas doscientas mil —dijo.

Agitando los dedos, Mario dijo:

—Aquí, anda, aquí, aquí. —Cogió los billetes que le pasaba el cajero por debajo de la ventanilla de seguridad—. ¡Que no se mueva nadie! —gritó por última vez.

Desde fuera, Hank y Christiaan Kalverstat, Carlos, Nick, el cuñado del *Chino*, el aparcacoches de la peluquería contigua y una decena de peatones más miraban hacia dentro con asombro y exclamaban con excitación. La primera reacción de Nick había sido abrirse paso a tiros y acabar con los tres desharrapados que habían empujado al hombre de Medellín. Pero, al ver que sus hermanos estaban bien y que Hank aún tenía la cartera con los diamantes, había decidido esperar. Miró a Hank y éste le hizo un gesto negativo con la cabeza.

Visto desde la calle, Horcajo estaba en la izquierda de la zona de público del pequeño banco, casi en la entrada, y permanecía del todo inmóvil sin perder de vista a la chica de la navaja. Pepeluis y Mario retrocedieron a saltos, como si bailaran, hasta topar con la puerta de entrada.

—Vámonos —dijo Pepeluis.

—¿Nos llevamos a uno? —preguntó Pili.

—¿Estás loca? ¡Vámonos!

—Mira la de gente que hay fuera —dijo Pili—. Venga, vamos a llevarnos a éste de rehén. —Señaló a Jacinto—. Vamos, abuelo.

La casualidad quiso que, en ese momento, Manolo detuviera el camión amarillo delante del banco y desatrancara la portezuela del pasajero. El guardaespaldas que iba al lado de Manolo se bajó del camión.

—¡La pasma! —gritó Pili histéricamente.

Pepeluis, forzando la postura, levantó la escopeta al aire y cruzó su mano izquierda por encima de ella, para agarrar por un hombro a Horcajo, que seguía inmóvil a su derecha.

—Vamos, tú. ¡Vamos!

Tiró de Jacinto hacia sí, lo forzó a volverse y, poniéndole la escopeta entre los omoplatos, lo empujó hacia adelante. Pili descorrió el pestillo y tiró de la puerta interior. Salieron, por este orden, Horcajo, Pepeluis, Mario y Pili. Mario aún llevaba el dinero en la mano y Pili seguía agarrando la navaja.

Los mirones, que habían estado en la acera hasta entonces, al ver que los asaltantes del banco salían con un rehén, se apartaron con precipitación hasta colocarse en la calzada, a buen recaudo detrás de los coches aparcados. El cuñado del *Chino*, considerando cómo venían dadas, se separó del grupo de mirones, giró en redondo y siguió andando calle abajo como si tal cosa. Las cosas son como son y todos en la banda del *Chino* eran personas eminentemente prácticas y comprendían cuándo había llegado el momento de retirarse por el foro. Estaba claro que no tenían pito que tocar en la que, por razones obvias, se avecinaba.

También Carlos tardó unos segundos en decidirse. Finalmente, se retiró andando marcha atrás hasta ponerse al lado del camión amarillo. El *Gera*, que llegaba en tromba desde la acera de enfrente, se detuvo bruscamente al lado de Carlos.

—¿Qué pasa? —le preguntó.

—Unos drogatas que se han metido a asaltar el banco —dijo Carlos.

—No me lo puedo ni creer —murmuró el *Gera*—. Y, encima, tienen a Jacinto.

Tenía la mano derecha en el bolsillo y, en la mano, su pistola.

Sólo Hank, Christiaan y, un poco más lejos, Nick siguieron sin moverse.

Jacinto estaba pálido.

—¡Venga! ¡Apártense! —gritó Pepeluis.

Pili rió con histeria.

Mario iba llorando.

—Rápido, rápido —gemía.

Desde dentro del camión, José Luis Álvarez intentó ver la escena, pero se lo impedían las persianas metálicas cruzadas sobre la ventanilla. Ironías de la vida, se encontraba a menos de un metro de Carlos y del *Gera*. De haberlo sabido, los acontecimientos posteriores se habrían desarrollado con seguridad de manera muy distinta.

Mientras tanto, el guardaespaldas que se había bajado del camión de Transmoney estaba indeciso. Poco experto en situaciones límite que no requirieran la aplicación simple de la ley del matón, no sabía qué hacer. Había desenfundado la pistola, pero la tenía caída a lo largo del costado y miraba a un sitio y a otro en súplica de inspiración.

Hank y Christiaan se apartaron lentamente hasta pegarse contra la pared del banco. Dejaban así a Nick espacio para disparar si fuera necesario.

Atraídos por los gritos y carreras de la gente, los dos guardias civiles se asomaron a la puerta del inmueble que custodiaban y, al hacerlo, se condenaron a muerte sin quererlo. Un poco más lejos, Bernhardt no sabía qué estaba ocurriendo en el banco y se limitó a cumplir sus instrucciones: desenfundó su pistola e hizo tres rápidos disparos. Dos, mortales de necesidad, hicieron impacto en la espalda y en la nuca del primero de los guardias; el tercero, también mortal, pegó en la frente del segundo cuando salía de la casa. Moribundo ya, y solamente impulsado por sus reflejos, el guardia disparó una ráfaga de metralleta. Seis disparos hirieron de muerte a Bernhardt, acertándole en el cuello, tórax y vientre. Los dos disparos restantes destrozaron, uno, el parabrisas de un coche aparcado en las inmediaciones, y otro, el peroné de una anciana que esperaba a que el semáforo cambiara a verde para cruzar la calle.

Los tres disparos y la ráfaga de metralleta sonaron de forma casi simultánea. Pepeluis, sobresaltado, miró a su izquierda y levantó un poco su arma, relajando la presión ejercida sobre la espalda de Horcajo. Al notarlo, Jacinto se dejó caer sin más al suelo y rodó hacia su izquierda.

Nick mató a Pepeluis de un solo disparo, hecho casi a quemarropa. Nadie lo vio porque todos miraban hacia la macabra escena que acababa de tener lugar en la esquina de Velázquez.

Pili vio caer a Pepeluis y dio un grito desgarrador, como el de un animal herido. Se agachó para atenderlo. El falso guardaespaldas de Transmoney reconoció de modo instantáneo la situación y, de una zancada, se acercó a Pili y le dio una fuerte patada. La intención era darle en la cara, pero sólo acertó con el hombro. Disparada con tremenda violencia hacia atrás, Pili cayó contra Mario y ambos se derrumbaron como sacos de patatas. Quedaron sentados en la acera, completamente aturdidos.

Nick se dio la vuelta y, marchando con tranquilidad, se dirigió hacia su automóvil. Se montó en él y puso en marcha el motor.

Horcajo exhaló ruidosamente, se puso de pie, miró a Hank y, con un gesto rápido de la cabeza, le indicó que lo siguiera.

—Abre, coño —dijo al guardaespaldas.

Se subió al camión y detrás lo hicieron Hank y Christiaan.

—¡Vámonos, Manolo! Vamos, anda, que esto se va a complicar.

Manolo, que aún tenía el motor en marcha, puso la flecha y arrancó, seguido por el Mercedes de Nick.

—¡José Luis! —gritó Manolo—. Que no va a pasar nada, decías tú. Tú fíate de mí, que aquí no pasa nada. Jodé, pues si llega a pasar... Me debes un kilo, macho.

El *Gera* y Carlos se pusieron a correr hacia el Suzuki.

—Anda, que como en la brigada se enteren de que tú y yo estábamos de espectadores en esta bronca —dijo el *Gera* jadeando—, nos cortan los cataplines. Y si además, tal como lo llevamos, se nos escapa Jacinto, nos vuelan los diamantes, desaparece la coca y los holandeses se ponen un piso en París, tenemos que acabar en Medellín de verdad, sólo que sin los millones que nos ofrecía Kleutermans... Es lo que se llama una quiniela de catorce.

10.36

Nadie había hablado en el interior del camión hasta que llegaron a la autopista de Barajas. Sólo una vez, Horcajo había dicho:

—Vete despacio, Manolo, que no hay prisa.

La caravana de regreso, en esta ocasión, llevaba un coche más que a la ida, el de Nick Kalverstat, y uno menos, el del *Chino*, que, siempre pragmático, a la vista de las informaciones suministradas por su cuñado, había decidido que soplaban aires muy malsanos en torno a Jacinto Horcajo y a la industria Gato y que era preferible abstenerse.

—¿Qué ha pasado? —preguntó por fin José Luis Álvarez.

—Si te lo cuento —dijo Jacinto—, te va a parecer de coña. No ha pasado nada, no te preocupes, pero le ha faltado el canto de un duro para que tres drogatas nos estropearan toda la operación... Bueno, ya has oído el carajal.

—Vaya follón. ¿Y todos esos tiros? Es que desde dentro del camión no se veía nada.

—Un merdé de cuatro muertos, por lo menos, tirados por las aceras, la gente arremolinada, éstos —por los holandeses— como si no fuera con ellos, ¡hale!, unos turistas del norte viendo la corrida como don Tancredo, qué incivilizados los españoles, y yo con los cañones de una escopeta en el culo ayudando a tres colgaos a que robaran un banco, bueno, bueno, bueno, bueno... Lo que yo te diga, José Luis, es más fácil ser honrado.

—Pero ¿cómo ha sido?

—Buf..., un follón, José Luis. Ya te lo contaré luego con detalle... De momento, no dejéis ninguno de vigilar al que tiene cara de loco, el que viene en el otro coche. Se ha cepillado a uno de los drogatas sin que nadie se diera cuenta. —Se volvió hacia Hank Kalverstat y, hablándole en francés, le dijo—: Ha sido preferible que nos marcháramos de aquel lugar dejando veinte kilos de droga...

—¿Veinte kilos? —preguntó Hank.

—Los que me faltaban por recoger. Están en la caja fuerte..., pero era mejor marcharse a encontrarnos metidos en una investigación interminable, a preguntas sobre el camión y, eventualmente, a un registro que habría dado por resultado el hallazgo del resto de la droga.

—No, no —dijo Hank—. Bien pensado. Muy buenos reflejos. —Hablaba con gran tranquilidad, como si estuviera discutiendo de los méritos de un buen vino y no de muerte y destrucción—. Pero esto reduce necesariamente el precio que íbamos a pagar, ¿no?

—No, no. Los veinte kilos son los que íbamos a entregar a Galán en pago de sus servicios. Los ciento ochenta de ustedes están intactos y aquí.

—Ah, muy bien, excelente. Y ahora vamos a la nave industrial en la que está el camión que llevará la droga a Holanda. —No era una pregunta.

—En efecto —dijo Jacinto.

—¿Cómo lo van a hacer?

—¿El transporte de la cocaína? Con unos dobles fondos especiales en un camión que lleva un cargamento de muebles del gobierno para uno de los consulados españoles en Holanda. Pero ya lo verá usted mismo.

—Bueno. Creo que deberíamos completar el negocio a la mayor velocidad posible. Nick, mi hermano, el que nos sigue en el Mercedes, lleva las pesas y el pequeño laboratorio. Así podremos volver hoy mismo hacia Amsterdam. Como precaución, ya hemos dejado el hotel y tenemos las maletas en el coche que lleva mi hermano.

Ni una vez aludió Hank a Bernhardt, al que habían dejado muerto sobre la acera de la calle de Ortega y Gasset.

—Oye —dijo Jacinto a los guardaespaldas—, cuando lleguemos, tenéis que bajar las maletas y los sacos rápidamente y los lleváis a la esquina de la nave, donde está la mesa. —Se dirigió nuevamente a José Luis—. Tenemos un pequeño problema, José Luis. En este último banco, tenía yo la bolsa con los veinte kilos vuestros. Tengo la llave. No pasa nada. Ya los recuperaremos...

—Ni hablar, Horcajo —empezó a decir José Luis.

—No te dispares, que estos tíos se van a dar cuenta —dijo Jacinto refiriéndose a los holandeses—. Y no te preocupes, que les vamos a sacar tu parte, ¿eh? —Y luego, en francés a Hank—: Hay que tener paciencia; acabo de comunicar al yerno de *monsieur* Galán que sus veinte kilos de droga se han quedado en el banco y no se ha puesto muy contento.

Hank sonrió con amabilidad.

—Su amigo tiene un problema —dijo.

—Oye —dijo el *Gera* en voz baja—, ¿te has fijado cómo se cepilló el cara de loco al drogata? Como si no fuera con él.

—Ya lo vi, ya. Si quieres un consejo, *Gera*, métele un tiro en cuanto entre..., si puedes. Y a Horcajo ya se lo pego yo.

—Eres un cachondo. Con toda franqueza, Carlos. Yo preferiría esperar a que nos echara una mano la brigada paracaidista.

—Me parece que, por el momento, la brigada va a tardar un ratitín en venir. Están de maniobras en Alemania y no las interrumpen por cualquier chorrada.

—Ya te comprendo. O sea, yo, como de costumbre, agazapado en algún sitio, mientras Horcajo se dedica a lo suyo y tú te entretienes en el fuego cruzado. Qué quieres que te diga, majo, me acuerdo de Biarritz y se me arruga el ombligo.

—Bueno, venga, que para luego es tarde.

Se bajaron del Suzuki y, andando sin prisa, se acercaron al portalón de la nave. Conduciendo a toda velocidad habían llegado a Coslada cuando el camión blindado aún estaba a la altura de la desviación al aeropuerto, unos kilómetros más atrás.

Desde el portalón entreabierto, don Julio los vio acercarse con mal disimulada ansiedad.

—Oiga, ¿qué desean? Hoy estamos cerrados. Vuelvan mañana —dijo.

—Verá usted —dijo Carlos—, es que estamos buscando a unos..., esto..., a unos contrabandistas de droga que deben de andar por aquí.

Don Julio se echó para atrás pretendiendo cerrar el portalón, pero el *Gera* dio dos zancadas y lo empujó hacia el interior de la nave sin demasiados miramientos.

—Tú quédate con éste —dijo Carlos—, aquí en la puerta, para asegurarte de que no hace ninguna tontería al abrir al blindado. Yo me voy a donde el Pegaso aquel. Supongo que aquella mesa será la que usarán para pesar y analizar la pureza de la nieve. ¿Verdad usted, don Julio?

—No sé de qué me hablan —intentó don Julio con voz apagada.

—Tú siempre con los trabajos menos peligrosos —dijo el *Gera*, mientras Carlos se alejaba. Luego se volvió hacia Galán y, agarrándolo por la manga, lo empujó un poco más—. Vamos a volver a cerrar la cancela esta,

¿eh, don Julio?, hasta que lleguen los malos. Oiga, a propósito, ¿y hoy aquí por qué no trabajan?

—Es que es mi cumpleaños —dijo Galán débilmente. Carraspeó para aclararse la garganta.

—Pues felicidades, caramba. Se ha preparado usted unos festejos de campeonato. —El *Gera* levantó la voz—. ¡Que debería usted estar en casita en vez de andar haciendo tonterías con las cosas de comer! ¿Dónde te vas a poner, Carlos?

—Aquí, protegido por este armario. ¿Me ves?

—No. Ahí estás bien. Cuando abramos, no te muevas... Y ojo con el cara de loco.

11.00

El camión blindado, seguido por el Mercedes de los Kalverstat, traspasó la verja de entrada desde la calle y, en ese momento, don Julio accionó el mecanismo de apertura del portalón. Escondido detrás de unos grandes cilindros de papel de estraza de envolver, el *Gera* le dijo:

—Ojo, Galán, que estás en mi línea de tiro, no hagas tonterías.

Don Julio tosió.

El camión se adentró en la nave acercándose a donde había estado aparcado hasta aquella misma mañana. Con un golpe final de acelerador, raaaán, Manolo apagó el motor. Se recostó contra el asiento y, pasándose la mano por la frente empapada de sudor, dijo:

—Coño. Y aquí no ha pasado nada, José Luis.

—Venga, no te quejes —dijo José Luis—, anda, que te acabas de ganar un millón en menos de tres horas de trabajo.

—Venga, tú —le dijo Horcajo al guardaespaldas que se sentaba en el asiento delantero—, ábrenos, que nos vamos a asfixiar.

Nick, mientras tanto, había detenido el Mercedes unos metros más atrás, dejándose delante espacio suficiente para girar en redondo y arrancar a toda velocidad si la evolución de los acontecimientos lo requería. Nick Kalverstat era un excelente profesional del crimen.

Apagó el motor y se quedó sentado en el interior del coche. Alargó la mano derecha y, del asiento contiguo, cogió su pistola. Después se puso a esperar.

Manolo desatrancó las puertas. El guardaespaldas que quedaba a su lado se bajó del camión y abrió la puerta trasera.

El primero en bajar del compartimento trasero fue el segundo guardaespaldas. Ambos miraron hacia la entrada de la nave. Si hubieran sido de instintos más agudos o hubieran conocido bien a don Julio Galán, se habrían dado cuenta de que algo estaba fallando estrepitosamente. Don Julio, en efecto, no se había movido de donde se encontraba y miraba hacia el camión con mal disimulada angustia. Su actitud era anormal. Carlos y el *Gera* tuvieron suerte de que el primero en bajar del camión no hubiera sido José Luis.

Fue Jacinto Horcajo el siguiente en aparecer. Salió hacia su derecha, es decir, en dirección al Mercedes. Luego, girando sobre sí mismo, le dio la espalda para así poder ver cómo se bajaban del blindado Christiaan, seguido de Hank, que aún no había soltado su cartera, y, finalmente, de José Luis.

—Vosotros dos —dijo entonces Jacinto a los guardaespaldas—, bajad la nieve de ahí dentro.

Los guardaespaldas volvieron a subir al camión.

Todo ocurrió muy de prisa.

Mientras los dos falsos guardias estaban en el interior del camión blindado disponiéndose a cargar con maletas y bolsas, Horcajo dio tres pasos hacia atrás, como si hubiera querido rodear el vehículo por su parte trasera. En ese preciso instante, desde el armario metálico situado delante del camión y un poco a su izquierda, Carlos dio un grito y, al mismo tiempo, pegó con la culata de su pistola un tremento golpe en el lateral del armario. Todos se sobresaltaron y empezaron a volverse hacia el lugar de donde procedían las voces.

—¡Policía! —gritó Carlos.

Horcajo se agachó y se giró hacia el Mercedes pretendiendo ir a guarecerse detrás de él. Y Nick, identificándolo instintivamente como aliado, abrió la portezuela del automóvil y se dejó caer al suelo de la nave, rodando hacia donde estaba Jacinto. Éste, en cuclillas y con la pistola apuntando hacia donde era de suponer que se escondía Carlos, es decir, más o menos en dirección a un punto por detrás del que, al lado del camión, estaban José Luis Álvarez, Hank y Christiaan, movió la cabeza para poder ver cómo Nick se acercaba a él. Con la mano en la que sujetaba la pistola, le hizo un gesto para indicarle que fueran a protegerse detrás del camión.

Pero, al mismo tiempo, el *Gera*, al oír los gritos de Carlos, salió de su escondite cercano al portalón de entrada y dio un empujón a don Julio, que cayó al suelo. Luego, plantándose en medio de la nave a la espalda del Mercedes, gritó «¡Policía!» y, por lo que pudiera pasar, hizo dos disparos al aire, pero no muy al aire. De hecho, justo por encima de las cabezas de los tres que se encontraban al lado del blindado. Las detonaciones sonaron como las trompetas del Apocalipsis en el espacio cerrado de la gran nave Gato.

—Carajo —dijo el *Gera*.

Nick Kalverstat, desde donde estaba en el suelo, se revolvió hacia el *Gera* y le disparó sin apuntar.

A menos de un metro de distancia, Jacinto Horcajo levantó su pistola con total frialdad y la acercó todo lo que le daba el brazo a la cabeza de Nick. Apretó dos veces el gatillo y la cabeza de Nick estalló como si fuera una sandía madura.

—Mierda —dijo Jacinto y se levantó del suelo. Se puso a correr hacia el *Gera*—. ¿Estás bien? —le preguntó cuando llegó a su altura.

—Su padre —dijo el *Gera*, que estaba muy pálido—, le ha faltado el canto de un duro.

Jacinto se detuvo un instante y volvió la cabeza:

—No dejéis de mandarme una postal, ¿eh?

Y siguió corriendo hacia el portalón.

En la confusión de los disparos, Carlos se había acercado corriendo al camión, doblado en dos y con el arma sujeta a dos manos, con los brazos rígidamente estirados. Sin dejar de apuntar a los holandeses, cerró la puerta trasera del camión blindado empujándola con el codo. Los dos guardaespaldas quedaron encerrados en el interior. Y Manolo, tumbado en el asiento del conductor, repetía:

—Ay, coño, ¿por qué me habré metido?, ay, la virgen.

Carlos apretó el cañón de su pistola contra la espalda de Hank Kalverstat.

—Ne muvié pa plus —dijo.

CAPÍTULO XIII

VIERNES 29 DE MAYO

El diario *El País* de aquella mañana destacaba tres acontecimientos ocurridos en Madrid.

Las dos primeras noticias eran de tanto peso que habían merecido honores de resumen en portada. Una decía: *Javier Montero, presidente del Crecom, hace una OPA para desplazar a las viejas familias financieras.* La otra refería un suceso acaecido la mañana anterior en la calle de Ortega y Gasset: *Cuatro muertos en un inexplicable tiroteo a la puerta de un banco.*

La tercera noticia decía así:

La policía de Madrid se incauta de 180 kilos de cocaína pura.

Un alijo de 180 kilos de cocaína de gran pureza fue aprehendido ayer por inspectores de la Brigada de Estupefacientes en una nave del polígono industrial de Coslada. El valor de la droga incautada es de 500 millones de pesetas, lo que comercializado en la calle alcanzaría un precio de doce mil millones de pesetas. En la operación fue detenido Julio Galán Torrent, dueño de la empresa de fabricación de muebles Gato.

M.F.D. Madrid.

La cocaína, que había llegado a España al parecer desde Portugal, adonde habría sido trasladada por mar desde Colombia, iba a ser vendida a una banda de traficantes holandeses. Como intermediario habría actuado el empresario madrileño Julio Galán, que fue detenido. No se descarta la presunta implicación de un inspector de la Brigada de Estupefacientes, yerno de Galán, que se encontraba en la nave de muebles Gato, de Coslada, en el momento en que intervino la policía.

En el transcurso de la operación, se descubrió que los presuntos traficantes holandeses estaban en posesión de un centenar de diamantes de gran valor que, se supone, iban a ser utilizados para pagar la droga. Los diamantes, informa desde Amsterdam Gerardo Gómez, podrían ser los entregados el domingo pasado como rescate por el secuestro de un conocido empresario holandés, Kees van de Wijn. Van de Wijn aún no ha sido liberado. Las autoridades españolas han solicitado la ayuda de la Interpol para que se establezca la procedencia de las piedras preciosas.

En la operación de ayer, en el transcurso de la cual se utilizó un camión blindado, presumiblemente para transportar la droga, se produjo un tiroteo en el que hubo un muerto. Fueron detenidos, además, el conductor del camión, dos guardaespaldas y dos hermanos holandeses, Hank y Christiaan Kalverstat. Precisamente un tercer holandés, Nick Kalverstat, hermano de los anteriores, resultó muerto de un disparo en la cabeza.

—Oye —dijo Paloma—. No os citan.

—Hombre —dijo Carlos—, no se suele.

—¿No decía Horcajo que os iban a dar la laureada?

—Sí, mañana o pasado.

El *Gera* suspiró.

—¿Tú te has fijado que aquí nadie habla de los veinte kilos de nieve que había para Gato como premio a su labor?

—Ya —dijo Carlos riendo—. ¿Cómo van a hablar? ¿Sabes dónde están? En la caja de seguridad del banco. Salimos todos corriendo y allí se quedaron.

—Ahivé —dijo el *Gera*—, y nosotros no podemos decir nada, porque ¿cómo le contamos al jefe que fue Horcajo el que nos dijo que allí estaban? ¿Si, según tú, Horcajo se nos ha escapado y nunca llegamos a echarle la vista encima?

—Venga —dijo Paloma.

—Lo que yo te diga. Y la llave la tiene don Jacinto Horcajo. Es una llave que vale un pastizal de millones. Como se llegue a enterar algún quinqui, ríete de la batalla de Stalingrado.

—Qué tío Jacinto. Si no le llega a pegar el tiro que le metió al holandés, estarías fiambre.

—Ya —dijo el *Gera*—, ahora le debemos la vida los dos.

—Sigue siendo el tío más malo del mundo.

—Oye —dijo Paloma—, ¿a ti por qué te pusieron *Gera*?

FIN

ÍNDICE

Prefacio 7

Primera parte. AMSTERDAM 13

Capítulo I. Jueves 21 de mayo 15
Capítulo II. Viernes 22 de mayo 28
Capítulo III. Sábado 23 de mayo 51
Capítulo IV. Domingo 24 de mayo 68

Segunda parte. MADRID 97

Capítulo V. Jueves 21 de mayo 99
Capítulo VI. Viernes 22 de mayo 109
Capítulo VII. Sábado 23 de mayo 177
Capítulo VIII. Domingo 24 de mayo 212
Capítulo IX. Lunes 25 de mayo 233

Tercera parte. EL NEGOCIO 289

Capítulo X. Martes 26 de mayo 291
Capítulo XI. Miércoles 27 de mayo 342
Capítulo XII. Jueves 28 de mayo 343
Capítulo XIII. Viernes 29 de mayo 379